KB078048

스킬스
SKILLS

스킬스 2

류화수 퓨전 판타지 소설

초판 1쇄 찍은 날 § 2015년 9월 16일
초판 1쇄 펴낸 날 § 2015년 9월 23일

지은이 § 류화수
펴낸이 § 서경석

편집책임 § 고승진
편집 § 이창진, 한준만, 이재림

펴낸곳 § 도서출판 청어람
등록번호 § 제387-1999-000006호
등록일자 § 1999. 5. 31
어람번호 § 제1-2233호

주소 § 경기도 부천시 원미구 부일로 483번길 40 서경B/D 3F (우) 14640
전화 § 032-656-4452 팩스 § 032-656-4453
http://www.chungeoram.com
E-mail § chungeorambook@daum.net

ISBN 979-11-04-90415-8 04810
ISBN 979-11-04-90413-4 (세트)

류화수 퓨전 판타지 소설

FUSION FANTASTIC STORY

스킬스 2

SKILLS

SKILLS

CONTENTS

Chapter 1

내전 II

전쟁은 항상 많은 피를 필요로 하고 승리자와 패배자 모두에게 깊은 상처를 준다.

특히 내전은 상처뿐인 승리만 남을 뿐이다.

남부와 북부 귀족이 서로 나누어 권력 다툼을 하는 것은 왕국의 힘을 갉아 먹는 일이었다.

이미 한 번의 전투로 많은 피를 흘린 상황이었지만 그보다 더 많은 피를 흘릴 전투가 남아 있었다.

더 큰 피해를 막기 위해서는 하루 빨리 내전을 종식시켜야 했다.

전쟁에 익숙하지 않은 최진기는 많은 생각을 해보았지만 지금 자신이 도울 일이 많지 않다는 것을 느꼈다.

휴전 중이라고는 하지만 전쟁을 직접 겪어본 적은 없었다.

특히 활과 검으로 하는 전쟁을 영화를 통해서나 보았지 실제로 이런 상황이 올 거라고는 예상조차 못 했다.

“현자님, 이번 전쟁은 다음번 전투로 끝이 날까요?”

“나도 이런 식의 전쟁을 경험해 보지 못해 정확하게는 말해주지 못하겠구나. 오러와 마법이 없는 전쟁이라……. 분명 전쟁은 장기화가 될 가능성이 높구나. 많은 병사들이 죽어야만 끝이 날 것 같구나. 양측 진형 모두 이번 내전을 통해 향후 왕국의 권력의 주도권을 잡기 위한 전쟁이니 절대 발을 빼지 못할 게다. 권력은 마약과 같단다. 한번 권력의 맛을 본 사람은 더 강한 자극을 원한단다.”

권력을 위해서, 이미 많은 것을 가지고 있는 귀족들이었지만 더 많은 것을 가지고 싶어 하는 것은 어디를 가도 같아 보였다. 지금의 한국을 보더라도, 역사서에 남아 있는 여러 전쟁을 보더라도 결국은 권력이 문제였다.

권력에 관심은 없는 최진기는 어떻게 하면 이번 전쟁을 승리로 돌릴 수 있는지에 대해 고민했다.

“이번 전쟁의 양상이 정말 전면전으로 끝이 나겠습니까? 기사의 우세만으로 승리를 낙담하는 북부 진영이 불안합니다.”

“공성 무기나 원거리 무기는 100년 전이나 지금이나 발전이 없단다. 수렵이나 몬스터 사냥을 위해 활을 사용하기는 하지만 사정거리도 짧고 많은 양을 보유하고 있는 영지가 없으니 아마 전면전이 되지 않을까 싶구나.”

활은 가장 오래된 사냥 도구 중 하나였다.

사냥을 위해 만들어진 활은 전쟁에서 그 능력을 발휘했지만 마법과 오러에 밀려 지금은 사용되지 않고 있었다.

활의 발전은 멈추었고 지금 사용되고 있는 활은 사거리가 100m도 넘지 않았다.

활도 중요하지만 화살 또한 발전이 없었기에 활의 사거리가 늘지 않았다.

"만약 우리가 궁병을 보유한다면 이번 전투에서 쉽게 이기지 않겠습니까? 원거리 무기의 장점을 잘 알고 계시지 않습니까."

북부 진영은 많은 수의 보병과 기사들을 중심으로 한 기병을 가지고 있었지만 활을 사용하는 궁병의 수는 매우 적었다.

"궁병을 육성하는 것이 쉬운 일은 아니란다. 많은 양의 활을 만드는 것도 문제지만 궁병이 활을 능숙하게 사용하기 위해서는 오랜 훈련이 필요하단다. 활을 처음 잡는 사람은 1분에 한 발의 화살을 쏘아내기도 힘이 들지. 궁병으로서의 역할을 하려면 최소 1분에 다섯 발 이상의 화살을 쏘아내야 한다네."

"그렇다면 만약 남부 귀족 측에 많은 수의 궁병이 있다면 이번 전쟁은 어떻게 진행될까요?"

"힘이 들겠지. 그것도 매우 많이 힘이 들 게다. 보병 위주의 북부 진영은 궁병에 취약할 수밖에 없지. 북부 기병의 수가 남부보다 많다고는 하지만 그들이 많은 수의 궁병을 육성했다면 기병들조차 힘을 내지 못할 게야."

암묵적으로 전장으로 지정된 붉은 초원으로 가는 시간 동안 현자와의 많은 얘기를 나누었지만 한 번에 승리를 가지고 올 만한 작전은 생각이 나지 않았다.

* * *

붉은빛이 도는 초원에는 남부와 북부의 진영이 자리를 잡고 전투의 시작을 기다리고 있다.

지금 급한 쪽은 북부 진영이었다.

바말 성을 장악하며 어느 정도의 보급품을 챙겼다고는 하지만 여전히 식량은 떨어져 가고 있었고 상대적으로 보급이 원활한 남부에 비하면 시간이 부족했다.

그랬기에 붉은 초원에 도착하고 하루의 짧은 휴식을 취하고는 바로 전투 준비를 해야 했다.

"이제 전쟁이 시작되는군요. 부디 북부 귀족들의 생각대로 전투가 진행되어야 할 텐데. 걱정입니다."

"너무 걱정하지 말거라. 전쟁은 많은 변수가 생기지만 전투 경험이 월등히 우세한 북부 진영이 전쟁을 유리하게 이끌 것일세."

현자의 말처럼 전쟁이 진행되기를 바라는 최진기였다.

북부의 군사들이 전장을 향해 천천히 걸어갔다.

최진기를 비롯한 비전투 인물들은 막사에 남아 그들의 전투를 지켜봤다.

넓은 초원이 두 개의 덩어리가 생겨났고 그 안에는 줄지어 서 있는 병사들이 가득했다.

먼저 움직임 쪽은 역시나 시간이 부족한 북부 진영이었다.

"블루 웨이브 기사단은 돌격해라. 파도는 벽을 부순다. 돌격!"

기사단은 모두 말을 타고 있었고 그들의 목표는 진영 붕괴였다.

전면전에서 승리하는 가장 좋은 방법은 기병이 진영을 파괴하고 그 뒤를 보병이 덮치는 것이었다.

카인트 공작은 정석에 맞게 지시를 내렸고 블루 웨이브 기사단은 빠르게 남부 진영을 향해 말을 몰았다. 그 뒤를 보병들이 따랐다.

블루 웨이브 기사단이 빠르게 거리를 좁혀가고 있는 순간 하늘에서 비가 내렸다.

전투의 열기를 식혀주는 비가 아니었다.

남부 진영에서 쏘아내는 화살은 하늘을 덮었고 블루 웨이브 기사단은 말을 돌려 화살을 피해야만 했다.

"모두 멈춰라. 화살 공격이다. 화살의 수가 많지는 않을 것이다. 기다려라."

블루 웨이브 기사단이 화살의 사정거리에서 멀어지자 비는 멈췄다.

남부 진영을 지휘하고 있는 고인트 남작은 자신의 생각대로 전쟁이 진행되고 있다고 생각했다. 많은 양의 활과 화살을 지원을 받았지만 숙달된 궁병의 수는 적었다.

그랬기에 2개의 부대로 나누어 순차적으로 화살을 쏘아내는 방식으로 장전 시간을 벌었다.

만약 북부 진영이 화살을 피해 말머리를 돌리지 않았다면 피해를 입긴 했겠지만 그들이 원하는 대로 전면전이 벌어졌을 것이다.

그렇게 되어서는 안 된다.

이번 작전은 궁병을 이용한 시간 끌기나 다름이 없었다.

공성전이 아닌 초원에서 벌어지는 전투이기는 했지만 시간을 끌면 유리했다.

북부 진영이 마음을 조급하게 먹을수록 이번 전쟁의 승리는 가까워진다.

"사령관님, 북부 진영이 다시 움직이기 시작합니다."

"다시 활을 쏴라. 그들이 말 머리를 돌릴 때까지 무차별적으로 화살을 발사해라!"

고인트 남작의 명령에 따라 화살은 다시 날아들었고 북부 진영은 좀처럼 거리를 좁히지 못했다.

화살이 떨어지기를 유도하며 기병들이 사정거리 근방을 오가는 동안 시간은 흘렀고 두 개의 달이 모습을 보이기 시작했다.

그렇게 아무런 소득도 없이 첫 번째 전투는 끝이 났다.

이번 전쟁은 양측 간에 아무런 피해를 입지 않았지만 손해를 본 쪽은 북부 진영이었다.

그들은 빠르게 내전을 종식시키고 싶어 했다. 하지만 남부는 시간만 끌어도 이길 확률이 높아진다.

보급 물자가 이런 차이를 만들었다.

한 번의 전투에서 보유하고 있던 화살의 1/3이 소모되었지만 남부의 보급은 원활했고 지금까지 사용한 보급품보다 더 많은 양의 보급품이 계속해서 공급되었다.

시간을 끌어서는 안 되는 상황에서 발이 묶이게 된 처지가 되자 카인트 공작은 급해졌다.

“저들이 대규모 궁병을 육성하다니. 궁병을 상대하기 위해서는 어떤 전략이 좋겠는가?”

공작은 오러 유저로 각성한 이후 매년 전쟁 같은 전투를 치렀고 북부 진영에서 그보다 전쟁에 대해 잘 알고 있는 사람은 없을 것이다.

하지만 그는 답답함을 참지 못하고 질문을 던졌다.

공작은 오러 유저로서 전쟁을 참전하고 선두에 서서 지휘를 했었다.

단순한 힘과 힘의 전쟁만을 치러온 그는 전략과 전술에 대해서는 그렇게 뛰어나지 않았다. 그리고 그것은 다른 귀족들도 별반 다르지 않았다.

“어쩔 수 없습니다. 이대로 후퇴를 할 수는 없습니다. 궁병에 의해 피해를 입는다고 하더라도 돌진을 해야 합니다. 궁병의 사정거리는 고작 100m. 그 거리만큼만 피해를 감수한다면 전면전을 치를 수 있습니다.”

아드몬드의 말에 다른 귀족들도 동조를 했다.

“많은 수의 궁병을 보유하고 있다고는 하지만 숙련된 궁병의 수는 얼마 되지 않아 보였습니다. 우리가 그들과의 거리를 좁히기 위해서는 두 번의 화살비만 견디면 됩니다.”

사정거리도 짧고 연사 속도도 느린 화살에 기사들이 겁을 집어먹지는 않았다.

단단한 갑옷과 뛰어난 반사 속도로 화살에 피해를 입지 않을 자신이 있는 북부의 기사들이었다. 하지만 문제는 일반 병사들이었다.

말을 타고 이동하기에 빠른 기동력으로 화살에 대한 걱정을 하지 않는 기사들과는 달리 두 발을 열심히 움직여 거리를 좁혀야 하는 보병단은 상대적으로 얇은 갑옷만을 입고 있었고 화살을 피할 정도의 반사 속도도 가지고 있지 않았다.

"우리 블루 웨이브 기사단이 저들의 진영을 어지럽힌다면 보병의 피해를 줄일 수 있습니다. 파도가 되어 저들을 박살 내어 버리겠습니다."

답은 정해져 있었다.

바말 성을 빠르게 공략한 북부 진영은 한번 맛본 달콤한 승리를 다시금 느껴보고 싶었기에 아무도 후퇴를 하고 싶어 하지 않았다.

그리고 이번 전투만 승리로 이끌면 이후 남부가 가지고 있던 기득권을 자신들이 대신 가질 수 있다는 마음도 가슴속 한편에 있었기에 더욱 후퇴에 대한 의견을 내는 이는 아무도 없었다.

"자네는 뭐 좋은 방법이 없는가?"

공작이 고개를 돌려 최진기를 바라보았다.

몇번의 위기 상황에서 항상 좋은 답을 말했던 최진기였기에 공작은 최진기를 의지하기 시작했다.

최진기는 생각했다.

중세 시대뿐만 아니라 세계 어느 나라의 역사를 보더라도 이전의 전쟁은 검과 활로 벌어지는 전쟁이 대부분이었다.

전쟁의 주인공이었던 궁병이 언제부터 사라졌을까?

화약의 발전으로 인해 궁병이 자취를 감추었다.

사정거리도 짧고 파괴력도 낮은 궁병보다는 화약 한 발이 더욱 위력적이다.

하지만 지금 화약을 구할 수 있을까?

전쟁 무기에 대한 개발은 거의 없는 시대다. 화약은커녕 공성 무기조차 가지고 있지 못했다.

결국 화살비를 뚫고 남부 진영으로 들어가야 했다.

화살의 피해를 최소화하는 법만이 지금 할 수 있는 최선이다.

100m의 사정거리 갑옷을 뚫지 못하는 관통력.

지금 기사들이 착용하고 있는 갑옷만 대량생산해 보병들에게 입힌다면 궁병이 날리는 화살은 무시하고 돌격을 할 수 있다.

하지만 하루 사이에 갑옷을 대량생산하는 것은 불가능하다.

갑옷을 대신할 무언가가 필요하다.

"궁병은 원거리에서 공격을 할 수 있다는 장점이 있지만 근거리 전투에는 약점을 보입니다. 우리의 피해를 줄이면서 저들을 공략하기 위해서는 화살을 막아낼 방패가 필요합니다. 쇠로 만든 방패를 대량생산할 수는 없으니 나무로 방패를 만들어 저들의 화살 공격을 막아내는 것이 좋아 보입니다."

나무로 만든 방패를 정교하게 만들 필요는 없었다.

5분 동안 화살을 견딜 정도만 되면 되었다.

몇몇의 화살이 나무 방패를 관통해 보병에게 피해를 입힐 수는 있겠지만 그래도 방패가 있고 없고의 차이가 클 것은 분명했다.

"나무 방패라. 어쩔 수 없이 저 화살비를 뚫고 돌진해야 된다는 것에 진 자네도 동의를 하는 것이군. 각 부대장들은 보병들을 시켜 나무 방패를 제작해라. 내일 오전까지 모두 자신이 만든 방패를 착용하고 전투에 대비하라고 전해라."

최진기는 마땅한 수를 생각하지 못한 자신이 한심했다.

과학적으로 최소 몇백 년은 앞선 시대를 살아왔다.

하지만 고작 이런 생각밖에 하지 못했다.

가지고 있는 지식을 제대로 활용을 하지 못하고 일차원적인 생각만을 했다.

이런 식으로는 강점을 살릴 수가 없다.

특수 능력이 있는 마법 아이템을 만드는 것도 중요하긴 했지만 앞으로 있을 전쟁을 대비해서는 새로운 무기를 만들 필요성을 느꼈다.

* * *

이른 아침부터 병사들은 분주히 움직여 자신의 몸을 가릴 나무 방패를 만들었고 곧장 2차전에 돌입했다.

"블루 웨이브 기사단은 말을 이끌고 상대의 화살을 소진시켜라."

아무리 방패를 만들었다고는 하지만 그래도 일단 상대방의 화살을 소비시키는 것이 좋았다.

공작의 명령에 따라 블루 웨이브 기사단은 활의 사정거리 근처로 교묘하게 이동했고 남부의 궁병들은 의미 없는 화살비를 몇 차례 만들었다.

"다음 화살이 날아든 직후 돌격한다. 모든 병력을 준비시켜라!"

북부의 병력들은 나무 방패를 들어 올려 몸을 보호하는 자세를 취하고는 곧 있을 돌격 명령을 기다렸다.

투두두둑.

화살이 땅에 박히는 소리가 들려오자 공작은 돌격 명령을 내렸다.

"모두 돌격해라. 후퇴는 없다. 저들에게 북부의 파도가 얼마나 무서운지 알려주어라!"

남부의 기병들이 자신들의 화살을 소비시키려고 한다는 것을 느낀 남부는 이번에도 기병들이 돌격을 하지 않을 거라고 생각을 했다.

하지만 기병은 물론이고 북부의 모든 병력이 일순간에 달려드는 모습에 급히 화살을 장전했고 하늘을 화살로 뒤덮으려고 했다.

블루 웨이브 기사단은 빠른 기동력과 갑옷을 의지해 빠르게 거리를 좁혔고 궁병 앞을 막고 있는 남부의 보병에게 충격 전술을 펼쳤다.

쐐기형 진형을 구사하는 블루 웨이브 기사단에 남부의 보병들은 길을 내주고 있었지만 남부의 기사단이 출전하면서 블루 웨이브 기사단의 전진 속도는 확연히 느려졌다.

기병들 간의 전투가 진행되는 와중에도 화살은 계속해서 북부의 보병들을 향해 쏟아졌다.

아무리 방패로 몸을 가리고 있다고는 하지만 모든 화살을 막아낼 수 있는 것은 아니다.

자신의 동료가 피를 흘리며 쓰러지는 모습을 보면서도 북부의 병사들은 전진을 멈추지 않았다. 지금 당장 동료를 구하는 것보다 거리를 좁히는 것이 더욱 중요하다는 것을 알았기에 발을 멈출 수가 없었다.

동료의 시체를 밟으며 북부 병사들은 전진을 했고 드디어 그렇게도 원하던 근접전이 시작되었다.

전면전이 시작되자 전투의 양상은 바뀌었다.

일방적으로 화살에 피해만 입었던 북부의 병사들은 그 한을 풀기 위해서인지 거세게 남부 진영을 향해 뛰어들었고 남부의 궁병들은 근거리에서는 아무런 소용이 없는 활을 집어 던지고 지급받은 보급형 장검을 들었다.

지금의 시대에서 기병은 무적이나 다름이 없었다.

그리고 북부의 기병대는 경험과 실력이 남부의 기사들보다 월등히 앞섰다.

기병의 질과 양 모두 우세한 북부가 전투의 흐름을 넘겨받았고 남부 진영은 조금씩 뒤로 물러났다.

남부의 사령관인 고인트 남작은 지금의 상황을 어느 정도 예상은 했었다.

근접전을 치르게 되면 힘든 전투가 될 것이다.

그런 상황이 찾아오면 최대한 거리를 다시 넓혀야 한다.

최전방을 보호하고 있는 보병을 희생해서라도 다시금 거리를 유지해야만 이번 전투의 승리를 가지고 올 수 있다.

전방에 포진하고 있는 병사들은 대부분이 돈으로 모집한 용병들이었다.

누군가를 희생시켜야 한다면 용병만큼 좋은 병사가 없다.

그리고 자금도 아낄 수가 있다.

용병은 살아 있을 때나 돈을 청구할 권리가 있지, 죽은 자는 입을 열지 못한다.

물론 용병들에게 남부의 평판이 안 좋게 소문이 날 수는 있겠지만 그건 어떻게 되어도 상관이 없었다.

이번 전투만 이기고 왕실의 권력을 차지하기만 한다면 용병이 불만을 품는 것 따위는 지렁이를 밟아 죽이는 것처럼 쉬운 일이다.

"전진해라! 북부의 야만인들에게 밀리지 마라. 수적 우세는 우리에게 있다. 너희들의 뒤에는 남부의 검과 방패가 대기하고 있다. 버텨라!"

큰 소리로 소리를 지른 고인트 남작은 곧장 작은 소리로 후퇴명령을 내렸다.

1선에 있는 용병 부대를 이용해 시간을 벌 속셈이었다.

아무런 전후 사정도 듣지 못한 용병들은 명령에 따라 전진했고 보다 빠르게 북부의 군사들에게 목숨을 잃었다.

용병들은 자신들이 버려졌다는 사실을 한참이나 뒤에 알게 되었다.

그것도 맞서 싸우던 북부의 진영의 자비 덕분에 알 수 있었다.

"너희를 고용한 남부 놈들이 전부 후퇴를 했는데 계속해서 전투를 벌일 생각이냐?"

용병들은 주로 남부 지역에서 활동을 했다.

전국에 용병 지부가 있긴 했지만 가장 많은 일거리가 있는 남부로 모여드는 것은 당연했다. 그리고 남부 지부의 용병대장이며 이번 전투에서 용병대 대장을 맡은 존슨은 카인트 공작의 검이 자신의 목을 누르고 있다는 것보다 배신을 당했다는 것에 더 큰 분노를 느꼈다.

"어떻게 우리를 버리고 후퇴를 한단 말이냐! 전국의 용병들이 남부를 용서하지 않을 것이다!"

"알겠으니, 항복하겠느냐?"

분노를 담아 아우성을 지르던 존슨은 백기를 들었다.

"항복하겠습니다. 잠시 용병대를 진정시킬 시간을 주십시오."

카인트 공작이 고개를 끄덕거리며 검을 그의 목에서 치워주었다.

"용병대는 모두 검을 놓아라. 의미 없는 전쟁에서 더는 피를 흘리지 마라! 남부는 우리를 버리고 도망갔다. 더는 그들을 위해

싸워줄 이유가 없다."

용병대 대장직을 성량을 보고 뽑는지 존슨의 목소리는 순식간에 전장에 울려 퍼졌고 용병들은 검을 버리고 두 손을 들었다.

전투가 끝이 났다.

이번에도 북부의 승리였다.

하지만 생각보다 일정이 늦었다. 최적의 시나리오라면 지금이면 왕실 근처에는 도착했어야 했다.

"다음 전투는 붉은 초원의 끝자락에서 벌어질 것 같군. 그들이 계속해서 시간을 끄는 방식의 전투를 치른다면 그곳보다 좋은 곳은 없을 것이야."

초원에서 전투를 치르는 것이 좋지 않다는 것을 남부 진영의 귀족과 고인트 남작이 모를 리는 없었다. 그럼에도 불구하고 초원 한가운데서 전투를 벌인 것은 시간을 조금이라도 더 끌기 위해서였다.

화살을 소비하고 용병을 버리면서 그들은 이틀의 시간을 벌었다.

하지만 초원의 끝자락에 위치하고 있는 요새를 넘기만 하면 왕실은 근방이었다.

카인트 공작은 지금 당장에라도 초원의 끝자락으로 달려가고 싶었지만 화살을 피해 빠르게 움직인 병사들의 피로를 풀어주기 위해서는 휴식을 취해야 했다.

북부 군사들은 능숙하게 천막을 쳤고 하루 동안 몸을 쉴 수 있는 보금자리에 들어가 다음 있을 전투를 위해 피로를 풀었다.

그러는 동안 최진기는 새로운 무기에 대해 생각하느라 현자와 함께 고민에 빠졌다.

"이번 전투는 다행히 승리로 이끌 수 있었지만 다음 전투는 더욱 험난할 것 같습니다."

다음 전투는 공성전이다.

공성전에서는 오늘 같은 작전을 사용할 수가 없었다.

나무 방패에 의지해 성을 기어 오르는 동안 절반 이상의 병사가 목숨을 잃을 것이다.

바말 성을 공략했던 것처럼 물길을 타고 이동할 수 있다면 좋았겠지만 그런 행운이 다시 찾아올 거라는 보장은 없었다.

"공성전은 항상 힘든 법이지. 그리고 붉은 요새는 더더욱 힘들 것일세. 붉은 요새는 지형적으로 방어에 유리한 요새이네. 협곡에 둘러싸여 있을 뿐 아니라 곳곳에 큰 돌덩이들도 많아 공략하기가 힘들 게 분명하네."

"공성 무기가 필요합니다. 지금 당장 많은 수의 공성 무기를 만들지는 못하지만 몇 개라도 만들어야 합니다. 그래야 피해를 줄일 수가 있습니다."

"공성 무기라. 이전의 전쟁에서는 공성 무기가 사용된 역사가 있었지. 그중 가장 간단하게 만들 수 있는 공성 무기는 투석기가 아닐까 싶네만."

투석기의 원리에 대해서는 배운 적이 있다.

고등학교 시절 기술 과목과 실습 과목에서 도르래를 만드는 법에 대해서 배웠고 응용 작품으로 간단한 투석기를 만들었다.

가장 간단한 형태인 트레뷰셋은 도르래만 있으면 만들 수 있는 원거리 무기였다.

무거운 돌이나 흙을 집어넣은 자루를 달아 떨어뜨리면서 그 반동으로 투석을 하는 방식의 무기인 트레뷰셋은 궁병의 활보다 뛰어난 사거리를 가지고 있었고 성벽을 부수는 데 적합한 무기였다.

"공성 무기를 남부 진영에서도 만들지 않겠습니까?"

"과대평가일세. 과학과 장인을 길가에 있는 돌부리보다 못하게 보는 사람들이 남부 귀족일세. 그리고 공성 무기를 만들 수 있는 기술자는 물론이고 설계도조차 남아 있지 않을 걸세. 내가 가지고 있는 공성 무기의 설계도도 완벽하지 않다네. 간략한 스케치가 전부이지. 이런 상황이 올 줄 모르고 오러 유저와 마법사에만 의존했기에 공성 무기에 대한 발전이 퇴보한 것이지."

공성 무기에 대한 지식이 전혀 없다면 몇 개의 공성 무기라도 큰 효과를 발휘할 수 있다.

최진기는 공성 무기를 만들기 위해 공작을 찾아갔고 휴식을 취하던 병사들은 최진기와 현자의 손에 이끌려 공성 무기를 만들었다.

특히 브로안의 짐승 같은 힘이 큰 도움이 되었다.

최진기는 중심 기둥을 만들고 그 밑에 이동이 용이하게 나무로 만든 바퀴를 설치했다.

지금 있는 곳이 초원 지대였기에 투석기를 만들 만한 재료가 부족했다.

투석기를 만들기 위해 가장 중요한 것은 길이가 긴 나무였다.

기둥을 만드는 것은 물론이고 발사를 위한 지지대도 길이가 긴 나무가 필요했다.

나무가 충분하지 않았다.

고작 3대의 투석기를 만들 정도였다.

그리고 가장 문제되는 것은 투석기를 만드는 것에 대해 회의적인 생각을 가지고 있는 귀족들이었다. 특히 아드몬드는 투석기의 모양을 보며 트집을 잡아대었다.

"이런 허접한 무기가 성벽을 부술 수 있다고? 터무니없는 소리군. 이럴 시간에 조금이라도 더 휴식을 취하는 것이 나을 거다."

과학적인 지식이 전혀 없는 사람들이었기에 저런 반응을 보이는 것이 당연할지도 몰랐다.

그럼에도 최진기는 카인트 공작의 지지를 앞세워 투석기 제작에 착수했다.

최진기는 고작 3대의 투석기를 만들기 위해서 병사들과 밤늦게까지 작업을 해야 했다.

실제 크기의 트리뷰셋을 만드는 것은 이번이 처음이었고, 현자가 간단한 스케치를 가지고 있다고는 하지만 수많은 시행착오를 겪어야 했다.

그 과정에서 병사들이 충분한 휴식을 취하지 못했다는 것에 불만을 품은 아드몬드가 난동을 피우기도 했다.

결국 수백 명의 병사가 달라붙어서야 겨우 3대의 투석기를 만들 수 있었다.

아드몬드의 말처럼 트리뷰셋의 활용성이 떨어질지도 몰랐다.

시간이 부족했기에 시험 작동도 제대로 해보지 못했고 정확한 사거리도 파악하지 못했다.

괜히 시간을 버린 것이 될 수도 있었다.

하지만 지금 할 수 있는 것은 이런 것이 전부였다.

"뽀오~ 뽀오~"

한숨을 쉬고 있는 모습에 네르가 품속에서 몸을 간지럽혔다.

네르는 온종일 잠만 잤다.

갖은 종류의 고기도 줘보고 풀도 먹이려고 해봤지만 네르는 아무것도 먹지 않았고 그냥 품속에서 시간을 보내기만 했다.

이제는 네르가 품속에 있는지조차 잘 느끼지 못할 때가 많았다.

"그래, 잘되겠지."

최진기는 네르의 머리를 쓰다듬어 주었고 네르는 일정한 숨소리를 내며 다시금 잠에 빠져들었다.

* * *

붉은 초원의 끝자락까지 도착하는 동안에 아무런 전투도 함정도 발견되지 않았고 북부의 병력들은 해가 가장 하늘에 높게 떠 있는 시간에 붉은 요새에 도착할 수 있었다.

"실제로 보니 막막하네요. 저런 요새를 뚫을 수 있을까요?"

붉은 요새는 아파트 10층 높이의 협곡에 세워져 있었다.

주변은 돌산으로 둘러싸여 있었고 트리뷰셋이 제대로 작동하지 않는다면 요새를 공략하기 위해 저 험난한 돌산을 기어올라가 요새의 문을 두드리는 법밖에 없었다.

"자네는 병사들과 함께 트리뷰셋을 조립하도록 하게나. 이번 전투는 공성 무기의 위력에 따라 결과가 달라질 것이네. 물론 자네가 급하게 만든 공성 무기가 제대로 작동하지 않는다고 해서 자네를 탓하지는 않겠네. 부족한 자원으로 이 정도 무기를 만들어낸 것이 기적이니."

트리뷰셋을 완전히 조립해 움직이는 것은 비효율적이었다.

북부군은 트리뷰셋의 지지대와 발사대 그리고 나머지 부품을 따로 담아 이동했고 조립을 위해서는 한 시간 이상이 소요되었다.

붉은 요새에서 북부 진영을 바라보고 있는 남부 귀족들은 지금 조립되고 있는 트리뷰셋에 대해서는 아무런 정보도 가지지 않고 있었다.

이런 형태의 무기를 본 것도 처음인 그들이었다.

조립이 끝이 난 트리뷰셋이 그 위용을 드러내며 천천히 전진했다.

그 주위에는 보병들이 혹시나 모를 상황을 대비해 트리뷰셋을 엄호했고 브로안이 덩치에 걸맞은 방패를 들고 가장 선두에 있는 트리뷰셋의 중심에 위치했다.

"발사해 볼까요? 이 정도 위치면 요새까지 투석을 할 수 있지 않겠습니까?"

"일단 해보자꾸나. 만약 원하는 사정거리가 나오지 않는다면 다시 위치를 설정하는 수밖에."

트리뷰셋과 요새와의 거리는 200m 정도 떨어져 있다.

트리뷰셋의 사거리를 늘리기 위해 탄성이 가장 좋은 나무로 발사대를 만들었다.

이제는 도르래로 들어 올린 돌 주머니를 떨어뜨리기만 하면 성인 남성 크기의 바위가 요새를 향해 날아가게 된다.

"발사!"

최대한 크게 외친 발사 명령에 3대의 투석기는 동시에 돌 주머니를 떨어뜨렸고 발사대의 끝에 올려진 바위가 날아갔다.

퍼— 억.

투석기에서 날아간 바위는 요새에 미치지 못했다.

겨우 요새를 지지하고 있는 협곡을 맞힐 뿐이었다.

"그래도 저기까지는 날아가네요. 조금만 더 다가가면 요새에 바위를 투석할 수 있을 것 같습니다."

거리를 더욱 좁히기 위해 투석기를 이동시켰고 요새 위를 지키고 있던 궁병들이 화살을 장전시켰다.

투석기의 사정거리와 요새 위에 있는 궁병들이 쏘아내는 화살의 사정거리가 비슷했다.

방패로 몸을 가린 병사들이 투석기를 조작했다.

처음 보는 무기에서 엄청난 크기의 바위를 쏘아낸다는 것을 알게 된 남부 진영은 투석기를 노리고 화살을 끊임없이 쏟아냈다.

다행히 화살은 투석기를 파괴시킬 정도의 위력은 없었다.

하지만 사람이 맞으면 큰 부상을 입을 정도는 되었기 때문에 방패로 몸을 가린 병사들은 조심스럽게 투석기를 다시 작동시켰다.

빗발치는 화살비 속에서 몸을 움직이는 것은 위험했지만 지금은 투석기의 위력을 믿을 수밖에 없었다.

"발사!"

발사 명령이 다시 떨어지자 바위가 요새를 향해 날아갔다.

쿠— 웅!

바위는 요새의 밑단을 두드렸다.

한 방에 요새의 성벽이 부서지기를 기대했지만 파괴력이 부족했다.

돌먼지를 만들어낼 뿐 요새를 완전히 부수기에는 역부족이었다.

"조금 더 다가가야겠네. 투석기의 위력이 제대로 전달되기 위해서는 거리를 더 좁혀야 될 걸세."

"현자님은 이만 돌아가 보세요. 위험합니다. 저는 분신을 이용해 투석기를 지휘하도록 하겠습니다."

현자와 함께 돌아간 최진기는 분신의 모습으로 다시 돌아와 투석기를 지휘했다.

준비한 바위가 다 떨어질 때까지 투석기는 바위를 쏟아내었고 요새에 흠집을 내는 성과만을 거둔 채 돌아가야 했다.

대성공은 아니었지만 실패도 아니었다.

성벽까지 사거리가 닿기는 했다.

그렇다면 이제는 파괴력을 올리는 방법만 생각해 내면 되었다.

가장 좋은 방법은 화약을 이용하는 것이었지만 투석기를 만드는 방법조차 유실된 세계에서 화약을 구할 수 있을 리는 만무했다.

"나무를 강화시키면 되는 문제잖아!"

투석기를 만드는 데에만 집중을 했기에 강화 능력을 잊고 있었다.

특수 능력을 가지고 있다는 표시가 뜨지 않은 투석기에 특수 능력을 부여할 수는 없었지만 부품들을 강화시킬 수는 있었다.

보관 상자에 들어 있는 많은 양의 금속들을 이용하면 보다 뛰어난 탄성을 가진 투석기를 만들어낼 수 있다.

Chapter 2

왕실의 결단

투석기를 이루고 있는 부품은 대부분이 나무로 만들어져 있다.

아무리 탄성이 좋은 나무라고 할지라도 한계는 존재한다.

투석기의 사정거리를 늘리기 위해서는 탄성은 물론이고 강도도 높여야 한다.

나무를 아무리 덧댄다고 하더라도 늘어나는 탄성의 양은 일정 수준 이상으로 높아지지 않지만 나무 입자 자체에 금속의 입자를 합성하면 엄청난 탄성력을 가지게 된다.

장인은 물론이고 현대의 기술로도 어려운 작업이었지만 최진기는 가능했다.

드래곤의 보관 상자에서 꺼낸 많은 금속들이 최진기의 손에 의해 녹아내렸고 나무 입자 사이의 빈 공간으로 빨려 들어갔다.

금속이 섞여 들어간 나무의 색은 회색으로 변했다.

최진기는 투석기를 강화시키기 위해 가지고 있던 대부분의 금속을 사용했고 그 금액이 경매장을 통해 벌어들인 돈의 대부분이었지만 크게 상관하지 않았다.

지금은 돈을 아끼는 것보다 전투에서 이기는 것이 더욱 중요했다.

"투석기의 강화를 마쳤습니다. 이번에는 붉은 요새를 공략할 수 있을 거라고 확신합니다."

강화를 하기 전의 투석기도 요새의 성벽을 두드려 작은 흠집을 만들어냈었다.

강화된 투석기라면 충분히 요새의 성벽을 부술 수 있을 것 같았다.

"하루 사이에 투석기의 사거리와 파괴력을 올린다고 얼마나 올라갔을까? 괜히 시간을 버리는 일은 그만하고 차라리 병사들의 무기나 수리하는 게 좋을 것 같은데. 전투는 그런 장난감으로 하는 것이 아니라 병사들의 투기와 의지로 하는 거지. 쓸데없는 것을 만든다고 벌써 이틀을 버렸다. 이번에도 실패한다면 아무리 아버님이 너를 아낀다고 하더라도 너를 가만히 두지 않겠다."

"아드몬드! 조용히 하거라. 진이 만든 무기다. 절대 실패하지 않을 것이야. 너는 성벽이 무너지면 어떤 방식으로 성을 공략할지에 대해 블루 웨이브 기사단과 상의를 하거라."

여전히 투덜거리는 아드몬드의 날 선 코를 납작하게 하기 위해서라도 투석기가 제 역할을 해 주어야 했다.

"투석기를 이동해 주세요."

"투석기를 전장으로 이동시킨다! 모두 움직여라."

브로안은 이미 병사들 사이에서는 유명했다.

카인트 공작의 숨겨진 제자라는 소문도 돌았고 인간이라고 하기에는 너무도 큰 덩치와 힘을 가졌다.

그가 병사들을 사로잡는 것은 당연했다.

이번에도 브로안이 선두를 지키며 투석기를 이동시켰다.

투석기가 멈춘 곳은 어제 협곡을 맞힌 곳이었다.

투석기를 강화시켰기에 굳이 남부 진영의 화살 사정거리 안으로 들어갈 이유는 없다.

상대방은 우리를 공격하지 못하게 하고 우리는 상대방에게 큰 피해를 입히는 것이 가장 좋은 전략이고 작전이다.

전략과 전술을 배우지 않은 사람이라도 이 정도의 생각은 할 수 있을 정도로 가장 기본적인 전술이다.

"도르래를 올리세요."

"도르래를 돌려라. 돌 주머니를 꼭대기까지 올려라."

하루의 시간 동안 투석기만을 강화시킨 것이 아니었다.

요새의 성벽을 부수기 위해서는 투석기도 중요하지만 성벽을 두드릴 바위의 강도도 중요했다.

바위를 강화시키는 것은 투석기를 강화하는 것보다 오히려 쉬운 작업이었다.

더군다나 주변에서 쉽게 찾아볼 수 있는 바위는 성벽보다 뛰어난 강도를 가지고 있었다.

이윽고 발사 명령이 떨어졌다.

돌 주머니는 최고 높이에서 떨어져 내렸다.

"발사!"

"모두 발사해라!"

도르래가 있다고는 하지만 5명의 사람이 돌려야지만 겨우 돌 주머니를 투석기의 최상단에 위치시킬 수 있을 정도의 무게였다.

엄청난 무게의 돌 주머니가 동시에 떨어졌고 반발력에 의해 발사대 끝에 올려져 있던 바위가 붉은 요새를 향해 날아갔다.

쾅!

바위가 정확하게 요새의 중단부를 때렸다.

작은 흠집만을 내던 어제와는 상황이 완전히 달랐다.

요새의 성벽은 심하게 요동쳤다.

"같은 위치로 다시 발사!"

투석기의 단점은 재장전에 오랜 시간이 걸린다는 것이었다.

바위를 투석기 위로 올리는 것도 힘든 작업이었고 도르래를 돌리는 것도 많은 체력을 소모시키는 작업이었다.

남부 진영에서 쏘아 보내는 화살이 투석기까지 닿지 않는다는 것을 깨달은 브로안은 방패를 투석기 옆에 세우고는 바위를 들어 올리는 작업을 도왔다.

그의 도움으로 생각보다 빠르게 투석기를 재장전할 수 있었고 바위는 다시 성벽을 때렸다.

성벽에 금이 가고 있는 것은 육안으로도 확인할 수 있었다.

"이제 얼마 남지 않았습니다. 조금만 더 힘을 내주세요."

투석기를 작동하고 있는 병사들은 성벽에 금이 가고 있는 것을 확인하자 힘이 솟구쳤다.

아무런 보람도 없는 일을 하는 것은 있는 힘도 사라지게 하지만 성과가 눈에 보이는 작업을 하게 되면 숨겨져 있던 힘을 끌어내는 것이 사람이었다.

쾅!

또 한 번의 바위가 성벽을 두드리자 드디어 성벽은 무너지기 시작했다.

"성벽이 무너졌습니다. 어떻게 할까요? 후퇴를 합니까? 아니면 바위를 더 날려 보냅니까?"

투석기의 역할은 성벽을 부수기만 해도 대성공이었다.

하지만 여기서 그칠 수는 없었다.

성벽을 충분히 공략할 수 있다고 생각했기에 바위 몇 개를 강도가 아닌 다른 방향으로 강화시켜 두었다.

"갈색의 바위를 장전시켜 주세요."

바위의 색이 갈색이 된 것은 투석기를 강화시키기에 적합하지 않은 금속은 바위에다가 섞었기 때문이었다.

탄성과 강도를 높이기에는 적당하지 않은 취성이 높은 금속을 바위와 융합하면 바위가 작은 충격만으로도 잘게 부서진다.

지금 투석기 위로 바위를 올리는 중에도 바위는 조금씩 부서질 정도였고 요새의 성벽이 아닌 요새 안으로 쏘아 보내면 수류

탄과 비슷한 효과를 낸다.

많은 피해를 입히지는 않겠지만 성벽이 무너진 지금 요새 안을 방어하는 남부의 병력을 혼란스럽게 하기에는 충분했다.

"갈색의 바위가 요새에 뿌려지는 순간이 돌격하기 가장 좋은 시점이라고 공작님에게 전해주세요."

갈색의 바위가 재장전되는 동안 병사 한 명이 공작을 향해 달려갔고 블루 웨이브 기사단을 비롯한 북부의 병력들이 돌격 준비를 했다.

퍽!

무거운 돌 주머니가 떨어지는 소리와 함께 북부의 모든 병력은 붉은 요새로 돌진했다.

남부의 궁병들은 화살을 쏘아내려고 했지만 하늘 위에서 날아오는 돌 더미에 놀라 손을 제대로 놀리지 못했고 북부의 병력들은 무혈입성과 거의 다름이 없이 붉은 요새로 진입할 수가 있었다.

성으로 진입하는 것은 힘들지만 진입하는 순간 전투의 승패는 정해진 것과 다름이 없었다.

험난한 협곡이기에 말을 타고 성에 진입하는 것은 무리였고 기사단은 말에서 내려 보병들과 함께 붉은 요새로 달려갔는데 마치 파란 파도가 붉은 요새를 잡아먹으려고 하는 듯했다.

기사단이 선두에 서 앞을 가로 막는 병사들을 도륙했고 브로안은 큰 방패를 이용해 길을 만들어내었다.

브로안이 만들어낸 길을 따라 많은 수의 병사가 아무런 피해도 입지 않은 상태로 성안으로 진입했고 이미 승기를 뺏긴 남부의 병사들은 뒷걸음질 치기 바빠 보였다.

북부의 병사들이 성에 진입하는 순간 전투는 끝이 났다.

남부는 맞서 싸우기보다 후퇴를 선택했고 전략적 요충지인 붉은 요새를 버리고 자로트 후작령으로 도망쳤다.

"수고했네. 이번 전투는 자네의 공이 가장 크네. 붉은 요새를 이렇게 쉽게 공략할 수 있다니 역시 자네는 하늘이 내게 준 선물이 분명하네."

공작은 어울리지 않게 달콤한 말을 했다.

최진기는 자신의 어깨에 손을 올리며 친한 척을 하는 공작이 부담스러웠지만 차마 그의 손을 뿌리치지 못하고 멋쩍은 웃음만 지어 보였다.

"이제 왕실은 하루 거리일세. 이제 마지막 한 걸음만 남았다네."

남부의 병력들이 왕실 안에 진을 치고 있었다면 전쟁은 더욱 힘들어졌겠지만 그들은 왕실 안에 들어가지 못했다.

아무리 왕실의 힘이 약하다고는 하지만 높은 성벽과 왕실 기사단의 힘을 무시할 수는 없었다. 왕실파의 귀족들은 자신의 병력을 남부 또는 북부의 진영에 지원해 주지는 않았으나 왕실을 지키는 데에는 아낌없이 투자를 했다.

이제는 마지막 전쟁을 치르거나 왕실의 중재를 기다려야 했다.

무력시위는 충분했다.

남부는 급조한 용병대는 물론이고 많은 자금을 투자한 궁병들까지 잃었다.

이제는 승기는 완전히 북부에 넘어갔고 전투를 지속할 수는 있겠지만 승리를 확신할 수는 없었다.

이런 상황에서 전투를 지속하는 것이 아무런 이득이 없다는 것을 남부 귀족들이 알아차리지 못할 리가 없다.

그들은 뛰어난 상인들이었고 셈이 빨랐다.

파죽지세.

북부의 병사들이 집결해 강을 건너고 세 번의 전투를 승리로 이끌었다.

이번 전투를 통해 여전히 북부의 벽이 높다는 것이 브루니스 왕국 전체에 알려졌고 여왕을 폐위시키려고 했던 남부 귀족들도 생각을 고쳐먹어야 했다.

* * *

자로트 후작령.

내전을 시작하고 언제나 왕실 고유의 문장인 골드 드래곤이 수가 놓인 망토를 걸치고 있었던 자로트 후작이 옷을 갈아입었다.

내전이 시작하기 전 즐겨 입던 흰색의 정복을 입은 그가 홀에 자리하자 남부 귀족들의 사기가 꺾여 버렸다.

옷을 갈아입었다는 것은 후작이 욕심을 접겠다는 뜻이었다.

권력을 이용해 여러 가지 사업을 하려고 했던 남부 귀족들은 좌절감을 느꼈다.

"이번 내전은 우리의 패배와 다름이 없네요. 많은 병력과 지원을 해주었는데도 승리를 가지고 오지 못하다니……. 매우 실망스럽네요. 이번 전쟁을 통해 한 가지를 깨달았으니 나쁘지는 않네요. 우리가 왕국을 장악하기 위해서는 군사력이 아닌 자본력을 이용해야 된다는 것을요. 고인트 남작은 고개를 드세요. 전투에서 졌다고 해서 아무도 자네를 탓하지는 않아요."

붉은 요새에서 겨우 도망을 나온 고인트 남작은 고개를 들지 못하고 있었다.

이리와도 같은 남부 귀족들이었다.

자신 또한 한 마리의 이리였기에 저들이 자신에게 어떤 짓을 할지 잘 알고 있었다.

그런데 자신에게 책임을 묻지 않겠다는 후작의 말에 안도감이 든 고인트 남작은 천천히 고개를 들었다.

"고인트 남작에게 개인적으로 책임을 묻거나 불이익을 주는 행위를 하는 귀족이 있다면 용서치 않겠어요. 고인트 남작이 이번 내전에서 승리를 하기 위해 노력을 했다는 것을 여러분 모두 잘 알고 있을 거라고 생각해요. 그리고 고인트 남작도 그렇게 꽉 막힌 사람은 아닙니다. 자신의 잘못을 스스로 알고 있을 거예요. 우리까지 나서서 그를 욕할 필요는 없어요. 이번 내전의 마무리 또한 그에게 맡기도록 하겠어요. 불만이 있는 사람이 있나요?"

불만을 가진 귀족은 없었다.

고인트 남작에게 책임을 묻지 않겠다는 말에 불만이 생긴 귀족은 있었지만 전쟁의 마무리를 고인트 남작에게 맡긴다는 후작의 말에 불만이 사라졌다.

전쟁의 마무리는 승자에게는 달콤하지만 패자에게는 끔찍한 일이다.

전쟁 배상금에 대한 교섭을 해야 했고 배상금도 책임을 져야 했다.

아무리 남부 5대 상가를 가지고 있는 고인트 남작이라고는 하지만 막대한 전쟁 배상금을 지불하기 위해서는 가지고 있는 자산 모두를 북부에 넘겨야 할 것이었다.

보통의 경우 전쟁 배상금은 파벌에 속한 귀족들이 나누어 내야 했지만 이번은 오로지 고인트 남작이 모든 배상을 물어야 했다.

불필요한 돈이 빠져나가는 것을 막아준 후작의 결정에 감사한 마음을 가지는 다른 귀족들이었다.

"후작님! 어떻게 저 혼자……."

남작은 말을 끝까지 하지 못했다.

자신을 바라보는 인자한 후작의 눈빛 속에서 살기를 느꼈고 허울밖에 없는 남작의 직위라도 지키기 위해서는 후작의 제안을 받아들여야 한다는 것을 알았다.

막대한 이득을 위해 나선 그였지만 리스크도 그의 몫이었다.

지금까지 단 한 번도 투자를 실패하지 않았던 고인트 남작의 첫 번째이자 최악의 실책이었다.

* * *

북부의 병력이 왕실 근처에 진입하자 왕실파 귀족들이 중재에 나섰다.

이미 전쟁의 승패는 확연한 상황이었다.

남부 귀족들은 대규모로 소집했던 용병대를 해산시키며 더는 전쟁을 지속하지 않겠다는 의지를 내보였고 왕실 폐위 문제를 더는 말하지 않겠다는 서류를 왕실에 전했다.

왕실파 귀족 중 가장 높은 서열을 가지고 있으며 브루니스 왕국의 대법관 자리를 차지하고 있는 가리니안 백작이 이번 중재를 맡아 직접 카인트 공작을 만나기 위해 북부 진영으로 들어섰다.

공작의 직위를 가지고 있지만 허례허식을 좋아하지 않는 카인트 공작이었고 왕실의 고위 귀족이 자신을 찾아온다고 해서 다른 준비를 하지는 않았다.

카인트 공작은 지휘부 막사에서 가리니안 백작을 응접했다.

"오시느라 고생이 많으셨습니다. 왕실 밖을 구경하시는 것은 오랜만이시죠?"

왕실에 숨어 제대로 된 활동을 하지 않는다는 것을 돌려 말하는 공작의 의도를 모르지 않는 가리니안 백작이었지만 특유의 웃음을 지어 보이며 분위기를 부드럽게 만들려고 했다.

"왕실의 문제가 시끄러워 주변을 살피는 데 소홀했습니다. 하지만 북부의 벽이 여전히 견고하다는 소식은 들어 알고 있습니다. 공작님이 계시기에 든든합니다."

"그런 입에 발린 말은 괜찮으니 여기에 온 이유나 말해보세요."

가리니안 백작은 공작의 성격을 일찍이 알고 있었다.

혈기 왕성한 시절 멋모르고 덤비다 공작에게 얻어맞아 생긴 흉터가 아직 남아 있었기에 그의 성격이 얼마나 불같은지 모를 리가 없었다.

"협상 조건이 나쁘지 않은 것 같습니다. 그대로 수용을 하시는 게 좋을 것 같습니다."

가리니안 백작이 제안한 협상안을 들은 공작은 회의실에 이번 전쟁에서 활약을 한 사람들을 모았고 협상안에 대해서 설명해 주었다.

아드몬드가 함박웃음을 지으며 좋아할 정도로 협상안은 나쁘지 않았다.

북부에서 가장 중요한 식량을 10년간 1/3의 가격으로 제공하고 전쟁 배상금으로 5만 골드를 지불하기까지.

하지만 이 모든 협상안 중에서 가장 북부 귀족들의 구미를 당기는 제안은 왕실 주요 자리 몇 개를 넘기겠다는 것이었다.

"현재 5대 요직에는 대법관을 제외하면 전부 남부의 귀족들이 차지하고 있습니다. 우리가 2개 이상의 자리를 차지하게 된다면 더는 남부 귀족 파벌이 왕실을 휘어잡을 생각을 하지 못할 겁니다."

"자리도 중요하지만 자리에 걸맞은 인물을 추천하는 것도 중요하다네. 솔직히 재무장관직과 옥새상서 자리는 남부 귀족들이 우리보다 더 잘할 것일세. 나머지 집사장과 시종장 자리를 차지해야 할 걸세."

왕실의 2인자 자리나 다름이 없는 직책이 시종장이었다.

세금은 물론이고 외교 문제까지 최종 결정을 내리는 상임위원들의 장이 시종장이었다.

분명 남부 귀족들은 다른 자리는 다 내어주어도 시종장 자리는 내어주지 않을 것이 분명했다.

최진기는 이런 회의가 지루했다.

권력을 어떻게 나누어 가지든지 배상금을 얼마나 받는지는 관심 밖이었다.

단지 북부의 귀족들이 왕실의 권력에 가까이 다가간다면 강림한 악마들을 상대로 더 많은 병력을 이용할 수 있지 않을까라는 생각만이 들었다.

"권력도 중요하고 왕실을 지키는 것도 중요합니다. 하지만 더욱 중요한 것은 악마 강림에 대한 해법을 같이 찾아야 합니다. 불과 며칠 전까지 전쟁을 벌였던 남부 귀족들이지만 그들과 힘을 합치지 않는다면 결국에는 왕국은 불길에 휩싸이고 말 겁니다."

최진기가 하고 싶은 말을 질렀다.

아드몬드와 다른 기사단의 사람들이 안색이 좋지 않았다.

공작이 없었다면 당장이라도 욕지거리를 내뱉을 것 같은 표정이었다.

남부 귀족들과 힘을 합쳐야 한다는 말이 저들을 분노하게 했다.

"더는 악마에 의해 피해를 입은 나라는 없다고 알고 있다. 그들이 왜 브루니스 왕국까지 침략해 들어오겠느냐. 허튼소리 하지 말고 얌전히 앉아 있어라!"

아드몬드는 최대한 감정을 억제하며 말했지만 그의 말 속에는 분노와 살기가 가득 들어 있었다.

이번 전쟁에서 자신의 생각보다 공을 많이 올리지 못한 이유가 전부 최진기 때문이라고 생각하는 아드몬드였기에 최진기가 무슨 말을 하더라도 곱지 않은 시선으로 바라봤다.

"그렇지. 이번 내전을 벌인 이유는 왕실의 권력을 유지시키기 위해서기도 하지만 악마 강림에 대한 대비를 우리가 주도적으로 하기 위해서기도 하다. 내전이 정리가 되면 전국적으로 병사들을 더 모집하고 기사를 양성해야 한다."

회의는 그렇게 끝이 났다.

전쟁 배상금으로 더 많은 것을 얻을 수는 있었지만 협상에 특화된 능력을 가지고 있는 북부 귀족은 없었기 때문에 가리니안 백작이 제안한 협상안보다 조금 많은 배상금을 받는 것으로 협상은 끝이 났다.

북부의 병사들은 다시금 자신들의 영지로 돌아갔고 기사단과 공작 그리고 최진기 일행이 왕실로 입성했다.

브루니스 왕국의 왕실은 화려하지는 않았다.

오히려 자로트 후작의 성이 더욱 화려했고 넓었다.

왕실의 권력을 상징하는 궁전이 이런 모습을 하고 있다는 것은 왕실의 권력이 얼마나 땅으로 추락했는지 절실히 보여주는 단면이었다.

왕실에 입성하고 겨우 먼지가 묻은 옷을 털어냈을 뿐인데 왕실 회의가 열렸다.

이번 회의를 주도하는 것은 아다드 브루니스 왕이었다.

북부에서 기선을 잡은 상황을 살리기 위해 급히 회의를 소집한 것이었다.

회의에 참석한 귀족은 최소 백작 이상의 고위급 귀족들이었고 최진기와 다른 일행들은 몸에 묻은 먼지를 터는 것은 물론이고 몸을 씻을 시간도 충분했다.

'이게 얼마 만에 하는 목욕이냐. 간만에 때 빼고 광 한번 내봐야지.'

욕조에 발을 넣으려고 하는 순간 누군가가 문을 두드렸다.

"전하께서 찾으십니다. 속히 복장을 갖추십시오."

따듯한 욕조의 물을 느낀 다리가 뒤로 돌아가고 싶어 하지 않았지만 다른 사람도 아니고 왕국의 왕이 부른다는데 여유 있게 목욕을 즐길 수는 없었다.

급히 옷을 갖춰 입고 시종을 따라갔다.

이미 회의는 끝났는지 아다드 왕은 홀로 집무실에 있었고 원치 않게 그와 독대를 해야 했다.

"어서 들어오게나. 자네 얘기는 공작을 통해 들었다네. 이번 전쟁의 승리를 자네 공으로 돌리더군. 칭찬에 인색한 공작이 침을 튀겨가며 칭찬하는 자네를 보고 싶었다네."

왕의 나이가 30대 중반이라고 들었지만 실제로 보니 40대는 훌쩍 넘어 보이는 얼굴과 체형을 하고 있는 아다드 왕이었다.

'운동 좀 하지. 저렇게 몸이 안 좋으니 씨 없는 수박이 되지.'

이번 내전의 발단이 된 것은 왕실에 후손이 없었기 때문이었다.

그리고 그 문제는 왕비가 아니라 왕의 성능 저하가 주요 원인이었다.

"그렇게 뛰어난 사람이 아닙니다. 단지 약간의 손재주가 있을 뿐입니다."

"일단 앉게나."

왕이 내어 준 자리는 왕과 마주 보는 자리였고 안 그래도 불편한 상황이 더욱 불편해졌다.

"이번 전쟁을 통해 어느 정도 왕실의 권위를 되찾을 수 있었다네. 어쩌다 이 지경이 되었는지……. 하지만 이대로 당하고만 있지 않을 걸세. 악마의 강림이 우리 왕실에게는 더없는 기회가 되었네. 평화로운 시대에는 귀족들에게 힘이 분산되지만 세계가 시끄러울 정도의 공동의 적이 생긴다면 그 힘은 왕실로 집중될 수밖에 없다네. 아무리 남부 귀족들이 가지고 있는 부와 권력을 내놓지 않으려고 애를 써도 별수 없을 걸세. 일단은 살고 봐야 되지 않겠나."

속마음을 내비치는 아다드 왕이었다.

자신에게 왜 이런 얘기를 하는지 잘 이해가 되지 않는 최진기였다.

귀족도 아니었고 부가 많은 것도 아니었다.

무기를 강화시키는 능력이 남들은 가지지 못한 특수한 재능이라고는 하지만 처음 보는 사람이 속마음을 내비칠 정도의 능력은 아니라고 생각했다.

"이번 내전으로 인해 남부의 군사력은 왕실의 군사력보다 떨어졌다고 볼 수 있다네. 충분히 그들을 제어할 수가 있게 되었지. 그래, 말해보게나. 악마의 강림을 막기 위해서는 어떤 방법을 사용하는 것이 좋겠는가?"

공작에게 어떤 얘기를 들었는지는 모르겠지만 아다드 왕은 최진기에게 의존하려고 하고 있었다.

아다드 왕이 이런 말을 최진기에게 하는 것은 왕실에서 그에게 조언을 해주거나 힘이 되어주는 귀족이 부족했기 때문이었다.

왕실파 귀족들은 충성도는 높았지만 가진 바 능력이 부족했다.

전략과 전술은 물론이고 부와 군사력도 높지 않았다.

그랬으니 남부 귀족 파벌에 밀려 왕권이 약화된 것이기도 했다.

"잘 알고 계시겠지만 악마 강림 이후 마법사와 오러 유저가 사라졌습니다. 브루니스 왕국은 물론이고 세계 모든 나라가 기사와 마법사를 육성하는 데 투자를 아끼지 않았습니다. 그런 노력이 한순간에 물거품이 되고 말았습니다. 지금의 상황에서 군사력을 키우는 방법은 새로운 무기를 제작하는 것이라고 생각합니다."

"붉은 요새를 공략했던 투석기처럼 말인가?"

현자가 가지고 있던 자료와 머릿속에 떠오르는 장면으로 투석기를 짧은 시간 내에 만들어낸 것은 기적이나 다름이 없었다.

최진기가 가지고 있는 능력이 무기를 강화시키는 능력이라고 한다면 최진기가 가지고 있는 장점은 무기를 대량생산할 수 있는 가능성을 안고 있다는 것이다.

"그렇습니다. 현재 병과는 보병과 궁병 그리고 기병으로 나누어져 있다고 알고 있습니다. 그리고 그들이 사용하는 무기는 가장 기본적인 무장인 활과 검 그리고 방패 정도입니다. 무기라는 것은 신체의 사거리를 늘려주는 도구라고 생각합니다. 검은 팔보다 더 긴 리치를 가지게 해주고 활은 원거리에 있는 상대를 제압할 수 있는 도구입니다. 상대는 나를 공격할 수 없지만 나는 상대를 공격할 수 있는 것만큼 좋은 전략이 있겠습니까?"

아다드 왕의 표정은 밝아졌다.

자신에게 이런 건설적인 얘기를 해주는 귀족은 지금까지 없었다.

그는 아부와 회유를 하는 귀족들에게는 진절머리가 난 차였는데, 어떻게 하면 자신을 이용해 먹을 수 있을지 궁리하는 귀족들에게서는 들을 수 없었던 얘기가, 그토록 듣고 싶었던 얘기가 최진기의 입에서 나오고 있었다.

"근접 무기는 강도와 날카로움을 중시하지만 원거리 무기는 다릅니다. 파괴력과 사정거리가 원거리 무기의 장점입니다. 물론 근접 무기도 끊임없이 개발을 해야 합니다. 원거리 무기로 상대를 제압을 할 수 있다고는 하지만 마지막에 숨통을 끊는 것은 결국 병사들입니다."

"그렇지. 전투가 끝난 후 점령지를 장악하기 위해서는 보병과 기사가 필요하지."

"그렇습니다. 현재 왕국에서 사용되고 있는 일반 무기는 강도는 물론이고 날카로움도 뛰어나지가 않습니다. 오러 유저가 있을 때는 무기의 강도가 중요하지 않았다고 하지만 지금은 아무리 기사라고 할지라도 나무 한 그루 베어내는 것이 쉽지 않습니다."

무기의 중요성에 대해 설명한 최진기는 다시금 원거리 무기에 대해 얘기했다.

"마법사가 없는 지금 원거리 무기는 선택이 아니라 필수가 될 것입니다. 다른 나라들도 분명 이를 깨닫고 원거리 무기 개발에 박차를 가할 것입니다. 군사력이 강하지 않은 브루니스 왕국은 누구보다 빨리 원거리 무기에 집중 투자를 해야 합니다. 그것이야말로 악마의 강림을 막을 수 있는 방법이며 다른 나라에게 대해 발언권을 강화하는 유일한 방법입니다."

"잘 들었네. 자네 덕분에 복잡했던 머리가 정리되었어. 진이라고 했나? 진, 자네 나의 곁에서 일해보지 않겠나? 물론 카인트 공작 밑에서 일한다고 하더라도 말리지는 않겠지만 나에게는, 그리고 브루니스 왕국에는 자네와 같은 인재가 필요하다네."

원하던 바였다.

북부의 힘이 아무리 강하다고 하지만 앞으로는 왕실을 중심으로 힘을 뭉쳐야 했다.

"감사합니다. 최선을 다해 왕국의 부흥에 도움이 되도록 노력하겠습니다."

"고맙네. 정말 고맙네."

아다드 왕은 최진기의 손을 잡으며 고마움을 표했고 최진기는 손끝을 통해 자신의 의지를 아다드 왕에게 전해주었다.

*　　　*　　　*

왕실에서 사용되고 있는 무기는 전부 왕실 직속 공방에서 제작되었다.

20명이 넘는 대장장이가 일하고 있는 공방의 직속 책임자로 최진기가 임명이 되었고 자작이라는 계급도 가지게 되었다.

출처도 불분명한 최진기에게 자작의 직위를 부여하려고 하는 아다드 왕을 막으려는 남부 귀족의 움직임이 보이기는 했지만 북부의 힘이 강한 지금 그들은 큰 소리를 낼 수가 없었기 때문에 큰 어려움 없이 최진기는 귀족이 되었다.

귀족.

최진기는 계급사회에서 살아본 적이 없었기에 귀족이라는 단어가 가지는 힘에 대해서 절실히 느끼지는 못했지만 기분은 좋았다.

대우를 받는 느낌은 모든 남자가 원하는 것이었다.

'이래서 귀족들이 더 높은 직위를 가지기 위해 욕심을 부리는 거구나. 자작만 되도 이렇게 기분이 좋은데 후작이나 공작의 직위를 가지게 되면 얼마나 기분이 좋겠어.'

공방에 도착한 최진기는 공방의 시스템을 전면적으로 개편했다.

왕실 직속 대장장이들은 분명 뛰어난 장인들이었다.

무기를 만드는 능력만을 봤을 때는 최진기보다 우수했다.

하지만 그들은 효율이 높지 않았다.

분업이라는 단어가 생소한 그들이었기에 하루에 5개의 무기도 만들어내지 못했다.

무기를 대량생산하기 위해서는 무기를 표준화시켜야 했다.

장인에 따라 다른 모습을 가지게 되는 무기는 대충 이렇게 등급이 나누어진다.

5개의 무기 중에서 가장 뛰어난 1개는 상급으로, 2개는 중급, 그리고 나머지 2개는 하급으로 분류한다.

이제까지 1개의 상급을 만들어낸다면 하급인 2개의 무기는 버려야만 했다.

장인들의 자존심이 상할 수도 있었지만 최진기가 생각하기로 무기의 대량생산을 위해서는 규격화가 필요했다.

그리고 작업을 단순화시킬 필요성도 있었다.

다양한 무기를 제작할 필요가 없었다.

생산하는 무기의 수를 줄여야 했다.

검이면 검, 방패면 방패.

몇 개의 무기만을 제작해야만 대량생산이 가능했다.

그리고 공구의 전문화.

많은 무기를 생산할 필요가 없기에 규격화된 공구만을 이용하면 더욱 빠르게 무기를 생산할 수가 있었다.

장인이 아니더라도 일반 사람들도 무기를 만들 수 있는 시스템이 바로 전문화였다.

거기에 멈추지 않고 최진기는 공방 내부에 여러 개의 도르래를 설치했다.

도르래의 용도는 무거운 무기 혹은 재료들은 이동시키기 위해서였다.

무기를 만들기 위한 금속들은 엄청난 무게를 자랑했고 금속들을 옮기기 위해 많은 시간을 소모했던 장인들이었다.

그런 수고를 더는 것만으로도 무기 제작 시간을 단축시킬 수 있다.

왕실 직속 공방의 이름이 바뀌었다.

브루니스 왕국 지속 공장으로, 아직 공장에 대한 개념이 없는 시대에 처음 등장한 대량생산이 가능한 공장이다.

장인들은 특수 부품을 제작하거나 신입들의 작업을 관리하였고 공장에 처음 입사한 사람들은 생각보다 어렵지 않은 일에 빠르게 익숙해졌다.

현대에 비해서는 많이 부족한 공장의 형태였지만 예전과는 비교도 하지 못할 정도로 많은 양의 무기를 하루에 생산해 낼 수 있었다.

불필요한 움직임을 최대한 줄이는 설계와 기구의 배치로 인해 공장 직원들은 선 자리에서 모든 작업을 해결할 수 있었고 무거운 짐들은 도르래를 이용해 옮겼다.

공장이 정상 가동되기 시작하자 브루니스 왕국의 병사들의 무기는 낡은 검에서 표준화된 검으로 바뀌었고 나무 갑옷이나 얇은 철제 사슬 갑옷이 기사들이나 입을 법한 갑옷으로 바뀌었다.

물론 아직 공장이 가동된 지 얼마 되지 않아 모든 병사가 혜택을 받을 수 있는 것은 아니었지만 몇 달 안에 모든 병사들의 새로운 무기를 장착할 수 있을 것이다.

근접 무기와 방어구 제작 공장이 정상적으로 가동되었고 지금은 새로운 공장들을 건설해 나가는 중이었다.

아다드 왕에게 약속했던 원거리 무기 개발을 하기 위한 공장이 오늘 완공되었다.

수도에 있는 모든 목수가 힘을 합쳐 만든 원거리 무기 제작 공장은 엄청난 크기를 자랑했다.

아름답거나 예술적 가치가 있는 건물은 아니었지만 높은 지붕으로 덩치가 큰 무기를 제작하기 적합했고 안에서 무엇을 만드는지 확인하기도 어려웠다.

"이제 새로운 공장이 완성되었구나. 트리뷰셋이 사거리는 물론이고 파괴력도 뛰어나다는 것을 저번 전투에서 증명했으니 트리뷰셋을 대량으로 생산할 생각인가?"

공장을 만들고 새로운 시스템을 확립하는 데 가장 큰 도움을 준 사람은 역시 현자였다.

그는 현대에 살아본 적도 없으면서 어떻게 하면 더 효율적으로 무기를 생산할 수 있는지에 대한 아이디어를 현대의 전문가 못지않을 정도로 제공했다.

그의 충고를 따라 여러 가지 규칙과 도구가 만들어졌다.

현자가 가지고 있는 지식은 이세계의 사람이 가질 수 없을 정도로 방대하고 깊은 지식이었다.

"트리뷰셋이 공성 무기로서의 가치는 뛰어나긴 하지만 악마를 상대하거나 혹시나 있을 전쟁을 대비하는 데 적합한지는 미지수입니다. 아니, 적합하지 않을 것입니다. 사거리가 뛰어나기는 하지만 재장전 시간이 오래 걸리고 근접 공격에 매우 취약합니다. 또한 트리뷰셋의 사거리를 벗어나기만 한다면 트리뷰셋은 무용지물이 되어버립니다. 이번에는 대규모 전투에 적합한 무기를 제작할 생각입니다."

"대규모 전투에 적합한 무기라? 어떤 종류의 무기인가?"

"제가 요즘 마법사들과 많은 얘기를 나누고 있는 거는 알고 계시죠?"

"할 일을 잃은 마법사들에게 네가 좋은 대화 상대가 되어주고 있다는 것은 알고 있지만 그게 이번 무기 제작과 무슨 관련이 있는 건가?"

"마법을 실제로 본 적은 없습니다. 하지만 대규모 전투에서 마법만큼 효율이 뛰어난 공격은 없습니다. 어떤 원리로 마법을 만들어내는지, 그리고 어떤 효력을 발휘하는지에 대해 연구를 했습니다."

최진기는 아다드 왕의 도움으로 왕실 마법사와 그의 제자들을 여러 번 만날 수 있었고 많은 얘기를 나누었다. 그들은 현자만큼은 아니지만 많은 지식을 담고 있는 사람들이었고 최진기는 그들에게서 많은 정보와 지식을 전수받을 수 있었다.

마법을 사용할 수 없는 그들은 뛰어난 머리를 이용해 왕실의 재무 업무를 보거나 도서관 사서 같은 일을 했다.

직업에 귀천이 없긴 했지만 마법적 지식을 가지고 있는 그들이 그런 일을 하는 것은 인력 낭비와도 같았다.

"전하, 왕실 마법사와 그의 제자들이 필요합니다. 그들이 가지고 있는 지식은 더욱 완벽한 원거리 무기를 제작하는 데 큰 도움이 될 것이 분명합니다."

이 한마디면 충분했다.

아직까지는 아무런 움직임을 보이지 않고 있는 남부 귀족 파벌이었고 왕실의 권력은 오로지 아다드 왕에게 집중되고 있는 상황이었다.

최진기가 왕실에 근무를 해서는 아니겠지만 카인트 공작도 왕실에 힘을 실어주었기에 아다드 왕의 힘은 더욱 강해졌다.

이제는 원할 때마다 고위 귀족 급 회의를 개최할 수 있을 정도였으니 아다드 왕이 마법을 사용할 수 없는 잉여 자원이 되어버린 마법사들을 공장에 취직시켜 주는 것은 일도 아니었다.

"마법사들과 많은 얘기를 나누면서 새로운 무기에 대한 힌트를 얻었습니다."

현대의 군대는 전투기와 탱크 그리고 원거리 미사일까지 구비되어, 자동화된 기계들이 전투를 하는 것과 다름없다. 하지만 그런 무기를 만들기 위해서는 수백 년 이상의 시간이 필요했다.

지금 가지고 있는 모든 지식을 더해도 화약 무기도 만들어내지 못했다.

하지만 화약 무기와 비슷한 성능을 내는 무기를 만들어낼 수는 있다.

그리고 이 힌트를 준 것은 왕실 마법사 클린튼 백작이었다.

"마법은 여러 가지 종류가 있으니 시전자의 신체를 중심으로 쏘아내는 파이어 볼 같은 마법이 있는가 하면 상대의 머리 위에 마법을 생성해 직접적으로 타격을 가하는 마법도 있다네. 어떤 마법이 더 효율적이냐고 물어본다면 당연히 후자일세. 생각을 해보게나. 내 손을 타고 쏘아지는 파이어 볼의 경우에는 상대와 나 사이에 방해물이 생성된다면 표적을 맞힐 수가 없다네. 하지만 상대의 머리 위에 직접적으로 마법을 떨어뜨린다면 방해물이 아무리 많이 있더라도 상관이 없다네."

"그렇군요. 그렇다면 모든 마법을 후자의 방식으로 생성하면 더 효율적이지 않습니까."

"당연하겠지. 하지만 마나의 소모량의 차이가 엄청나다네. 몸에서 생성되는 마법은 몸을 하나의 마법진으로 이용해 마법을 만들어낼 수 있어 마나의 소모량이 크지 않지만 후자의 경우는 엄청난 마나를 소모하게 한다네. 아무리 뛰어난 마법사라고 하더라도 그런 마법을 자주 사용할 수는 없다네."

이전에 만들었던 트리뷰셋 같은 경우도 방해물이 있다면 목표를 맞힐 수가 없었다.

최진기가 머리에서만 구상 중이던 다른 무기 또한 다르지 않았다.

물론 뛰어난 파괴력이 있는 무기라면 방해물을 빠르게 부서뜨리고 다시금 표적을 향해 공격을 가할 수 있겠지만 최진기는 방해물에 상관없는 무기를 만들고 싶어졌다.

현대의 무기 중에 그런 공격이 가능한 것은 하늘을 날아다니는 전투기나 폭격기 정도일 것이다. 철책을 아무리 높게 만든다고 하더라도 구름 위를 날아다니는 전투기의 공격을 막을 수는 없다.

비행기는커녕 자동차도 만들어내지 못하는 기술력을 보유하고 있다.

이런 상황에서 어떻게 하면 그와 비슷한 무기를 만들 수 있을까?

비행기의 역사에 대해 생각해 봤다.

전투기와 폭격기 모두 나무로 만든 비행체로부터 시작했고 그 이전에는 열기구가 있었다.

그리고 연도 있다. 전쟁에서 연이 사용된 적은 여러 번 있긴 했지만 연이 공격 수단이 되지는 않았다.

지금의 기술력으로 만들 수 있는 비행체는 열기구가 최선일 것이다.

"하늘을 나는 무기를 만들 생각입니다. 화살의 사정거리보다 훨씬 높은 상공을 비행하는 물체를 만들어 적의 머리 위에 폭격을 가한다면 가히 무적이나 다름이 없는 무기가 될 것입니다."

마법사들이 열기구에 대해 관심을 가지는 것은 당연했다.

이제 완공된 원거리 무기 제작 공장에는 현자뿐만 아니라 마법사들도 근무하게 된다.

마법사들은 자신의 호기심을 충족시키는 것은 물론이고 잃어버린 능력을 대신할 무언가를 찾기 위해 자진해서 공장에서 일하기를 원했다.

그들의 지식이 있다면 충분히 열기구를 만들 수 있을 것 같았다.

공장의 완공식이 끝이 나자 그들은 바로 공장 내부에 있는 회의실에 모여 서로의 의견을 나누었다.

"제가 하늘을 나는 비행체에 대한 힌트를 가지고 왔습니다."

최진기가 준비한 것은 작은 종이봉투와 양초였다.

데운 공기는 일반적인 공기보다 가벼웠고 그로 인해 종이봉투가 하늘로 떠오르게 된다.

손을 놓았을 뿐인데 하늘을 떠다니는 종이봉투를 보고 놀라지 않을 사람은 없었다.

마법적인 지식은 충만한 사람들이었지만 과학적인 지식은 전무하다고 볼 수 있었기에 종이봉투가 하늘을 떠다니는 것만으로도 놀라워했다.

"어떻습니까. 이런 방식이면 충분히 비행 물체를 만들 수 있지 않겠습니까?"

여전히 떠다니는 종이봉투에 눈을 떼지 못하는 마법사들과는 달리 현자는 질문 세례를 퍼부었다.

"종이봉투가 아무리 가볍다고는 하지만 바람도 불지 않는 상황에서 떠 있는 것이 신기하구나. 양초를 이용해 종이봉투를 띄운 것 같은데 어떤 원리를 이용한 것이냐?"

"봉투 안에는 아무것도 들어 있지 않은 것 같지만 사실은 공기가 들어 있습니다. 우리가 들이마시고 내뱉는 이것이 공기입니다. 이 공기는 세상 모든 곳에 퍼져 있습니다. 양초를 이용해 봉투 안에 들어 있는 공기를 데우면 그 공기는 바깥의 공기보다 가벼워집니다. 가벼워진 공기는 종이봉투를 날게 하는 것입니다."

자세한 지식은 부족했기에 대략적으로 설명했지만 그것만으로도 충분히 이해를 하는 것처럼 보이는 현자였고 그는 고민에 빠져들어 갔다.

현자가 고민에 빠져들자 백작이 새로운 질문을 던졌다.

"양초를 이용해 종이봉투가 어떻게 뜨는지는 정확하게 이해하지는 못하겠지만 가능하다는 것은 인정할 수 있겠네. 하지만 말일세, 무기로 사용되기 위해서는 종이봉투보다 몇십 배는 커야 하는데 그것이 가능하겠는가?"

토론은 밤이 지고 새로운 하루가 시작될 때까지 계속되었다.

일방적인 질문에 답하는 형식이었지만 그것만으로도 기본적인 설계를 할 수 있었고 이틀의 시간이 지나고서야 열기구 제작에 본격적으로 들어갔다.

* * *

카트로 왕국은 여전히 조용했다.

방벽이 더욱 두꺼워진 것을 제외한다면 아무런 움직임도 보이지 않고 있는 카트로 왕국이었고 주변국들은 오히려 더 불안에 떨어야만 했다.

두 개의 제국을 순식간에 쓸어버린 악마들이 왜 아무런 움직임을 보이지 않고 있는지 이유를 알지 못했고 자신들만의 힘으로는 악마를 막아낼 수 없다는 것도 잘 알고 있었기에 동맹국을 찾아 나섰다.

지금의 상황에서 가장 적극적으로 움직이는 나라는 역시나 신성제국이었다.

신성제국의 다름 이름은 파만트제국.

가장 많은 신도가 있는 파만트 교를 중심으로 뭉친 나라였다.

그들은 광기에 휩싸인 광신도들이 가득한 나라였고 목숨을 도외시하는 병사들과 신성력을 이용해 여러 가지 능력을 사용하는 사제들로 인해 모든 나라가 충돌을 하기 싫은 나라 1순위로 꼽았다.

악마의 강림 이후 오러와 마나만이 사라진 것이 아니었다.

신성력 또한 사라졌고 신성제국은 신성력을 잃은 이후 국민들이 혼란에 빠져들지 않게 하기 위해 적극적으로 교리를 내세워

국민들을 안심시켰고 병사들을 증강시켰다.

그들은 악마와의 전쟁에서 가장 선봉에 서야 하는 것이 자신들이라는 것을 알고 있었고 잃어버린 신성력을 되찾기 위해서라도 악마를 소멸시켜야 된다고 생각하고 있었다.

신성제국의 궁전은 하나의 예술품이었다.

성스럽게 보이는 흰색으로 가득한 궁전은 작은 먼지 하나 없어 보였고 수많은 신의 모습을 한 석상들이 궁전의 외관을 더욱 아름답게 만들었다.

궁전의 안으로 들어가면 예술적인 가치는 더욱 높아진다.

벽면에 그려진 신들의 모습과 아기자기한 분수들이 1층 홀을 장식하고 있었다.

조금 더 들어가면 사제들이 회의를 하는 계단형 홀의 모습을 보인다.

지금 홀에는 많은 사제들이 심각한 표정으로 앉아 교황의 말을 기다렸다.

"많은 형제들이 신성력을 잃고 낙심하고 있다는 얘기를 들었습니다. 지금의 상황은 신이 우리에게 주신 고난입니다. 이 고난을 이겨내야만 우리는 신에게 한 발 더 다가갈 수가 있습니다. 신민들을 위해서라도 낙심하시면 안 됩니다."

간단한 연설이 끝나고 교황은 악마제국에 대한 얘기를 꺼내 들었다.

그들은 카트로 왕국과 그들이 잡아먹은 2개의 제국을 합쳐 악마제국이라고 불렀다.

"악마제국이 아무런 움직임을 보이지 않고 있는 지금 우리가 움직여야 합니다. 교인들의 힘과 더불어 주변의 나라들의 도움을 얻어 항마 전쟁을 벌여야 합니다."

아무리 그들이 신앙심으로 똘똘 뭉쳐 있어도 항마 전쟁을 홀로 할 수는 없었기 때문에 악마의 강림에 대한 소식을 듣고 얼마 되지 않아 신성제국에서는 여러 나라들에게 동맹 제의를 건네었다.

"현재 우리에게 동맹 의사를 전해온 나라는 악마제국에 근접한 나라들입니다. 악마제국과 거리가 떨어진 나라들은 소극적인 자세를 보이고 있습니다."

신성제국에서 외교를 담당하고 있는 주교의 말을 들은 추기경은 못마땅한 표정을 지었다.

추기경이라는 자리는 교황 바로 아래의 위치로 많은 교인들의 존경과 사랑을 받았다.

하지만 프란세스 추기경은 불같은 성정을 가지고 있었다.

교리에 어긋나는 행동을 하는 사제들이 있으면 직접 철퇴를 가할 정도로 공격적이었고 원리 원칙을 중요시 여겼다.

"그들 모두 이번 항마 전쟁을 기회 삼아 나라를 키울 궁리만 하고 있는 게 분명합니다. 항마 전쟁에서 최대한 피해를 입지 않고 항마 전쟁이 끝난 이후를 생각하고 있을 겁니다. 추악한 악마와 다르지 않는 이교도들에게 철퇴를 가해야 합니다. 뒤에 적을 두고 전쟁을 벌일 수는 없습니다. 항마 전쟁을 벌이기 전에 땅속에 숨은 두더쥐들을 불태워야 합니다."

추기경의 말에 동의를 하는 사제들도 있었고 그들을 최대한 회유하자는 의견을 내는 사제들도 있었다.

그들이 어떤 선택을 하는지에 따라 이번 전쟁의 양상은 많은 것이 달라질 것이 분명했다.

허황된 상상은 새로운 물건을 만들어내는 원동력이 된다.

지금 만들고 있는 열기구도 누군가의 상상력에 의해 만들어진 물건이었고 그 물건을 이용하는 것은 사회의 분위기와 상황에 따라 달라진다.

열기구를 만든 사람은 하늘을 날고 싶다는 욕구에 의해 열기구를 만들었겠지만 우리는 열기구를 전략무기로 사용할 생각이었다.

"벌써 네 번째 실패네요. 이번에는 성공해야 될 텐데."

원거리 무기 공장이 만들어진 지도 한 달이 흘렀다.

근접 무기는 완벽히 대량생산 체제를 갖추었다.

고참 병사들은 새로운 무기를 보급받았고 이제는 모든 병사에게 무기를 보급할 준비를 하고 있었다.

하지만 문제는 열기구를 이용한 전략무기 개발이었다.

열기구를 만드는 동안에도 다른 종류의 원거리 무기를 여럿 개발했다.

하지만 열기구는 개발 속도가 매우 느렸다.

열기구는 크게 세 가지의 부품으로 이루어진다.

하나는 거대한 풍선이 될 천과 사람 혹은 무기가 탈 수 있는 바구니 그리고 마지막으로 가장 골치를 썩이는 버너였다.

거대한 천은 바느질을 해서라도 만들어낼 수 있었고 바구니는 가벼운 등나무를 이용하면 어렵지 않게 제작할 수 있었다.

하지만 버너는 지금의 기술력으로는 힘들었다.

보통 불을 피우기 위해서는 나무를 사용했지만 열기구에 많은 양의 장작을 재워두고 사용할 수도 없었고 LPG가스 같은 것도 없었기에 버너 제작은 최진기를 비롯한 모든 직원의 고민거리였다.

"그래도 이번에는 성공하지 싶네. 여러 번의 실험도 성공적이지 않았나."

열기구에 적재가 가능한 크기를 가지고 있지만 거대한 불을 피울 수 있는 원료를 찾기 위해 잠을 줄여가며 실험에 열중했다.

가장 적극적인 사람은 역시나 마법사들이었다.

그들은 마법적 실험을 위해 쌓아두었던 신기한 금속과 재료들을 아낌없이 투자했고 여러 가지 방식을 접목한 실험을 했다.

그리고 드디어 적합한 재료를 찾았다.

아크타르라고 불리는 금속은 현대에서는 전혀 찾아보지 못한 형태의 금속이었다.

클린튼 백작이 새로운 마법 아이템을 만들기 위해 연구한 것 중에 불의 마법에 상승효과를 주는 아크타르를 발견했었고 자신의 목숨과도 같은 그 정보를 공유했다.

"아크타르는 나뭇조각보다 훨씬 가벼운 무게를 가지고 있네. 하지만 화력은 나무와 비교를 하지 못할 정도일세."

아크타르는 용암지대 부근에서 발견할 수 있는 흔한 금속 중에 하나였다.

하지만 사람들은 아크타르를 장작 대용으로 사용할 생각을 하지 못했다.

아크타르는 타는점이 매우 높았고 일반적으로 불을 붙이는 방법으로는 아크타르를 태울 수가 없었다.

"아크타르를 태우기 위해서는 간단한 작업이 필요하다네. 나도 우연한 기회에 알게 된 지식이지."

클린튼 백작이 알려준 방법은 간단했다.

아크타르에 여러 개의 구멍을 뚫고 그 안을 나무로 채운 다음 코트인이라는 금속을 아크타르 주변에 붙이면 불이 붙게 된다.

공장에서 처음 아크타르에 불이 붙는 광경을 봤을 때는 현자마저 입을 벌리고 놀라워했다.

아무런 쓸모가 없다고 생각되었던 아크타르가 이렇게 유용한 금속일지는 생각도 하지 못했고 현자는 급히 금속 사전을 꺼내 아크타르에 대한 정보를 기록했다.

그리고 오늘이 처음으로 아크타르를 이용해 열기구를 실험하는 날이었다.

공병들은 30명이 넘는 여자가 달라붙어 만든 동그란 천을 바구니에 연결했고 천에 공기를 집어넣기 위해 대장간에서 사용하는 풀무를 거대하게 제작했다.

거대한 풀무를 움직이게 하기 위해서 10명의 건장한 성인 남자가 악을 쓰며 몸을 움직여야 했고 조금씩 천이 풍선으로 변해

갔다.

"이제 아크타르에 불을 붙이면 될 것 같습니다."

거대한 천이 완벽히 공중에 떠 있었고 이제는 안에 있는 차가운 공기를 데울 일만 남았다.

바스켓 위에 설치된 버너에 아크타르를 올리고는 불을 붙였다.

조금씩 타들어가기 시작하는 아크타르는 곧이어 몬스터만 한 불길을 만들어내었다.

"뜨기 시작합니다!"

실험 단계인 열기구를 조정하기 위해서는 바구니 안에 사람이 타야 했고 최진기가 분신을 이용해 바구니에 탑승을 했다.

만약 열기구가 추락이라도 한다면 목숨을 장담하기 어려운 실험이었기에 다른 누구에게 시킬 수 없는 일이었다. 그리고 처음 하늘을 나는 영광을 느껴보고 싶기도 했었다.

불이 점점 크기 타오르자 열기구는 천천히 하늘을 향해 날아갔다.

바구니 밑에 단단히 달려 있는 고정 끈 덕분에 열기구가 건물 2층 높이까지 떠올라 멈추어 섰다.

아래를 바라보자 긴장한 표정으로 열기구를 바라보고 있는 사람들이 보였다.

그들을 향해 손을 흔들어주었다.

"고정 끈을 조금 더 풀어주세요. 더 높이 날 수 있을 것 같습니다."

2층 높이를 나는 것만으로도 대단한 일이었지만 아직 전략무기라고 할 수는 없다.

최소한 궁병의 사정거리를 벗어나는 위치까지 날아올라야만 무기로서의 가치가 생기는 것이다.

"고정 끈을 풀겠네. 준비하시게나."

고정 끈이 조심스럽게 풀려 나갔고 열기구는 왕실 궁전 꼭대기와 비슷한 높이까지 날아올랐다. 이 정도면 무기로서의 가치가 충분했다. 하지만 여기서 만족을 할 수는 없었다.

이왕 실험을 한 김에 얼마나 높이 날아오를 수 있을지 실험을 해보고 싶었다.

"고정 끈을 완전히 풀어주세요. 얼마나 높이 날아갈 수 있을지 확인해 보고 싶습니다."

높이가 높이인지라 복식호흡을 이용해 소리쳤다.

"위험하다네. 열기구가 갑자기 추락이라도 한다면 큰 사고가 생길 수도 있네!"

"괜찮습니다. 고정 끈을 풀어주세요!"

최진기가 원하는 대로 고정 끈은 완전히 풀어졌고 열기구는 점점 더 하늘 위로 올라갔다.

하늘 위로 올라갈수록 시야가 넓어졌다.

공장이 있는 마을이 한눈에 들어오기 시작했고 열기구가 더 높이 날아 올라가자 사람들이 점으로 보였다.

"이 정도면 충분히 전략적 가치가 있겠는데. 이 정도 위치에서 작은 돌덩이라도 떨어뜨린다면 큰 파괴력이 가지게 되겠어. 이제

슬슬 하강을 해볼까."

하강을 하는 방법은 간단했다.

엄청난 불길을 내고 있는 아크타르의 불길을 잠재우기만 하면 되었다.

최진기는 버너 옆에 설치되어 있는 뚜껑을 밀어 버너 안으로 더는 공기가 들어가지 못하게 만들었고 열기구는 서서히 하강하기 시작했다.

낙하산이 떨어지는 속도와 같은 속도로 열기구는 하강했기에 무섭거나 위험하지는 않았다.

문제는 하강 위치였다. 만약 민가에 떨어지기라도 하면 큰일이었다.

하지만 다행히 열기구는 공터에 안착했고 아기처럼 좋아하는 현자와 마법사들이 눈에 들어왔다.

"우리가 엄청난 무기를 만든 것 같네. 하늘 위에서 돌더미라도 떨어드린다면 상대방 진영을 완전히 부술 수 있을 게야."

"돌더미로는 부족합니다. 우리가 이렇게 고생해서 만든 열기구인데 더 큰 위력을 낼 만한 것을 찾아야죠."

"일단은 열기구를 대량생산하는 것에 초점을 둬야겠네. 한 대의 열기구로는 큰 효과를 내지 못할 게야. 10대의 열기구만 있다면 전쟁의 판도가 바뀔 것일세."

클린튼 백작의 말에 동의했다.

비행체에 대한 개념이 없는 지금의 시대에서 열기구만으로도 많은 일을 할 수 있다.

상공을 날며 적들의 위치를 알 수 있었고 적 진영 한가운데에 폭격을 가할 수도 있었으며 공성전에서도 유용했다.

"이제 열기구는 어느 정도 완성이 되었으니 새로운 무기를 제작할 때가 온 것 같습니다."

공성전을 대비한 투석기를 다양하게 제작하고 싶었다.

완만한 곡선을 그리며 날아가는 돌덩이를 날리는 트리뷰셋만으로도 충분한 위력을 낼 수 있긴 했지만 다양한 무기를 보유하고 있으면 많은 전략을 만들 수 있다.

*　　*　　*

신성제국의 집은 모두 하얀색으로 칠해져 있어 처음 방문하는 사람이라면 누구나 다 신성한 나라라는 느낌을 받게 된다.

사람들은 언제나 미소를 짓고 있으며 부드럽게 말하고 움직였다.

하지만 지금 신성제국은 역동적이었다.

전쟁을 앞둔 지금 많은 병사들이 훈련에 열중하고 있었고 병사들의 기합 소리에 조용했던 신성제국만의 고유의 모습을 더는 찾아볼 수 없게 되었다.

추기경이 직접 병사들을 훈련시켰고 모든 병사는 혹독한 훈련에도 불평 한마디 하지 않고 훈련에 열중했다.

이른 아침부터 시작했던 훈련은 해가 지고 나서야 끝이 났고 추기경은 교황을 만나기 위해 사원으로 들어갔다.

"오늘도 고생하셨습니다. 이제 전쟁이 얼마 남지 않았습니다. 조금만 더 노력해 주세요."

교황은 땀에 흠뻑 젖은 추기경의 어깨를 두드리며 친근감을 표시했고 추기경은 고개를 숙여 감사를 표했다.

"파말 왕국이 저희와 함께하지 않겠다는 소식을 들었습니다. 그뿐 아니라 우리 사절단의 방문을 공식적으로 거절했다고 알고 있습니다. 그들도 악마제국에 점령되었다고 생각됩니다. 그렇지 않다면 그들이 우리와 함께하는 것을 거절할 리가 없습니다. 무언가를 숨기기 위해 우리의 방문을 거절하는 것이라면 분명 파말 왕국 내부에 악마가 득실거리고 있기 때문일 것입니다."

"저도 그렇게 생각하고 있습니다. 악마제국과 전쟁을 치르기 전에 파말 왕국에게 신의 뜻을 보여줘야 할 것 같네요. 전쟁에 익숙하지 않은 병사들에게도 좋은 기회가 될 거예요."

파말 왕국은 악마제국에 근접한 나라 중 하나였다.

악마제국과 근접한 모든 나라가 신성제국과 함께하기로 한 시점에서 독자적인 길을 걷겠다고 일방적으로 통보한 파말 왕국의 속내를 알지 못했지만 그들이 악마제국의 속국이 되었다고 추측할 수는 있었다.

추측은 단순히 추측일 가능성도 있었다.

하지만 신성제국은 사실과 다르다고 할지라도 크게 신경을 쓰지 않을 것이다.

신의 뜻이라는 한마디면 모든 것이 용서가 되었고 합리화가 될 수 있었다.

"전쟁 준비는 이미 끝이 났습니다. 다른 나라들에게 우리의 힘을 먼저 보여줘야 할 듯합니다. 동맹국들에게 믿음을 주고 희망을 줄 수 있도록, 그리고 파말 왕국에게 신의 철퇴가 얼마나 무거운지 느낄 수 있도록 해주겠습니다."

"그렇게 해주세요. 그리고 악마제국과 다소 거리가 떨어져 있는 나라들에게 다시 한 번 사절단을 보냈습니다. 이번에도 거절 혹은 소극적인 움직임을 보이는 나라들에게는 신의 말씀을 들려줘야 할 것 같네요."

"알겠습니다. 파말 왕국을 토벌하는 대로 신의 말씀을 전해주도록 하겠습니다."

나라들마다 각자의 사정이 있었다.

군사력은 약하지만 신성제국과 끈을 대기 위해 많은 병사를 지원하는 나라가 있는가 하면 군사력에 비해 적은 수의 병사를 지원하는 나라도 있었다.

그리고 아예 문을 닫고 항마 전쟁이 끝나기를 기다리는 나라도 있었다.

브루니스 왕국은 그에 대해 소극적인 자세를 취하고 있었다.

아직 준비가 되지 않은 상황에서 왕국의 전력이 이탈되는 것을 막고자 했기에 차후에 전쟁에 합류하겠다고 전했고 그런 반응은 신성제국 입장에서는 좋지 않은 시선으로 바라보게 하는 원인이 되었다.

하지만 아직은 직접적인 충돌이 일어날 정도는 아니었다.

신성제국의 사절단이 다시 방문하는 동안의 시간을 벌게 된 브루니스 왕국이었으나 파말 왕국과의 전쟁이 끝나기 전에는 신성제국에게 답을 들려주어야 했다.

제국과 같은 편이 되든가 혹은 적이 되든가 선택을 하는 것은 브루니스 왕국의 선택이었다.

조금 더 시간을 달라는 말은 독단적인 성격이 강한 신성제국에게는 통하지 않는 변명이었다.

태양의 신을 숭배하는 신성제국의 군사들이 파말 왕국을 향해 이동했다.

그들의 무기는 단순했다.

거대한 방패와 철퇴를 들고 있는 병사들은 기사라고 해도 믿을 정도로 강인한 육체를 가지고 있었다. 어떤 훈련이든 군말하지 않고 따르는 파만트제국군이었고 병사들 모두 엄청난 근육을 가지고 있었다.

거대한 방패를 등에 지고 이동하는 그들이 만들어내는 물결은 강했고 뜨거웠다.

신성제국과 파말 왕국 간의 거리는 말을 타고 가도 2주가 걸렸다.

신성제국에서 많은 병사를 이끌고 파말 왕국까지 가기 위해서는 최소 40일 이상의 시간이 소요된다.

하지만 파만트제국군은 달랐다.

그들은 빠르게 이동했고 휴식을 몰랐다.

최소한의 음식 섭취와 휴식을 취한 채 길을 걸었고 앞을 가로

막는 모든 것을 부수며 이동했다.

몬스터들도 그들의 모습에 위압감을 느끼고는 도망칠 정도였고 일반 사람들은 손을 모아 그들을 찬양했다.

브루니스 왕실도 결단을 내려야 했다.

완벽하게 준비가 끝나지 않았지만 더는 시간을 끌 수가 없었다.

신성제국과 다른 동맹국들이 등을 돌리기 전에 참전을 선포해야 했다.

"전하, 이제는 움직여야 합니다. 이미 신성제국이 파말 왕국으로 진군했습니다. 많은 병력은 아니라도 1차 파병군을 보내야만 합니다."

이미 신성제국의 사절단은 도착해 있었고 매일같이 대답을 독촉했다.

저들이 떠나기 전에는 답을 들려주어야 했고 오늘이 마지노선이었다.

"알겠네. 그럼 얼마의 병사를 파병하는 것이 좋겠는가?"

어려운 문제였다.

부족한 병사를 보낸다면 전쟁에서 공을 세우는 것은 둘째 치고 따가운 눈총을 받을 수도 있었다. 그렇다고 많은 병사를 참전시켰다가 큰 피해를 입기라도 한다면 전쟁 이후의 상황이 걱정될 것이다.

"1차로는 왕국군이 아닌 각 영지들의 병사들을 파병시키는 것이 좋을 것 같습니다."

가리니안 백작이 말했다.

그는 왕실파 인물답게 왕권을 강화시킴과 동시에 영주들의 힘을 약하게 하는 방법을 제안했다. 당연히 많은 귀족들이 반발했고 남부 귀족 파벌의 인물들이 언성을 높였다.

"내전의 상처가 아직 아물지 않은 상황입니다. 지금 영지 병사들까지 빠져나간다면 각 영지의 치안이 걱정됩니다. 이번 내전에서 아무런 피해를 입지 않은 왕국군을 중심으로 1차 파병을 보내시는 것이 어떠십니까?"

카인트 공작이 약간 뜸을 들이고는 입을 열었다.

그의 생각이 곧 북부 귀족들의 생각이었고 그의 말에 회의에 참석한 모든 귀족의 이목이 집중되었다.

"지금 병사를 파견한다고 해서 바로 전쟁이 일어나지는 않을 것입니다. 현재 신성제국은 자신들의 힘만으로 파말 왕국을 불태우겠다고 나선 상황입니다. 1차 파병은 동맹국이 되겠다는 의지를 보이는 행동입니다. 많은 수를 보낼 필요도 없고 각 영지에서 병사를 차출하고 지휘부를 왕실의 인물로 하는 것이 좋을 것 같습니다. 여러 귀족들의 생각을 잘 알고 있습니다. 전쟁 이후의 상황을 대비하고자 하시겠죠. 하지만 이번 전쟁에서 이겨야 이후가 있는 겁니다. 역사서를 읽어보세요. 악마 강림에 대한 내용에 담긴 책이 서고에 최소 한 권 이상씩은 있을 거라고 생각합니다. 악마 강림에서 인간들이 어떤 피해를 입었는지, 그리고 어떻게 극복했는지를 아신다면 이렇게 몸을 사리는 언사를 하지 못하실 겁니다. 우리뿐만 아니라 모든 나라의 군사력을 모아도 악마제국을 이길 수 있다는 확신을 하지 못합니다. 몸을 사리다가 제대로 된 전투 한번 해보지 못하고 개죽음을 당할 수도 있습니다. 개인만 생각하지 말고 좀 더 넓게 바라보세요."

카인트 공작은 최대한 감정을 숨기고 말했지만 그 속에 들어 있는 심각함을 모두 느낄 수 있었고 회의장은 순식간에 무거운 분위기로 전환되었다.

이런 상황에서 자신만 살겠다고 병사를 파병하지 않겠다는 말을 할 수는 없었다.

"그러면 영지의 크기에 따라 병사 차출 수를 차등하겠네. 그리고 카인트 공작의 말대로 지휘부는 왕실의 인물로 하기로 하겠네. 그렇지만 전투에 익숙한 사람이 지휘부에 한 명 이상은 있어야 할 것 같네. 북부에서 지원을 해줄 수 있겠는가?"

아다드 왕의 말에 카인트 공작은 자신의 의지를 보여줄 생각이었다.

"이번 파병에 저의 아들이자 북부의 자랑인 블루 웨이브 기사단장인 아드몬드를 보내겠습니다. 그라면 충분히 제 몫을 할 겁니다."

자신의 아들이라서 그런 게 아니라 아드몬드는 충분히 강했다.

아집은 있었지만 무력은 물론이고 전투 경험도 많았다.

그리고 공작의 기사단장 정도는 보내줘야 남부의 귀족들이 발을 빼는 것을 방지할 수 있었다.

"블루 웨이브 기사단장이라면 믿음이 가네요. 남부에서는 이번 파병의 후방 지원을 부탁드려도 될까요?"

공작은 자신의 아들을 이번 전쟁에 참전시키려고 하고 있었다.

이런 상황에서 생색내기용 지원을 해줄 수는 없었다.

자로트 후작은 생각했다.

아무나 보낼 수는 없다. 누가 좋을까.

아무리 생각해도 한 명의 이름밖에 떠오르지 않는 후작이었다.

"고인트 남작에게 후방 지원을 맡기도록 하겠습니다. 그는 남부의 5 대 상가를 가지고 있을 정도로 뛰어난 사람입니다. 그가 상단을 이끌고 직접 후방 지원을 한다면 보급품이 떨어지는 일은 절대 발생하지 않을 겁니다."

전쟁 배상금은 물론이고 전쟁에까지 끌려가게 될 고인트 남작이었다.

그에게는 선택할 권한이 없었다.

남부에서 발붙이고 살기 위해서는 이번 결정에 따라야 했다.

자신의 목숨보다 소중한 상가를 살리기 위해서는 어쩔 수 없이 전쟁에 참전해야 했고 깔끔하게 후방 지원을 담당해야 했다.

"고인트 남작이라면 충분하군요. 이 정도면 다른 나라에서도 충분히 납득할 수 있을 겁니다. 2차 파병이 언제일지는 모르겠지만 최소 반년 안에 본격적인 전쟁이 시작될 겁니다. 그때 동안 각 영지들은 군사력을 키우는 데 노력을 해주세요."

아직 전쟁의 잔인함을 직접 겪어보지 못한 귀족들이었다.

악마에 관한 얘기는 책으로만 들어봤기에 그들의 무서움을 몰랐다.

악마는 그들이 생각하는 것보다 훨씬 강하고 무서운 존재들이었다.

*　　　*　　　*

왕실에서 회의가 벌어지고 있는 시간, 최진기를 비롯한 원거리 무기 공장 직원들은 새로운 무기 개발에 박차를 가하고 있었다.

"거대 석궁은 파괴력은 강하지만 공성전 말고는 따로 사용할 곳이 없을 것 같구나. 거대한 나무가 날아간다고 하더라도 투자 대비 이득이 너무 적네. 기껏해야 한 발에 10명 안팎의 피해를 줄 수 있을 텐데 이번 전쟁에는 적합하지 않다고 본다네."

일주일에도 몇 개의 원거리 무기 시제품이 만들어졌다.

아직 대량생산에 돌입한 무기는 없었지만 가능성이 높은 무기 몇 개를 개발할 수 있었고 마지막 선택만을 기다리고 있었다.

이들이 하나의 무기를 선택하는 것에 고민하는 이유는 대량생산을 하기 위해서였다. 이미 근거리 무기가 대량생산 체제에 들어감에 따라 단일화된 무기를 생산하는 것이 훨씬 효율적이라는 것을 모두가 알게 되었고, 전쟁에서 원거리 무기의 숫자가 전쟁의 승패를 좌지우지한다는 것도 알았다.

가장 유용한 무기인 열기구는 대량생산이 힘들었다. 거대한 천을 만들기 위해서도 수십 명의 사람이 바느질을 해야 되었고 꾸준히 만드는 것만이 수를 늘리는 유일한 방법이다.

"그러면 결국 투석기를 대량으로 생산하는 것이 가장 낫겠군요."

"투석기를 대량생산하는 것도 좋겠지. 하지만 원거리 투석 무기는 이동성이 너무 떨어진다네. 병사들이 사용할 수 있는 원거리 무기도 한 종류쯤은 생산하는 것이 좋을 것 같다네."

크기가 큰 무기뿐만 아니라 활과 같은 무기의 개발도 하고는 있었다.

하지만 화약의 발전이 더딘 상황에서 병사들이 쓸 만한 무기는 석궁뿐이었고 석궁은 사정거리와 파괴력이 떨어졌다. 재장전 시간이 단축되는 장점은 있었지만 그에 비해 단점이 너무 컸다.

"석궁을 제대로 활용하기 위해서는 기동력이 필수적입니다. 기동력이 뛰어난 부대는 기사단이 전부인 지금 기사단에게 석궁을 보급하는 것은 너무나 비효율적입니다. 그들의 뛰어난 전투 능력을 석궁을 쏘는 데 사용할 수는 없습니다."

지금의 시대에서 사용되고 있는 석궁은 재장전의 시간이 오래 걸리기도 했고 사정거리와 파괴력이 약했다. 하지만 우리가 발전시킨 석궁은 활보다는 사정거리가 떨어지긴 했지만 재장전 부품을 탑재시켜 속사가 가능했다.

속사가 가능한 기능을 제대로 활용하기 위해서는 기동력이 필수였다.

병사들의 기동력을 올리는 방법이 필요했다.

"전쟁에서 왜 마차를 사용하지 않는 겁니까?"

역사서에 보면 마차를 이용한 부대가 자주 등장했다.

마차 안에서 창을 던지거나 마차의 크기를 이용한 전투 방식은 선봉을 부수는 데 효과적이었다.

"마차를 이용한 전투라. 그거 정말 효율적이겠군. 마차 안에서 석궁을 쏜다면 광역 마법과 비슷한 파괴력을 낼 수 있을 것 같네."

지금 시대는 전쟁 전략에 대한 발전이 너무도 안 되어 있었다.

오러와 마법이 전략의 발전을 가로막았었고, 간단한 전쟁 무기조차 개발이 되지 않은 시대였다.

"우리가 직접 마차를 제작해도 되고, 이미 많은 수의 마차들이 상인들에게 있으니 그들에게서 지원을 받는다면 빠르게 석궁병을 완성시킬 수 있을 걸세. 석궁은 일반 활과 달리 숙련도가 그렇게 필요하지 않은 무기니 말일세."

이들이 만든 무기와 전술을 사용하는 것은 결국 전쟁을 지휘하는 사령부의 몫이었다.

아무리 좋은 무기를 만들어 준다고 하더라도 제대로 사용하지 못하면 돼지 목에 진주 목걸이를 다는 꼴이었다.

물론 그에 대한 대책을 수립하긴 했다.

카인트 공작을 비롯한 왕실 전쟁 사령부 사람들을 상대로 무기에 관한 설명과 사용법에 대해서 브리핑했고 서로의 의견을 나누는 시간을 일주일에 두세 번은 가졌다.

석궁병에 대한 아이디어가 나온 지금 다시 한 번 설명회를 개최하는 것이 좋겠다는 의견이 나오자 카인트 공작과 왕실 전쟁 사령부 사람들이 공장 근처 공터에 모였다.

이번 설명회에는 특별히 아다드 왕까지 참석했다. 전쟁이 멀지 않은 상황에서 무기의 개발이 어디까지 진척되었는지 확인하고 싶었기에 아다드 왕이 직접 설명회에 참석한 것이다.

"이번에 우리가 설명회를 개최한 이유는 석궁병을 효율적으로 사용하는 방법을 알려 드리기 위해서입니다. 우리가 개조한 석궁의 장점에 대해서는 이전 설명회에서 설명을 드렸기에 다들 알고 있을 거라고 생각합니다."

한 대의 마차에 탈 수 있는 병사의 수는 많아 봐야 7명 정도였다. 마차를 키운다면 더 많은 병사를 태울 수는 있겠지만 조종이 어려워지고 기동성도 떨어지기에 7명이 탑승하는 것이 가장 적절했다.

"모두 마차에 탑승해 주시기 바랍니다."

우리는 왕실 병사들 중에서 몸이 날렵한 사람들을 선발했는데 그들이 이번 설명회의 주인공들이었다.

일반 상인들이 사용하는 운송용 마차와 석궁병이 타는 마차는 모습이 많이 달랐다.

일단 마차의 모든 부품들을 최진기가 직접 강화시켰기에 대단한 강도를 자랑했고 내구성도 매우 뛰어났다.

"마차와 석궁병을 이용한 방법입니다. 일반적으로 기동력을 올리기 위해서는 기병을 사용합니다. 하지만 석궁병에게는 마차가 더욱 효율적입니다. 달리는 말 위에서 석궁을 조준하는 것은 힘든 작업입니다. 하지만 마차 안에서는 안정적으로 석궁을 사용할 수가 있습니다. 먼저 마차 안에서 석궁병이 어떻게 석궁을 사용하는지 보여 드리도록 하겠습니다."

조금 떨어진 지점에 나무로 만든 가상의 적들을 세워두었고 그들을 향해 석궁병이 탄 마차가 빠르게 이동했다.

두 마리의 건장한 군마가 끄는 마차는 흙먼지를 뿌리며 금세 표적의 앞으로 도착했다.

그리고.

푹! 푹!

7명이 쏜 석궁이라고는 믿기지 않을 정도로 엄청난 양의 화살이 표적에 꼽혔다.

이게 끝이 아니었다. 고작 이런 공격을 보여주기 위해서 귀족들을 모은 것이 아니다.

"마차를 이용한 석궁병이라. 매우 유용해 보이는군. 천장을 단단한 나무로 만든다면 화살 공격에도 피해를 입지 않을 수 있겠어."

아직 놀라기는 일렀다.

"마차에 창을 달아주세요."

뾰족하고 기다란 쇠붙이를 마차의 외벽에 달았다.

그러고는 다시 마차가 움직였다. 빠른 속도로 움직인 마차는 표적의 바로 옆에서 급히 방향을 전환했고 쇠창에 부딪힌 나무

표적들은 순식간에 산산조각이 나버렸다.

"원거리 공격만 가능한 것이 아닙니다. 근거리에서도 쇠창을 이용하면 충분히 파괴력 높은 공격을 할 수가 있습니다."

투석기를 이용해 선봉을 혼란에 빠뜨리고 석궁병을 이용해 진영을 완전히 파괴하는 전략을 사용한다면 전쟁의 승패를 단번에 가지고 올 수 있을 만했다.

단순화된 전쟁에 익숙해 있는 귀족들이 변형된 마차를 이용한 공격에 입을 벌리고 놀라워하는 것은 당연했다.

무기를 이용한 전쟁을 벌인 역사가 조금만 더 깊었다면 이런 무기는 진즉에 나왔어야 했다.

Chapter 3

고래와 새우

브루니스 왕국은 영지병을 중심으로 1차 파병을 보냈다. 그동안 우리는 부족한 준비를 마무리할 수 있었다. 투석기는 물론이고 석궁병과 전투용 마차 그리고 가장 중요한 열기구까지 제작했고 병사들의 무장까지 완벽했다.

병사들이 사용하는 검은 다른 나라의 기사들이나 사용할 정도로 높은 강도를 자랑했고 방어구도 활을 튕겨낼 수 있을 정도의 방어력을 가지고 있었다.

그리고 이제 드디어 브루니스 왕국의 군사력을 제대로 보여줄 시간이 찾아왔다.

브루니스 왕실 회의.

"신성제국이 파말 왕국을 단숨에 쓸어버렸다고 합니다. 그들의 예상과는 달리 파말 왕국에서는 악마의 흔적을 찾아볼 수 없었다고 합니다. 그들은 단지 기회를 노리다가 신성제국의 표적이 되어버렸습니다. 우리도 조금만 늦게 선택을 내렸다면 파말 왕국과 같은 꼴이 되었을 겁니다."

가리니안 백작의 보고에 소름이 끼쳤다.

더욱 완벽한 준비를 갖추고 전쟁에 나간다고 1차 파병을 거부했다면 신성제국의 검이 우리에게도 향하고 있었을 것이다.

물론 우리는 파말 왕국과는 달리 많은 준비를 착실히 해왔기에 단숨에 쓸리지는 않겠지만 그래도 항마 전쟁을 벌이기도 전에 신성제국과 전쟁을 벌이는 것은 악마들만 좋은 일을 시키는 꼴이었다.

"파말 왕국을 휩쓸었기에 이제는 본격적으로 악마제국을 향해 진군할 겁니다. 1차로 파병을 보낸 병사들이 아직까지 전쟁을 참여하지 않았기에 우리 왕국의 군사력은 온전히 유지되어 있습니다. 조만간 2차 파병을 보낼 준비를 해야겠군요."

카인트 공작이 아다드 왕의 말을 이어받았다.

회의를 하기 전에 카인트 공작과 아다드 왕이 밀실 회의를 했다는 것은 알 만한 사람은 다 알고 있었다. 무엇을 위한 밀실 회의였는지는 이제 알 수 있었다.

"우리 북부는 최소한의 병력을 남기고 모조리 이번 전쟁에 참전시키도록 하겠습니다. 이익을 위해 하는 전쟁이 아닙니다. 생존을 위해서입니다. 악마와의 전쟁은 절대 만만하게 생각해서는 안 됩니다. 모든 것을 쏟아부어도 승리를 장담하기가 힘듭니다.

다른 영지들도 적극적인 참전을 부탁드리겠습니다."

군사력이 가장 강한 카인트 공작이 모든 것을 내놓겠다고 나섰다.

다른 영지들이 발을 빼기 전에 먼저 선수를 치는 것이었다.

서로 눈치만 보고 있는 남부 귀족들이었지만 그들의 선택은 정해져 있었다.

불리한 상황에서 내전이 다시 일어나는 것을 원치 않는다면 전쟁 물자와 영지병들을 이번 전쟁에 내놓아야 했다.

"항마 전쟁에 필요한 모든 물자를 남부에서 담당하도록 하겠습니다. 하지만 우리 남부는 군사력이 북부에 비해 강하지 않습니다. 많은 수의 병사를 지원하기는 힘이 듭니다."

끝까지 자신의 전력을 아끼려고 드는 남부였다.

이래서 장사치들이 안된다는 욕을 듣는 것이었다.

이득을 위해 움직이는 그들이 이번 전쟁에서도 이득을 따지고 있는 것이다.

통할 리가 없었다.

저들이 내전에서 승리했다면 모를까 북부의 벽이 두 눈 뜨고 살아 있는 동안은 저런 얄팍한 수가 통할 수가 없었다.

"남부에는 책이 말랐습니까? 돈을 벌겠다고 서고에 있는 모든 책을 팔아 버리기라도 했습니까? 제가 일전에 말하지 않았습니까. 악마와의 전쟁을 기록한 책을 보라고요. 책을 봤다면 그런 말을 절대 하지 못할 겁니다! 악마를 동네 개처럼 생각하시는데 이번 전쟁은 전 세계의 힘을 모아도 이길지 미지수인 전쟁이란 말입니다. 몸을 사리겠다는 말은 악마와 손을 잡겠다는 것과 다르지 않습니다!"

카인트 공작은 금방이라도 자로트 후작의 얼굴을 후려칠 기세였다. 최진기는 그가 진짜로 그러지는 않을 거란 것을 알고는 있었지만 옆에 있다는 이유만으로 카인트 공작의 몸을 붙잡는 시늉을 해야 했다.

"카인트 공작의 말이 맞습니다. 이번 전쟁을 절대 만만하게 생각하시면 안 됩니다. 신성제국이 힘을 모으기 위해 어떤 방식을 사용했는지 잘 알고 계시지 않습니까. 저는 그런 방법을 사용하고 싶지는 않습니다. 하지만 불가피한 상황이 오면 어쩔 수가 없습니다."

아다드 왕이 초강수를 던졌다.

신성제국이 동맹국을 모으기 위해 사용한 방법은 자신의 손을 잡지 않은 파말 왕국을 쓸어버린 것이었다. 파말 왕국이 악마제국에 점령당했다는 이유는 없었지만 그런 것은 중요치 않았다.

아다드 왕은 남부에서 제대로 협조를 하지 않는다면 남부 먼저 쓸어버리겠다는 선전포고를 한 것과 다르지 않았다.

카인트 공작을 등에 업고 있는 지금 아다드 왕은 망설이지 않았다.

저런 사람이 지금까지 참아왔다는 게 신기했다.

아니면 지금까지 참아왔던 울분을 한 번에 토해내는 것일지도 몰랐다.

"알겠습니다. 남부의 모든 전력을 이번 전쟁에 투입하도록 하겠습니다."

남부 귀족은 백기를 들었다.

그렇게 전쟁 전의 마지막 회의는 끝이 났고 모든 영지에서 병사와 보급 물자를 왕실로 집중시켰다.

*　　　*　　　*

많은 역사서와 이야기책에 악마의 무서움이 잘 남아 있었지만 사람들이 느끼는 위기감은 그렇게 크지 않았다.

두 제국을 일순간에 집어삼킬 때만 하더라도 '혹시 우리도?'라는 생각을 하고 있던 나라들의 긴장감은 풀어졌다.

반년이 넘도록 악마제국이 아무런 움직임을 보이지 않고 있기 때문이다.

긴장감이 풀어지면 사건 사고가 끊이지 않는 법이다.

특히 서로 문화가 다른 나라들이 모이게 되면 다른 문화를 이해하지 못하는 사람들이 생기게 마련이고 비슷한 문화권의 국가끼리 모이게 된다.

소수의 사람이 모여도 파벌을 만드는 것처럼 국가 간에도 빠르게 파벌이 형성된다.

동맹국 사령관 회의.

사령관 회의는 아직까지 제 역할을 제대로 하지 못하고 있다.

제대로 된 전쟁이 일어나지 않은 상황에서 사령관들이 모여서

하는 일은 편 가르기가 대부분이었다. 많은 병사와 기사를 보유한 나라일수록 발언권이 강했는데 브루니스 왕국은 아직 2차 파병이 도착하기 전이어서 발언권이 거의 없다고 볼 수 있었다.

"각국에서 2차 파병이 도착하려면 최소 한 달에서 길게는 세 달이 걸립니다. 무작정 그들을 기다릴 수는 없습니다. 우리만 하더라도 일국의 군사력을 훨씬 상회합니다. 이런 병력을 놀리는 것은 매우 비효율적인 일입니다. 그래서 우리 신성제국이 중심이 되어 악마제국의 국경을 먼저 침공하는 것이 좋다고 생각합니다."

신성제국의 철퇴, 프란세스 추기경이 부드러운 어조로 자신의 의견을 말했다.

그의 말을 반대할 만한 국가는 지금 없었다.

군사력이 곧 발언권인 지금 신성제국보다 많은 군사력을 가지고 있는 나라는 존재하지 않았고 프란세스 추기경의 의견은 무조건 통과하게 되어 있다.

여러 국가가 편 가르기를 한 이유는 신성제국의 의견을 막기 위해서가 아니었다.

전쟁에서 가장 큰 공을 세우기도 하지만 가장 많은 피해를 입는 것이 선봉이었다.

선봉이 큰 공을 세우기 위해서는 압도적인 전력 차가 있어야만 했다.

그런데 악마제국과의 전쟁에서 압도적인 승리를 할 수 있을까?

백이면 백 어려운 전쟁이 예상된다고 답한다.

그렇다면 선봉을 서는 것은 공을 세우는 자리가 아닌 죽음의 신을 만나러 가는 자리일 게 뻔했다.

"이번 전쟁에서 선봉을 서는 영광을 어떤 나라가 가지겠습니까?"

치열한 눈치 싸움.

회의장에 있는 국가는 총 3개의 파벌이 있다고 볼 수 있었다.

신성제국은 혼자로도 충분히 강한 발언권을 가지고 있었기에 따로 편을 가르거나 하지 않았다. 신의 가호를 받는 사람들이 파벌을 형성한다는 것을 좋지 않게 보는 그들이었다.

하지만 다른 나라들은 달랐다.

신성제국을 중심으로 동부에 위치한 왕국들은 타니스 왕국을 중심으로 뭉쳐 거대한 세력을 형성했다. 그리고 서부권 국가들은 탄트 왕국을 중심으로 뭉쳤다.

그들은 서로의 눈치를 살폈다.

혹시나 선봉을 서겠다는 파벌이 있다면 군말하지 않고 밀어줄 생각이었다.

하지만 그들의 생각은 다르지 않았고 서로의 눈치만 계속해서 살폈다.

아무런 말도 하지 않고 눈빛만으로 대화를 하는 국가 사령관들, 동부와 서부의 사령관들의 눈이 동시에 한 방향을 바라보았다.

아무런 파벌에 속해 있지 않은 왕국들.

동부와 서부의 경계권에 있는 최약소국들은 아무런 파벌에 속하지 않고 바위 근처의 모래 알갱이처럼 따로 놀았다.

평소라면 그들에게 눈빛 한번 주지 않던 동부와 서부의 국가들이었지만 얼굴에 미소를 띠며 그들을 바라봤다.

"선봉은 가장 많은 공을 세울 수 있는 자리입니다. 우리가 서로 공을 차지하겠다고 싸운다면 자칫 큰 화를 입을 수도 있습니다. 차라리 공을 세울 기회를 소국들에게 먼저 주는 것이 좋을 것 같습니다. 그렇지 않습니까?"

"좋은 생각입니다. 이번 기회를 통해 소국들의 군사력이 절대 약하지 않다는 것을 증명할 자리를 만들어주는 것에 동의합니다."

각 파벌을 대표하는 국가들이 동일한 의견을 내놓았다. 단번에 그들의 의견을 파악한 다른 국가들도 마음에도 있지 않은 소리를 하며 소국들을 선봉으로 내몰았다.

자신들을 화살받이 용도로 사용하려는 것을 짐작한 소국들이었지만 입술을 굳게 깨무는 것 말고는 다른 말을 할 수가 없었다.

선봉을 서지 않고 후방을 지원하겠다는 말을 하는 순간 온갖 질책과 비난을 받아야 했기에 안 그래도 작은 발언권이 완전히 사라질 수도 있었다.

"그러면 그렇게 하도록 하겠습니다. 선봉에는 저희 신성제국의 병사들과 소국의 병사들이 서기로 하겠습니다."

다행이라면 신성제국이 자신들의 옆을 지켜준다는 정도였다.

이런 상황을 아는지 모르는지 아드몬드는 혼자 싱글벙글이었다.

"저희 브루니스 왕국에게 최선봉을 설 수 있는 기회를 주십시오. 악마가 정말 강한지 직접 확인을 해보고 싶습니다!"

아드몬드도 선봉에 서는 것이 위험하다는 것을 잘 알고 있었다.

여러 번의 이민족들과의 전투에서 선봉에 선 경험이 있는 그가 모를 리가 없었다.

하지만 가장 큰 공을 세우기도 적합한 자리가 선봉이라는 것도 알고 있었다.

그는 이번 기회를 통해 자신의 이름을 알리고자 했다.

그리고 그의 그런 생각은 일면 적중했다.

위험을 모르고 날뛰는 망아지로 이름이 알려졌기 때문이다.

*　　　*　　　*

항마 전쟁의 시작을 알리는 뿔피리 소리가 울려 퍼졌고 연합국의 대군이 악마제국을 향해 진군했다. 많은 수의 병사들이 발을 맞추며 걸어가면 땅이 울렸고 그들의 발은 거침이 없었다.

악마제국과 근접한 파말 왕국을 근거지로 삼은 연합국의 군사들은 이틀이 지나지 않아 악마제국이 세운 방벽 지척에 도착할 수 있었다.

방벽을 부술 수 있는 공성 무기는 없었다.

그들은 오로지 힘으로 방벽을 부술 생각이었다.

"너무 조용한 것 아닙니까? 방벽 근처까지 왔으면 무슨 움직임이라도 포착되어야 하는데 마치 아무도 살지 않는 땅처럼 고요하기만 합니다."

선봉에 선 아드몬드는 프란세스 추기경의 옆자리에 서는 영광을 차지할 수 있었다.

"그렇군. 너무도 조용해. 방벽은 그냥 넘겨주겠다는 것인가? 우리를 너무 만만하게 생각하는군. 하지만 악마들은 영악한 놈들이네. 절대 방심을 해서는 안 되네!"

방심을 하지 말라는 프란세스 추기경이었지만 공성 무기 하나 준비하지 않고 악마제국에 도착한 그들은 이미 악마제국을 만만하게 생각하고 있는 것이다.

굳게 닫힌 성문을 부수기 위해 수십 명의 병사가 동시에 도끼를 들고 문을 두드렸다.

굳게 닫힌 문이라도 수백 번의 도끼질에는 버티지 못할 거라는 생각을 하고 있었다.

쾅! 쾅!

그러나 수백 번의 도끼질에도 문은 아무런 흠집조차 남기지 않았다.

오히려 도끼의 이가 빠지고 금이 갔다.

"이대로는 안 되겠다. 사다리를 가지고 와라."

공성 무기는 없었지만 사다리는 준비해 온 연합국이었다.

공성전을 위한 최소한의 준비가 사다리였다.

신성제국의 궁전과 비슷한 높이의 방벽을 올라가기 위해 제작된 사다리는 수십 명의 병사가 동시에 들어 올려야 할 정도로 무거웠지만 병사들은 그것을 방벽의 옆에 세우는 데 성공했다.

"제가 먼저 방벽을 오르도록 하겠습니다."

아드몬드는 사다리가 세워짐과 동시에 가장 먼저 사다리에 올라탔다.

굳게 닫힌 출입문을 여는 공을 다른 사람에게 뺏기기 싫었기 때문이었다.

'역사책에는 내 이름이 기록될 것이야. 악마제국의 선봉에 선 영웅으로 말이지.'

일이 그의 생각대로 진행될지는 아무도 몰랐다.

역사서에는 많은 전투와 전투를 승리로 이끈 영웅들의 이름이 기록되어 있다.

많은 사람이 이름을 남기기 위해 살아간다.

하지만 그 모든 사람이 좋은 방향으로 이름을 남길 수 있는 것은 아니다.

혹은 역사서에 한 글자도 기록되지 않고 죽음을 맞이하는 불세출의 영웅도 있다.

아드몬드는 자신이 후자가 될 수도 있다는 생각을 한 번도 하지 않았다.

태어날 때부터 신동이라는 소리를 하루도 빠짐없이 들었고 자신의 능력은 왕국 최고의 기사인 아버지에게까지 인정을 받았다.

"이런, 많이도 오셨네요. 우리가 움직이지 않는 동안 행복한 시간을 보내시지. 왜 지옥으로 기어들어 오는지 이해가 되지 않네요."

가장 먼저 방벽을 기어 올라간 아드몬드는 자신의 앞을 가리는 흰색 망토를 걸치고 있는 존재를 마주했다.

처음 보는 존재였지만 단번에 그의 존재를 파악할 수 있었다.

악마.

책으로만 봤던 악마를 직접 보게 된 것이었다.

악마를 보게 되면 눈이 멀고 심장이 터져 버린다는 기록을 읽은 적이 있었다.

하지만 오히려 적당한 긴장감이 느껴질 뿐 단칼에 앞을 가로막고 있는 악마를 베어낼 수 있을 것 같았다.

가장 먼저 악마를 처치한 사람.

최초라는 단어는 모든 사람들이 좋아했다.

항마 전쟁의 문을 연 사람이 자신이 될 거라는 생각에 부푼 아드몬드는 곧장 검을 빼어 들고는 악마에게 휘둘렀다.

휘익!

바람을 가르는 소리만 날뿐 타격음은 전혀 들리지 않았다.

어느새 자신의 뒤를 점하고 있는 악마였다.

"악마 주제에 백색 옷을 입고 있다니. 너희는 검은색이 어울린다!"

티끌하나 묻어 있지 않는 백색의 옷이 마음에 들지 않는 아드몬드였다.

그는 검끝에 모래를 묻혀 던졌다.

혼신을 다한 검을 가볍게 피한 악마가 그런 공격에 당할 리는 없었다.

"더러운 짓을 즐겨 하는 것을 보니 우리와 매우 잘 어울리는 사람이군요. 이번 전쟁이 끝나면 저희 진영으로 올 수 있는 기회를 드리죠."

"닥쳐라. 나는 아드몬드다! 악마의 유혹에 넘어갈 정도로 정신력이 약하지 않다! 목을 내놓거라. 너의 목으로 이번 전쟁의 시작을 알리겠다."

아드몬드는 재차 검을 휘둘렀다.

그의 검은 빠르고 강했다. 하지만 악마는 아드몬드의 검을 손쉽게 한 손으로 잡아채고는 검을 당겼다.

아드몬드는 악마의 악력에 이끌려 중심을 잃었고 악마의 품에 안기다시피 했다.

악마는 아드몬드의 귀에 자신의 입을 대고는 속삭였다.

"지금은 바쁘니 다음에 뵙도록 하죠. 출입문을 여세요. 인간 병사들이 모두 우리의 영역으로 들어올 때까지는 공격을 하지 않겠어요."

악마는 아드몬드의 검을 놓았고 아드몬드는 바람에 날리는 종잇장처럼 허공을 날았다.

너무도 무력했다.

악마를 쉽게 생각하지는 않았다.

오러를 사용할 수 없는 몸이 되었다고는 하지만 하루도 빠짐

없이 육체 수련을 해왔다.

기사는 육체 단련을 포기하는 순간 배에 기름이 찬 돼지가 된다는 아버지의 말을 잊은 적이 없었다. 그런데 악마는 그런 노력의 시간을 단숨에 헛수고가 되게 만들었다.

믿기지가 않았다.

"괜찮으십니까?"

아드몬드를 향해 병사들이 달려왔다.

가장 먼저 방벽을 넘은 아드몬드였고 나머지 병사들은 이제야 도착했다.

"괜찮다. 어서 문을 열어라."

출입문은 굳게 다물게 하고 있는 자물쇠를 풀었고 문이 열렸다.

아드몬드는 허탈한 심정을 숨기고 당당하게 정문 한가운데 섰다.

아드몬드가 당한 일을 지켜본 사람은 아무도 없었다.

자신만 입을 다문다면 악마에게 당한 굴욕은 잊어질 것이다.

"입구를 지키는 자는 아무도 없습니다."

프란세스 추기경은 병사들을 이끌고 출입문을 넘었고 아드몬드의 용기에 박수를 쳤다.

"수고했네. 자네의 용기는 내 기억해 두겠네."

"아닙니다. 전투 한 번 하지 않고 얻은 수확은 자랑할 만한 일이 아닙니다."

"겸손하기까지 하군. 전쟁이 끝나면 꼭 자네의 공을 챙겨주도록 하겠네.”

아무런 일도 없었다는 듯이 아드몬드는 다시금 프란세스 추기경의 옆자리를 차지했고 그들은 악마제국 중심에 위치한 탑을 이정표 삼아 진군했다.

*　　　*　　　*

브루니스 왕국의 모든 전력이 2차 파병에 나섰고 최진기는 2차 파병 무기 보급 담당자로 참여했다.

아다드 왕은 물론이고 카인트 공작까지 위험한 전쟁에서 한발 빠지라고 했지만 그럴 수는 없었다.

최진기는 한국으로 돌아가 가기 위해서는 악마에게서 해답을 찾아야 했다.

최진기의 안전을 위해 그에게 자신의 옆자리를 내준 공작이었고 먼 여정을 이동하는 동안 둘은 수많은 대화를 나누었다.

“1차로 파병 보낸 병력들이 신성제국의 대군과 함께 악마제국 안으로 진입했다는 소식이 들려왔다네. 방벽을 지키는 병력들이 아무도 없었다고 하는군. 악마들은 무엇을 기다리고 있는 것일까? 결코 만만한 놈들이 아닌데 너무도 허술하게 방벽을 내주었어. 방벽을 끼고 싸우지 않아도 이길 수 있다는 자신감인지, 아니면 몸을 함부로 움직일 수 없는 무언가가 있는지 모르겠네.”

카인트 공작이 하는 고민은 이해가 갔다.

기껏 공을 들여 만든 방벽을 이다지도 쉽게 내어줄 이유는 없다.

아무리 생각해도 악마들의 움직임을 제약하는 무언가가 있는 것 같다.

그것이 무엇인지는 현자의 지식으로도 알아내지 못했고 결국 전쟁이 진행되어야 알 수 있을 것이다.

2차 파병 병력들이 지금 향하고 있는 곳은 파말 왕국이다.

악마제국과 가장 근접한 곳이기도 하고 신성제국이 지배하고 있는 나라였기에 연합국들의 병력들이 진지로 사용하기에 가장 적합한 나라였다.

거기에 살고 있는 사람들은 우리가 반갑지 않겠지만 잘못된 선택을 한 왕실의 결정에 이런 수모를 겪어야 했다.

카인트 공작의 옆에는 블루 웨이브 기사단과 최진기, 그리고 또 한 사람이 자리 잡고 있었다.

북부 귀족의 파벌에 속해 있지만 거리상으로는 남부와 더 가까운 영지를 가지고 있는 사람.

바로 바잔트 자작이었다.

경매장 덕분에 많은 발전을 이루었다고는 하지만 여전히 다른 대도시에 비해 병력은 물론이고 보급까지 좋지 않은 바잔트 영지였다.

하지만 그가 카인트 공작의 옆자리를 차지할 수 있는 이유는 그가 가지고 있는 아이템 덕분일지도 몰랐다.

"수련을 제대로 했는지 확인을 해봐야 하는데 몸 상태가 이래서, 원."

카인트 공작이 오러 마스터였다면 레드 식스와 핏빛 고리를 사용한 바잔트 영주와 그의 병사들을 쉽게 상대할 수 있었겠지만 지금은 불가능했다.

지금 세상에서 가장 강한 사람으로 많은 나라들의 기사단장을 뽑겠지만 카인트 공작은 바잔트 영주를 꼽았다.

물론 제한시간이 있는 최강자였지만 제한시간 동안은 바잔트 영주는 최강자였다.

기사들과 일반 병사들의 차이는 오러 사용 여부였다.

오러는 기사의 자존심이었고 힘의 상징이었다.

그런 오러 유저들을 아이템의 힘만으로 이겨낸 바잔트 영주와 그의 병사들이었다.

2차 파병에 많은 병사들이 각 영지에서 차출되어 강함을 자랑했지만 바잔트 영지병만큼 강한 힘을 낼 영지병은 없어 보였다.

"공작님과 진이 떠나고 하루도 빠지지 않고 수련을 계속해 왔습니다. 몬스터 지대에서 수많은 몬스터를 사냥하며 숙련도를 끌어올렸습니다. 안전한 곳에서 검이나 닦던 기사들과 병사들과는 다릅니다."

영지병들에 대한 자부심이 가득 들어 있는 바잔트 영주였다.

다른 영주들은 제대로 된 기사 한 명 보유하지 않은 데다 차출된 병사도 가장 적음에도 공작의 옆자리를 차지하고 있는 그를 기회주의자라고 생각할지도 몰랐지만, 카인트 공작보다 더 강한 자라는 사실을 안다면 절대 그런 생각을 하지 못할 것이다.

"이번 전쟁에서 자네의 힘이 절실히 필요하다네. 전쟁의 숫자도 중요하지만 한 사람의 강자가 중요한 전투도 생기는 법이니."

카인트 공작은 이동하는 동안 바잔트 영주와 그의 병사들에게 자신의 전투 기술을 틈틈이 알려주었다. 그들은 카인트 공작이 바잔트 영지에서 머무는 동안 그의 제자를 자청했던 사람들이었고 카인트 공작의 가르침을 흡수하기 위해 어떠한 노력도 마다하지 않았다.

행군은 힘들다. 단지 발을 움직여 이동하는 것일 뿐이라고 생각할지도 몰랐지만 전쟁을 위해 하는 행군은 사람을 심적으로 육체적으로 힘이 들게 한다.

악마제국으로 이동하는 동안 기사들마저 피로를 숨기지 못했고 개인적인 수련을 하는 사람은 매우 드물었다.

하지만 바잔트 영주와 병사들은 카인트 공작의 지도하에 하루도 빠지지 않고 극한의 수련을 받았다. 특히 레드 식스의 부작용까지 견뎌야 하는 상황이었기에 바잔트 영지의 병사들이 머무는 숙소에는 매일 밤 앓는 소리가 진동을 했다.

"뽀오~"

바잔트 영지병들의 신음 소리에 잠이 깬 네르가 품속에서 몸을 비비며 앙탈을 부렸다.

"너는 언제 성장하는 거냐. 지금의 모습이 귀엽긴 하지만 신수의 자존심이 있지 언제까지 품속에서 지낼 수는 없잖아."

"뽀오!"

"그래, 너도 빨리 성장을 하고 싶겠지. 재촉하지는 않을게."

네르는 처음 태어난 모습과 별반 다르지 않는 크기를 하고 있었다. 오히려 처음보다 움직임이 더 줄어들었다. 신계에서 살던 신수가 지상계에서 지내는 것이 네르의 성장을 방해하고 있는 것인지 깨어 있는 시간보다 자는 시간이 더 길었고 네르를 품속에 안고 지내는 것이 이제는 자연스럽게 느껴졌다.

*　　　*　　　*

방벽을 넘어 악마의 탑을 향해 이동을 시작한 지 많은 시간이 지났다.

신성제국의 병사들은 신의 가호를 되찾기 위해서라는 굳은 결의가 있었기에 피곤을 모르며 발을 이동했지만 다른 병사들은 달랐다.

어둡고 무거운 공기에 헛것을 보는 사람도 많았고 발에 모래주머니라도 단 것처럼 걸음이 늦어졌다.

"이제 얼마 남지 않았다. 모두 기운을 차려라!"

자꾸만 느려지는 진군 속도에 애가 탄 프란세스 추기경이 병사들을 독려해 봤지만 효과는 짧았다.

얼마 남지 않은 거리에 악마의 탑이 모습을 드러내고 있었다.

방벽을 버린 악마였지만 탑까지 버릴 거라는 생각은 들지 않았다.

애가 탔다.

차라리 전투가 벌어지는 것이 나았다.

전쟁의 열기가 병사들의 마음을 다잡아 줄 것이다.

연합군은 휴식을 포기하면서까지 진군 속도를 높였고 드디어 악마의 탑 근처까지 이동할 수 있었다.

앙상한 뼈들로 장식되어 있는 악마의 탑은 사기를 잔뜩 머금고 있었다.

심약한 사람이라면 악마의 탑을 보는 것만으로도 혼절할 정도였다.

"모두 무기를 꺼내라! 전쟁은 시작이다."

사람들은 악마의 탑이 세워지고 나서부터 신성력이 사라졌기 문에 악마의 탑만 파괴한다면 다시금 신의 가호를 되찾을 수 있을 것이라고 믿었다.

신성력뿐만 아니라 사라졌던 오러와 마나까지 되돌아올 것이다.

"이번에도 나와 함께 선봉을 서겠나?"

추기경의 질문에 아드몬드는 겁이 났다.

자신을 종잇장 취급하던 악마가 다시금 나타나 농락할 것 같았다.

하지만 발을 뺄 수는 없었다.

악마에게 당한 치욕을 숨긴 순간부터 아드몬드는 건널 수 없는 강을 건넌 것이었다.

"이미 브루니스 왕국의 병사들은 준비를 마쳤습니다."

"역시 든든하군. 카인트 공작은 자식 농사를 제대로 지었어. 아버님이 자네를 자랑스럽게 생각할 것일세."

아드몬드는 아버지, 카인트 공작의 이름에 담긴 명성이 부담스러웠다.

방벽을 넘기 전, 악마를 만나기 전까지만 하더라도 아버지의 명성이 자랑스러웠고, 목표였다.

하지만 지금은 자신의 등을 떠미는 이름일 뿐이었다.

"진군하라! 저 탑을 부순다면 악마는 힘을 잃게 될 것이다. 나를 믿어라. 우리는 승리한다!"

프란세스 추기경은 최선봉에 서 악마의 탑으로 돌진했고 그의 뒤를 따라 아드몬드와 많은 병사들이 진군했다.

지금 이 순간 병사들은 아무런 생각도 하지 못했다.

두려움도 무거운 공기도 느끼지 못했다. 오직 악마의 탑을 파괴해야 한다는 생각만이 그들의 머릿속에 가득해 자신의 몸을 덮치는 뿌연 안개를 알아차리지 못했다.

가장 먼저 안개를 알아차린 사람은 아드몬드였다.

가슴속에 두려움이 남아 있던 아드몬드는 전쟁의 광기에 빠지지 않았기에 시야를 가리는 안개를 빠르게 발견할 수 있었다.

"추기경님, 이상합니다. 이런 날씨에 안개가 생길 리가 없습니다. 악마가 무슨 수작을 부리는 것이 분명합니다."

빠르게 돌진하던 추기경은 아드몬드의 말에 주변을 둘러보았다.

확실히 이상했다.

안개가 생성될 요소는 하나도 없었다.

날씨도 지형도, 안개가 생기기에는 적합하지 않았다.

"정지!"

빠르게 움직이던 병력들이 추기경의 말에 발을 멈추었다.

추기경은 주변을 둘러보았다.

그러나 눈을 부릅뜨고 바라봐도 아무것도 없었다.

위험이 될 만한 것도, 악마의 모습도 없이 눈에 보이는 것은 오직 시야를 가리는 안개뿐이었다.

"그냥 안개일 뿐이다. 다시 진군하라!"

프란세스 추기경은 다시 병사들을 진군시켰다.

기분 나쁜 안개가 시야를 가리기는 했지만 중독 증상은 느껴지지 않았다.

때문에 단지 시간을 끌려는 악마의 수작이라고만 생각했다.

하지만 그의 생각을 틀렸다.

이유 없이 안개가 악마의 탑 주위를 감쌀 이유가 없었다.

악마의 탑은 사람과 몬스터의 뼈로 만들어졌다.

악마의 탑이 만들어지기 위해 수천 명이 넘는 사람들과 그보다 더 많은 몬스터들이 죽었다. 그리고 그들의 시체는 고스란히 악마의 탑 주변 땅속에 묻혀 있었다.

"언데드입니다! 땅속에서 언데드들이 기어 올라오고 있습니다!"

갑자기 솟아오른 언데드의 손에 다리를 붙잡힌 병사 한 명이 소리 질렀다.

"사악한 기운을 가진 자들은 우리를 이기지 못한다. 죽은 망령들일 뿐이다. 신의 이름으로 저들에게 안식을 주어라!"

신성제국은 언데드 사냥을 수도 없이 많이 했었다.

일반 몬스터보다 언데드들이 더욱 상대하기 편했었다.

언데드는 신성력에 힘을 쓰지 못했다. 하지만 지금 신성제국의 병사들과 기사들은 신성력을 전혀 쓰지 못했다.

천적으로 자리 잡았던 그들이었지만 지금은 불리한 입장에서 전투를 벌여야 했다.

"모두 성수를 검에 발라라!"

신성력이 모두 사라졌지만 미리 만들어두었던 성수에는 신성력의 기운이 약간이나마 남아 있었다. 많은 양의 성수는 없었기에 개인당 손가락만 한 병을 하나씩 지급받았다.

성수를 검에 바른다면 이번 전투에서는 충분히 사용할 수 있는 양이었다.

"땅으로 돌아가라!"

추기경은 성수를 철퇴에 바르고는 자신의 발밑에서 기어 올라오고 있는 언데드의 머리통을 그대로 박살 내버렸다.

프란세스 추기경은 타고난 역사였고, 그는 철퇴를 가볍게 휘둘러 나무 기둥을 박살 내기도 했었다.

그가 철퇴를 한 번 휘두를 때마다 한 마리의 언데드가 죽어나갔고 그는 악마의 탑을 향해 한 발 한 발 전진해 나갔다.

하지만 다른 병사들이 프란세스 추기경과 같은 힘을 가지고 있는 것은 아니었다.

많은 병사들이 언데드에 피해를 입었고 언데드에게 피와 살을 내주어야 했다.

아무리 많은 피와 살을 섭취한다고 하더라도 배고픔이 멈추지 않는 언데드답게 우악스럽게도 피를 탐했다.

"그만 좀 달라붙어라! 언데드 따위에게 당하지는 않겠다!"

프란세스 추기경이 최전방에서 활약을 보이고 있었고 그의 뒤를 바짝 따라붙은 아드몬드도 다른 성과를 보이고 있었다.

아드몬드는 가문의 비전 검술을 이용해 언데드의 공격을 피해내며 정확히 그들의 머리에 구멍을 뚫었다.

머리가 부서지기 전까지 피를 탐하는 언데드였고 아드몬드는 언데드의 약점을 집요하게 공략했다.

아드몬드는 강했다.

그의 성격은 삐뚤어졌을지는 모르지만 그가 가지고 있는 검술은 진짜였다.

"모두 조심해라! 조를 만들어라. 5명이 한 조가 되어 서로의 등을 지켜라."

지금의 상황에서 할 수 있는 최선의 방법이 아드몬드의 입에서 튀어나왔다.

언데드의 힘은 일반 사람보다 약했다. 그들이 무서운 점은 부상을 무서워하지 않는 집요한 공격이었다. 훈련된 병사들이라면 충분히 언데드들을 상대할 수 있었다.

병사들은 아드몬드의 지시에 따라 3명에서 많게는 7명으로 조를 만들었다.

등을 걱정하지 않아도 되자 병사들의 공격은 매서워졌다.

느릿한 언데드들의 공격이 눈에 들어왔고 여유가 생겼다.

"누가 언데드를 더 많이 사냥하는지 내기를 하자고. 난 벌써

10마리 넘게 잡았다고."

"고작 10마리? 난 20마리도 넘겼어. 영지에 돌아가서 허수아비나 더 두드리지그래? 아직 한참 멀었어!"

이제는 농담을 할 정도로 여유를 찾은 병사들이었다.

악마를 상대하기 전 몸풀기 운동감으로 괜찮다고 생각하는 병사들까지 생겨났다.

신성제국의 병사들은 원수를 만난 것처럼 언데드들을 사냥했고 다른 병사들은 그들보다는 활발하게 움직이지 않았지만 충분히 많은 수의 언데드들을 사냥했다.

*　　　*　　　*

파말 왕국으로 행군하는 속도는 빠르지 못했다.

병사가 많을 뿐만 아니라 많은 양의 원거리 무기들을 가지고 이동했기에 빠르게 이동할 수가 없었다. 무거운 무기들을 마차에 실어 이동하고 있다고는 하지만 마차가 이동하기에 적합하지 않은 길도 곳곳에 있었다.

잠시나마 행군이 지체되거나 휴식을 가지게 되면 어김없이 카인트 공작 훈련소가 개장되었다. 바잔트 영주와 영지병들, 그리고 브로안이 수강생이었다.

"빠르게 움직여라. 빠르게 움직인다고 해서 몸의 중심을 잃어서는 안 된다. 중심을 잃으면 검에 힘을 실을 수가 없다. 빠르지만 굳건하게, 몸의 중심이 되는 하체가 흔들려서는 안 된다."

이 쉬운 것을 왜 못하냐는 듯이 말하는 카인트 공작이었다.

바잔트 영주는 탈춤을 추는 것처럼 나풀거렸고 영지병들은 영주를 따라 개업식 풍선처럼 팔과 다리가 따로 움직였다. 그래도 제대로 움직이는 것처럼 보이는 사람은 브로안이었다.

나풀거리기에는 너무 큰 덩치를 가지고 있었고 무기도 방패였기에 다른 이들보다 중심을 더 잘 잡았다.

"길을 정비했습니다. 이제 이동이 가능합니다."

길이 정비되자 탈춤 구경은 끝이 났다.

지겨운 행군이 또다시 시작되었다.

걷고 먹고 자고의 반복.

발에는 동전보다 더 큰 물집이 생겼지만 고통 전이 반지를 여전히 브로안과 나눠 끼고 있었기에 고통이 느껴지지 않는 것이 불행 중 다행이었다.

최진기는 브로안에게 미안한 생각이 들어 꼭 좋은 무기 하나를 선물해 주겠다고 마음속으로 다짐했다.

물론 고통 전이 반지에 대한 얘기는 한국으로 돌아가거나 무덤에 묻히기 직전까지 아무에게도 말하지 않을 생각이었다.

탈춤 같던 수련도 이제는 각이 잡혔다.

영주는 제법 날렵하게 몸을 움직였고 다른 영지병들도 팔과 다리가 따로 움직이지는 않았다. 브로안은 더욱 굳건해졌고 그런 모습을 보는 카인트 공작의 얼굴에는 만족감이 드러났다. 마법 아이템을 효율적으로 사용하는 법에 대해서도 연구가 한창이었다.

레드 식스와 핏빛 고리는 누가 착용하느냐에 따라 더욱 강해질 수 있는 아이템들이다.

특히 핏빛 고리의 경우 20명의 힘을 서로 공유해 한순간에 폭발적인 힘을 내게 할 수 있는 아이템이었다.

하지만 장점만큼 단점도 컸고 자칫하면 20명의 병사가 동시에 힘을 잃을 수도 있었다.

가장 효율을 높이기 위해서는 브루니스 왕국 최고의 기사인 카인트 공작과 용가리 통뼈인 브로안을 비롯한 기사들이 착용하는 것이 좋았겠지만 그런 선택을 하기에는 위험부담이 너무 컸다.

때문에 피해 반사 능력을 가지고 있는 브로안만이 핏빛 고리 멤버에 포함되었고 그것만으로도 큰 전력 상승을 볼 수 있었다.

"이제 갈 길이 얼마 남지 않았네요. 지겨운 행군도 끝이 보이네요."

나이를 무기 삼아 마차 한편을 차지하고 있는 현자였고 최진기도 어렵사리 행군의 끝자락에서 마차에 자리를 만들 수 있었다.

"행군이 그리워질 수도 있다네. 항마 전쟁은 결코 호락호락하지 않을 걸세. 지금이면 한창 전쟁을 벌이고 있을 신성제국과 1차로 파병을 보낸 병사들이 걱정이네."

*　　*　　*

하얀 안개.

언데드의 감긴 눈을 뜨이게 하는 기폭제다. 생명이 있는 존재에게는 시야를 빼앗는 효능 말고는 다른 피해를 주지는 않았다.

연합국의 병사들은 전쟁이라기보다는 재밌는 놀이를 하는 것처럼 움직였다.

"30마리! 오늘부터 나를 언데드 학살자라고 불러줘. 내가 언데드를 잡는 데 특화되어 있는지 처음 알았네."

모든 병사들이 자신들의 힘이 언데드보다 상회한다는 사실을 알았다.

"헛소리 그만하지. 진정한 언데드 학살자는 나라고. 고작 30마리 잡아놓고 학살자는 무슨. 나는 40마리가 넘었다고."

전투가 지속됨에 따라 병사들의 사기는 하늘을 찔렀다.

언데드의 머리를 부수는 타격음은 경쾌했고 재미가 있었다.

"오늘 제대로 몸을 푸네. 근데 언데드가 얼마나 더 남은 거지?"

땅을 기어 올라오는 언데드의 수는 전혀 줄지 않고 있었다.

재밌는 놀이도 계속하면 지겹고 지치는 법이다.

사람에게는 체력의 한계가 존재했다.

장난감이라고 생각했던 언데드들이 무섭게 느껴지기 시작한 것은 전투를 벌인 지 한 시간이 지나서였다.

"제발 그만 좀 나와라!"

자신을 언데드 학살자라고 불러달라고 하던 병사의 손이 후들거렸다.

그의 움직임은 느려졌고 숨은 거칠어졌다.

"조심해!"

몸이 지치자 반응이 느려졌다.

그는 등 뒤를 노리고 공격해 들어오는 언데드의 공격을 미처 감지하지 못했다.

퍽!

"내가 네 목숨 살렸다. 너 돌아가면 나한테 거하게 한턱 쏴!"

옆을 지켜주던 동료가 등 뒤를 공격해 오던 언데드의 머리를 날려 버렸다.

"고마워. 진짜 징글징글하다. 이거 지쳐 돌아가시겠네."

전투는 끝날 생각을 하지 않았다.

머리를 잃고 쓰러진 언데드의 숫자만큼 땅에서는 새로운 언데드들이 기어 올라왔다.

프란세스 추기경과 아드몬드의 사정도 별반 다르지 않았다.

"추기경님, 언데드의 숫자가 줄어들지 않고 있습니다. 후퇴를 하는 것이 좋지 않겠습니까? 병사들이 지쳐 가고 있습니다. 이대로 전투를 지속하면 병사들이 큰 피해를 입을 수도 있습니다."

아드몬드는 악마에게 굴욕을 당한 이후 자신감이 많이 떨어졌다.

자신감이 추락한 것이 결코 나쁜 일은 아니었다.

냉정한 눈을 갖게 된 것이었다.

이전이라면 전투에 눈이 멀어 주변 상황을 파악하지 않았을 것이다.

"이대로 돌아갈 수는 없다. 고작 언데드에 밀려 후퇴했다는 오명을 쓴다면 죽어서도 제대로 눈을 감지 못할 것이다."

프란세스 추기경은 강했다.

그의 철퇴는 여전히 언데드를 학살했고 거침이 없었다.

하지만 모든 사람이 그와 같지 않았다.

"추기경님! 재정비를 할 시간이 필요합니다. 큰 피해를 입지 않은 지금 후퇴해야만 합니다. 이대로 전투가 지속되면 많은 수의 병사를 잃을 수가 있습니다."

추기경은 재차 말하는 아드몬드의 의견에 그제야 주위를 둘러보았다.

조를 이뤄 언데드들을 사냥하고 있는 병사들은 효율적으로 언데드를 상대하고 있었다.

하지만 그들의 움직임은 현저히 느려졌다.

"젠장, 고작 이런 놈들에게 후퇴를 해야 된다니."

언데드는 자신과 상극이었다. 아니, 신성제국의 사람이라면 모두가 언데드를 증오했다.

신의 말씀에 역행하는 존재인 언데드와의 전투는 눈을 멀게 했다.

냉정함을 잃었기에 주변을 생각을 하지 않고 언데드를 소멸시키는 데 온 신경을 집중했었다.

전투를 멈추고 주위를 둘러보자 냉정함이 약간이나마 돌아왔다.

확실히 이대로 전투를 지속한다면 피해를 입는 쪽은 연합국이었다.

프란세스 추기경은 화풀이를 하듯 철퇴를 사정없이 휘두르고는 병사들을 향해 소리쳤다.

"모두 후퇴해라. 재정비를 한 후 다시 악마의 탑을 공략한다. 안개가 미치지 않는 곳까지 빠르게 이동해라!"

병사들이 아직 완전히 지친 상태는 아니었기에 후퇴는 빠르게 진행되었다.

연합국의 병력은 떠나려는 손님의 발길을 붙잡는 언데드의 손길을 매정하게 뿌리치고 머리통을 박살 내며 악마의 탑 주위에서 벗어났다.

연합국의 병력이 돌아가자 하얀 안개는 사라졌고 땅을 기어 올라오던 언데드의 움직임은 멈추었다.

언데드의 잔해만이 전투가 꿈이 아니었다는 사실을 증명해 주었다.

"고맙네. 자네 덕분에 피해를 입지 않았네."

프란세스 추기경은 진심으로 아드몬드에게 고마웠다.

언데드에 분노해 냉정함을 잃었었다.

뒤를 보지 않고 공격하는 것이 신성제국의 장점이었지만 그것은 단점이기도 했다.

특히 프란세스 추기경은 불과 같았다.

한번 타오르면 꺼질 생각을 하지 않는 불.

추기경도 자신의 성격을 알고 있었다. 하지만 지금까지 그것이 단점이 될 거라고는 생각하지 못했다. 사제들이 병사들의 체력과 방어력을 높여주었고 자신은 최선봉에서 적 진영을 무너뜨리기만 하면 되었다.

하지만 지금은 신성력이 없었고, 버프를 걸어주던 사제들도 없었다.

체력 분배를 하며 전투를 벌여야 했다.

"저렇게나 많은 언데드는 처음 본다네. 얼마나 많은 수의 사람을 죽였다는 말인가!"

추기경은 언데드의 잔해를 보며 분노했다.

"죽어서도 악마들에게 이용을 당하는 저들에게는 안식이 필요합니다. 저들에게 안식을 선물할 사람은 우리들뿐입니다. 우리가 먼저 지쳐 쓰러지면 저들은 영원토록 악마의 노예가 되어 움직여야 합니다."

"자네 말이 맞네. 다음 전투에서도 내가 냉정함을 잃는다면 나를 깨워주게나. 자네는 보면 볼수록 믿음이 가는군. 이번 전쟁이 끝나면 나와 함께 신성제국으로 가지 않겠는가? 내가 자네를 신성제국 제일의 기사로 키워주겠네."

브루니스 왕국의 국력보다 몇 배는 더 강한 신성제국이었다.

공작령의 기사단장과는 비교도 하지 못할 정도의 자리를 제안하는 추기경이었다.

그는 아드몬드에게서 자신과 비슷한 향기를 맡았고 그를 후계자로 키우고 싶어 했다.

"전쟁이 끝나면 진지하게 생각해 보겠습니다. 지금은 전쟁에만 집중을 하고 싶습니다."

겸손을 떠는 아드몬드의 말에 더욱 큰 호감을 느끼는 추기경이었다.

전쟁이 끝나면 무슨 수를 써서라도 아드몬드를 자신의 후계자로 만들겠다는 생각을 하는 추기경이었다.

그러나 지금은 제대로 시작도 하지 못한 항마 전쟁에 집중을 해야 할 시간이었다.

연합군은 휴식을 취하며 언데드를 상대할 방법을 찾고 있었다.

일전의 전투로 많은 수의 언데드를 파괴시켰다고는 하지만 아직 얼마나 많은 수의 언데드가 남아 있는지 모르는 상황이었고 성수도 다 사용해 버렸기에 다음 전투는 더 힘든 전투가 될 것이라고 예상하고 있었다.

하지만 상황을 비관적으로 보는 사람은 많지 않았다.

언데드는 느리고 약했기에 크게 걱정되지는 않았다. 단지 얼마나 시간을 뺏겨야 하는지에 대해 걱정할 뿐이었다.

"언데드의 숫자가 많다고는 하지만 연합국의 병사로 충분히 상대가 가능합니다. 전투를 매일같이 하다 보면 언젠가는 언데드를 모조리 파괴할 수 있을 겁니다."

연합국의 사령부 회의에서는 여러 가지 의견이 나왔지만 대부분의 의견이 언데드를 직접 상대해 씨를 말리자는 의견이었다.

"언데드와 상대하면서 뺏기는 시간 동안 악마들이 어떤 준비를 하고 있을지 모릅니다. 언데드에게 많은 시간을 투자하는 것은 좋지 않다고 생각합니다."

프란세스 추기경의 사랑을 한 몸에 받고 있는 아드몬드가 입을 열었다.

이전보다 아드몬드의 발언권은 강해졌고 그의 말을 막거나 꼬투리를 잡는 사람은 많지 않았다. 추기경이 아드몬드를 저렇게 웃으며 바라보고 있는데 누가 싫은 소리를 하겠는가.

"그러면 어떤 방법을 사용하는 것이 좋겠나?"

"우리에게는 세 가지 방법이 있습니다. 첫 번째로는 이대로 전투를 지속하는 것입니다. 이미 한 번의 전투에서 거의 피해를 입지 않고 많은 언데드를 상대해 봐서 병사들의 사기는 올라가 있으니 차근차근 언데드의 숫자를 줄여 나가는 방법은 많은 사령관님들이 지지하는 방법이기도 합니다. 하지만 어떤 위험이 도사리고 있을지 모릅니다. 이제까지는 인간형의 언데드만 나왔다고는 하지만 만약 저 안개 속에서 인간형의 언데드뿐만 아니라 몬스터형 언데드가 나오거나 혹은 극독이 안개에 묻어 나오기라도 한다면 큰 피해를 입을 수밖에 없습니다."

"그렇지. 안개가 문제야. 안개 때문에 시야를 제대로 확보할 수가 없는 건 그렇다 쳐도 저 안개가 언데드를 땅속에서 불러오는 것 같더군."

"저도 추기경님의 생각과 같습니다. 언데드는 안개가 있는 상태에서만 움직입니다. 언데드를 조종하는 것이 안개라고 생각합니다. 안개가 어디서 어떻게 생겨나는지 파악하고 안개의 원흉을 제거하는 것에 집중하는 것이 두 번째 방법입니다."

안개가 어디서 생겨났는지 제대로 집중을 해서 본 사람은 없었다.

다들 악마의 탑에 시선이 팔려 안개가 언제 생겨났는지도 몰랐다.

안개가 사라진다면 언데드에 시간을 끌릴 이유도, 피해를 입을 이유도 없긴 했다.

하지만 안개가 생겨나는 곳을 찾기는 쉽지 않을 것이 분명했다.

괜히 병력을 돌려 안개를 찾는 행위가 시간을 더 잡아먹는다고 생각하는 사람도 많았다.

"세 가지 방법이 있다고 했지 않은가. 마지막 방법은 무엇인가?"

"마지막 방법으로는 지금 파말 왕국으로 향하고 있는 2차 파병 병사들을 기다렸다가 한 번에 몰아붙이는 방법이 있습니다. 아무리 언데드의 숫자가 많다고는 하더라도 2차 파병 병사들과 우리가 합쳐지면 언데드의 숫자에 구애를 받지 않고 단숨에 악마의 탑으로 진격할 수 있습니다."

아드몬드는 마지막 방법이 가장 좋은 방법이라고 생각했다.

악마에 대한 두려움이 남아 있어서가 아니었다.

후퇴를 종용하는 방법이 될 수도 있는 마지막 방법이었지만 병사의 수를 유지해 큰 파도로 안개를 무용지물로 만들 수 있는 가장 좋은 방법이기도 했다.

이전의 아드몬드라면 이런 생각을 하더라도 절대 입 밖으로 내지는 않았을 것이다.

그는 기사였고, 기사는 후퇴를 부끄럽게 생각했다.

악마에게 처참하게 당한 것이 그에게는 약이 되었다.

그는 냉정해졌고 최적의 방법을 생각하며 이후의 상황까지 고려했다.

공을 세우는 것에서 한 발 물러서자 더 많은 길이 보이기 시작한 것이다.

하지만 이전의 아드몬드와 같은 생각을 하고 있는 사람들은 회의실에 많이 남아 있었다.

"안 됩니다. 후퇴를 하는 것은 치욕스러운 일입니다. 전쟁에서 후퇴를 하는 것은 패배를 인정하는 것과 다르지 않습니다. 그리고 언데드를 무서워하는 병사는 아무도 없습니다. 장난감처럼 약한 언데드가 무서워 후퇴를 했다는 소문이 돌기라도 한다면 연합국의 병사들은 얼굴을 들지 못할 것입니다."

동부 국가의 기사단장 한 명이 먼저 말을 꺼냈다.

평소라면 서부 국가의 사령관 중 한 명이 반대의 의견을 말해야 했다.

하지만 서부 국가도 동부 국가와 다르지 않은 생각을 하고 있었다.

특히 선봉을 서지 않은 두 국가였기에 언데드를 상대하면서 체력이 떨어지지 않았었고 언데드를 부수는 재미만 느끼다 후퇴를 했기에 더욱 언데드를 만만하게 생각하고 있었다.

"브루니스 왕국은 선봉에 서기가 무서워 저런 말을 하는 게 아닙니까? 그렇게 생각한다면 우리가 선봉을 서겠습니다. 언데드를 우리의 힘만으로 부술 수 있다는 것을 증명해 보이겠습니다."

선봉을 서지 않기 위해 노력했던 동부와 서부의 국가들이 이번에는 서로 선봉을 서겠다고 다투었다. 언데드가 위험하지 않다고 판단이 되었기에 더 큰 공을 세우기 위해 선봉 자리를 차지하려고 하고 있었다.

한 번의 전투로 추기경의 믿음을 얻은 아드몬드를 보자 배가 아파온 것이다.

자신들이라면 아드몬드보다 더 큰 공을 세울 수 있다고 생각하는 사람들이었다.

"그러면 이렇게 하도록 하죠. 동부와 서부국가들 그리고 우리 신성제국이 언데드를 상대하는 동안 브루니스 왕국을 비롯한 다른 국가들이 안개를 원흉지를 찾는 것이 좋겠군요. 후퇴를 하는 것은 아직 이른 감이 있지만 안개의 원흉을 찾는 것은 충분히 가능성이 있는 작전입니다."

안개의 원흉을 찾는 일이 쉬울까?

그렇지 않을 것이라고 생각하는 국가가 대부분이었기 때문에 차라리 한 마리의 언데드를 더 부숴 눈에 보이는 공을 세우기를 원하고 있었다. 그래서 그들은 추기경의 의견에 동조했다.

아드몬드는 가장 좋은 작전이라고 생각했던 마지막 방법은 채택되지 않았지만 차선으로 생각했던 두 번째 방법을 할 수 있다는 것에 위안을 삼아야 했다.

* * *

악마제국에 들어선 지 이틀째가 되었다. 어제의 전투에 피로감을 느끼는 병사들이 있긴 했지만 선봉에 선 국가들의 병사는 상대적으로 전투 시간이 짧았기에 피로를 크게 느끼는 병사는 없었다. 그들은 신성제국보다 한발 앞서 악마의 탑을 향해 진군했다.

이번 전투에서 뒤로 물러서게 된 소국들은 안개의 원흉지를 찾기 위해 뒤로 물러선 상태였다.

"안개가 생기기 시작합니다!"

악마의 탑 근처로 병사들이 접근하자 어제와 다르지 않게 안개가 피어오르기 시작했다.

처음 안개가 생긴 곳은 어디지?

아드몬드는 눈을 깜빡이지도 않고 안개를 따라 눈을 움직였다.

오른쪽이다.

악마의 탑 오른쪽 방향에서 안개가 처음 피어오르고 있었다.

"악마의 탑 우측에서 안개가 처음 피어올랐습니다. 다들 저기로 가시죠."

지금까지 파벌을 만들거나 파벌에 속하지 못했던 소국들은 자연스럽게 아드몬드를 중심으로 파벌을 형성했다.

추기경의 지지를 받고 있는 아드몬드였다. 소국들은 아드몬드의 손을 잡는 것이 작은 이득이라도 챙기는 유일한 방법이었다.

우측으로 이동하자는 아드몬드의 말에 소국의 병사들은 일사불란하게 아드몬드의 말을 따라 움직였다.

안개가 처음 피어오르는 곳이지만 안개가 짙지 않았다.

언데드의 숫자도 많지 않은 곳이었고 소국 연합의 힘만으로도 충분히 뚫고 지나갈 만했다.

땅에서 기어오르고 있는 언데드의 머리통을 검으로 부수며 전진하는 아드몬드는 굴뚝에서 연기가 새어 나오는 것처럼 안개가 생겨나는 땅을 찾을 수 있었다.

주먹만 한 구멍이 수십 개가 뚫려 있는 땅에서 쉴 새 없이 안개가 만들어지고 있었다.

"저곳이 안개가 생겨 나오는 땅이군요."

안개를 막기 위해서는 어떤 방법이 좋을까?

가장 편한 방법으로는 구멍을 막아버리는 것이다.

"구멍을 돌과 흙으로 막아보세요."

병사들이 언데드가 구멍 근처로 오지 못하게 막고 있는 동안 아드몬드와 소국의 사령관들이 구멍을 막기 위해 돌과 흙을 구멍으로 부어넣었다.

"구멍을 막으니 다른 곳에서 새로운 구멍이 생겨납니다."

하나의 구멍을 막으면 바로 옆에 새로운 구멍이 생겨났다.

구멍을 막는 것이 소용없다는 것을 깨닫자 바로 다른 지시를 내리는 아드몬드였다.

"구멍을 막아서는 안 되는군요. 그렇다면 땅을 파야 합니다. 땅을 파 안개를 생성하는 장치를 찾아야 합니다."

검을 삽으로 이용해 땅을 파기 시작했고 검게 죽어 있는 흙이 모습을 드러냈다.

죽어 있는 흙이 안개를 만드는 장치는 아니었다.

더 깊이 땅을 파야만 장치를 발견할 수 있다.

"더 깊게 파야 합니다."

작은 나라지만 한 국가의 사령관들이었다.

자신들이 땅을 파기 위해 검을 사용할 것이라고는 생각지도 못했을 것이다.

그래도 큰 불만을 내지 않고 열심히 땅을 파내었다.

퉁!

검끝을 무언가가 막고 있었다.

주변의 흙을 걷어내자 땅속에 묻혀 있는 거대한 바위를 찾아낼 수 있었다.

검은색의 바위에는 수천 개의 구멍이 뚫려 있었고 구멍 주변에는 이끼와 같은 녹색 식물들이 징그럽게 달려 있었다.

"저 바위가 안개를 만들어내는 원흉이군요."

원흉을 찾았다.

이제는 부수기만 하면 된다.

"모두 동시에 검을 내려쳐 보세요."

퉁!

바위의 강도는 강했다.

강하게 내려친 만큼 손에서 반동이 강하게 느껴졌다.

좋지 않은 검은 부서지거나 금이 가기도 했다.

힘으로 검을 부수지 못한다는 것을 알았다.

다른 방법이 무엇이 있을까?

아드몬드는 급히 옷 안에 손을 집어넣었다.

갑자기 몸이 가렵거나 불편해서가 아니었다.

추기경이 어젯밤 조용히 자신을 불러 조그마한 병 하나를 주었었다.

성수가 가득 담긴 병.

신성력이 담긴 마지막 성물이 성수였다.

악마가 만든 장치라면 성수에 반응을 보일 것이다.

"잠시만 비켜주세요."

다른 사령관들을 뒤로 물러서게 한 뒤 아드몬드는 소량의 성수를 바위에 부었다.

치이익!

타는 소리가 들렸다.

바위에 붙어 있던 이끼들이 성수에 타들어갔다.

성수가 묻은 부위는 하얗게 변했고 그곳에서는 더는 안개가 만들어지지 않았다.

신성력이 정답이었다.

하지만 가지고 있는 성수로는 부족했다.

바위의 크기를 가늠하지도 못했다.

땅속에 박혀 있는 바위는 모습을 드러낸 부위가 절반일 수도, 혹은 일부일 수도 있었다.

지금은 바위의 크기를 정확하게 파악하는 것이 중요했다.

그래야 필요한 양의 성수를 알 수 있었다.

"땅을 더 파서 바위의 크기를 정확하게 알아내야 합니다. 오늘 당장 바위를 부술 수 없다고 하더라도 몇 가지 정보라도 알아내야 합니다."

가장 이성적인 판단이었다.

최선이 안 되면 차선이라도.

아드몬드와 사령관들만으로는 부족했다.

병사까지 동원되어 바위 근처의 땅을 팠다.

안개가 생기기 시작한 지 2시간이 지났다.

이제는 바위의 대략적인 크기를 알 수 있었다.

사람 백 명이 충분히 서 있을 정도의 크기를 가진 바위였다.

이 정도 크기의 바위에 성수를 붓기 위해서는 엄청난 양의 성수가 필요했다.

신성제국에서 많은 양의 성수를 가지고 있기를 기도하며 후퇴를 했다.

아무리 강한 훈련을 받은 병사들이라고 하더라도 2시간이 넘게 몸을 격하게 움직이면 지치게 마련이었다.

언데드들은 약하지만 집요했다.

쉴 틈을 주지 않고 달려드는 언데드를 상대하면 더욱 빠르게 지치게 마련이다.

"모두 막사로 돌아갑니다."

소국 연합은 빠르게 후퇴를 했고 큰 피해를 입지 않고 이번 조사를 마칠 수 있었다.

"저긴 아직도 전투 중이군요."

신성제국과 동부와 서부 국가들은 여전히 악마의 탑으로 가는 길을 뚫기 위해 언데드와 전투를 벌이고 있었다.

이제는 후퇴를 해야 했다.

안개 때문에 정확히 보이지는 않았지만 병사들은 지쳐 가고 있을 것이다.

이대로 전투를 더 벌인다면 피해를 입는 병사의 수가 급격하게 늘어날 것이다.

하지만 저들은 후퇴를 할 생각을 하지 않고 있었다.

안개 때문인지 아니면 공에 눈이 멀어서인지 후퇴는커녕 더 깊이 들어가고만 있었다.

"안 되겠습니다. 제가 다녀오겠습니다. 이대로 전투를 지속한다면 큰 피해를 입고 말겁니다."

아드몬드는 소국 연합을 두고 홀로 안개 속으로 들어갔다.

치열했다.

엄청난 양의 언데드 잔해가 땅 위에 쌓여 있었다.

초입에는 병사들의 시체는 보이지 않았다.

더 안으로 들어가자 병장기 소리가 들려왔다.

각개전투가 벌어지고 있었다.

조를 이루지 않고 전투를 벌이는 병사의 뒤를 언데드가 노리고 있었다.

"조심해!"

아드몬드는 급히 병사의 뒤를 막아서며 언데드의 머리통을 검으로 날려 버렸다.

"감사합니다."

"지휘부는 지금 어디에 있나?"

"잘 모르겠습니다. 사령관님들이 가장 선봉에 섰습니다."

병사들과 언데드 사이를 뚫고 지휘부가 있는 곳으로 이동했다.

어제보다 많은 수의 언데드 잔해가 보였다.

그리고 많은 수의 병사가 피해를 입은 것이 보이기도 했다.

팔이 잘려 나가거나 언데드의 이빨에 다리를 물린 병사들.

쓰러져 땅을 기어 다니는 병사도 심심치 않게 보였다.

생각대로 피해가 급격히 늘어나고 있었다.

아드몬드는 발을 더 빨리 움직였고 드디어 추기경의 모습을 찾을 수 있었다.

"추기경님, 이제 후퇴를 하셔야 합니다. 피해가 급격히 늘어나고 있습니다. 이대로 전투를 지속하면 우리의 피해가 너무도 큽니다."

"아드몬드 자네인가?"

추기경의 눈은 광기에 빠져 있었고 아드몬드의 목소리를 듣자 그제야 냉정을 찾아가고 있었다.

다른 국가의 사령관들도 다르지 않았다.

저들은 미친 사람처럼 언데드를 사냥하고 있었고 눈에는 광기가 번들거렸다.

냉정을 찾은 추기경은 전투가 길어졌다는 것을 깨닫고는 곧장 후퇴 명령을 내렸다.

“모두 막사로 복귀해라! 진영을 유지하며 후퇴해라!”

언데드와의 2차전은 실패였다.

전투에 미쳐 병사들을 돌보지 않은 지휘부의 실책이었다.

프란세스 추기경은 눈앞에 출몰하는 언데드의 모습에 이성을 잃었고 다른 나라의 지휘부도 프란세스 추기경의 열기에 빠져 냉정을 잃었다.

첫 전투에서 미미한 피해를 입은 것과 비교되었기에 프란세스 추기경은 자신의 옆에 아드몬드가 없었음을 아쉬워했다.

아드몬드가 언데드를 뚫고 자신의 옆에 오지 않았다면 얼마나 더 큰 피해를 입었을지 상상도 가지 않았다.

그런 추기경의 마음을 모르는지 엉뚱한 소리를 하는 타나스 왕국의 지휘관이었다.

“그래도 첫 전투보다 훨씬 많은 언데드를 파괴했습니다. 이제 남아 있는 언데드의 수는 결코 많지 않을 것입니다.”

타나스 왕국 지휘관의 말에 동의를 하는 사람은 많지 않았다.

후퇴를 하는 동안에도 엄청난 숫자의 언데드가 땅을 기어 올라오고 있었고 그 모습이 아른거리는 지휘부였다.

회의의 분위기는 조용해졌다.

병사의 피해가 늘어남에 따라 자신감은 떨어졌고 재밌는 장난감이라고만 생각했던 언데드의 무서움을 몸소 느낀 그들이었다.

이런 상황에서 누군가가 분위기를 전환해 주어야 했다.

평상시였다면 그 역할을 프란세스 추기경이 했겠지만 지금은 그도 적지 않은 충격을 받은 상황이었다.

아무도 입을 열지 않고 서로의 눈치만 살피고 있는 지금 아드몬드가 분위기를 전환시켰다.

"소득이 없는 것은 아닙니다. 신성제국과 이번에 선봉에 선 동부와 서부 국가들이 언데드를 상대해 주는 동안 우리는 안개의 원흉을 찾을 수 있었습니다. 안개는 이끼가 가득 낀 거대한 바위에서 생성되고 있었습니다."

사기가 떨어졌던 회의는 아드몬드의 말에 활기를 찾았다.

하지만 아드몬드를 시샘하는 사람도 있었다.

"그렇다면 그 원흉을 빨리 부수지 않고 왜 돌아왔는가. 바위를 부수었다면 우리가 피해를 입지 않았을 수도 있지 않은가!"

한 국가의 병사를 통솔하는 자리는 낮은 위치가 아니었다.

지금 회의에 참석한 귀족들은 백작 이상의 직위를 가지고 있었고 책임을 지는 것에 익숙하지 않았다. 높은 자리에 있는 사람일수록 공은 자신이, 책임은 아랫사람에게 돌리는 것을 당연하게 생각하고 행동했기에 이번 전투의 실패를 아드몬드의 책임으로 돌리려고 했다.

"그것이 왜 아드몬드 기사단장의 잘못이겠는가. 우리가 후퇴 시기를 잡지 못한 책임이지."

프란세스 추기경은 결혼을 하지 않았다.

오로지 신성제국의 발전을 위해 모든 시간을 투자했다.

하지만 한 번씩 자식을 만들었으면 어땠을까 하고 상상했었는데 자신의 상상과 딱 들어맞는 아들의 이미지가 바로 아드몬드였다.

그는 아드몬드에게 책임을 돌리려는 분위기가 조성이 되지 않게 모든 책임을 자신에게로 돌렸다.

아드몬드는 그런 추기경에게 감사의 눈인사를 보냈고 계속해서 말을 이어갔다.

"저희는 바위를 부수기 위해 여러 가지 방법을 사용해 봤습니다. 검으로 두드려도 보고 긁어도 봤습니다. 하지만 바위는 엄청난 강도를 가지고 있을 뿐만 아니라 지금 우리가 있는 막사보다 더 큰 크기를 가지고 있습니다."

"그렇다면 바위를 부술 방법이 없다는 말인가?"

여전히 아드몬드의 말에 꼬투리를 잡으려고 하는 타나스 왕국의 귀족이었다.

안개를 만들어내는 원흉을 찾아낸 아드몬드의 공을 깎아내리려는 속셈이었다.

"그렇지는 않습니다. 강한 강도를 가지고 있는 바위긴 했지만 약점은 있었습니다. 성수가 바위에 닿자 그 부분이 녹아 내렸습니다. 그리고 성수에 노출된 부분에서는 더는 안개가 생성되지 않았습니다. 많은 양의 성수만 있다면 충분히 바위를 무력화시킬 수 있습니다."

신성력을 사용할 수 있는 사제가 사라진 지금 많은 양의 성수를 구하기는 어려웠다.

게다가 첫 전투에서 대부분의 성수를 사용하기도 했었다.

"얼마나 많은 양의 성수가 필요할 것 같은가? 지금 남은 성수는 그렇게 많지는 않다네."

"내일 직접 확인해 보시는 것이 좋을 것 같습니다. 한 방울의 성수로 손바닥만 한 크기의 바위를 무력화시킬 수는 있었지만 성수를 제대로 사용하지 못하는 저보다 추기경님이 직접 보신다면 더 좋은 방법을 찾을 수 있지 않겠습니까?"

아드몬드를 좋게 생각하고 있었기도 했지만 그가 하는 모든 말이 자신의 마음에 쏙 들었다.

추기경은 점점 아드몬드에게 호감을 느꼈다.

*　　*　　*

하루가 또 지났고 어제와는 다른 병사들이 전투 준비를 시작했다.

그런 그들에게 희소식이 찾아왔다.

오늘은 전투가 아닌 탐색을 한다는 지휘부의 지시 사항.

지겨운 언데드를 상대하지 않아도 된다는 말에 병사들은 환호성을 지르기도 했다.

각 나라의 지휘부와 기사단으로 이루어진 정예병들이 안개를 만들어내는 바위로 이동했다.

바위 근처로 다가가자 어김없이 안개는 생성되었고 기사들은 언데드가 지휘부 쪽으로 이동하지 못하게 벽을 만들었다.

프란세스 추기경은 바위가 크다고는 들었지만 이렇게 큰 크기라고는 생각하지 못했었다.

"커도 너무 크군. 우리가 가지고 있는 성수만으로는 부족하겠네."

추기경은 옷 속에 품고 있는 성수 한 병을 꺼냈고 한 방울의 성수를 바위에 떨어뜨렸다.

치이익!

한 방울의 성수가 바위에 떨어지자 바위에 붙어 있는 이끼가 녹아 내렸고 바위의 색이 하얗게 변했다.

아드몬드의 말처럼 하얗게 바랜 부분에서는 더는 안개가 생성되지 않았다.

"다른 방법이 없겠습니까? 성수를 바위에 붓는 것은 비효율적입니다. 성수를 바른 검으로 자르거나 하는 다른 방법을 사용해야 될 것 같습니다."

아드몬드의 의견을 듣자마자 추기경은 옆에 서 있는 기사의 검을 빼앗다시피 가지고 와 성수를 발랐다. 성수 한 방울도 아까운 시점이었기에 그는 조심스럽게 손을 움직였다.

쾅!

검이 바위 안으로 파고들면서 타격음을 만들어내었다.

성수를 바르지 않았을 때는 바위에 작은 흠집도 만들 수 없었다. 확실히 성수를 바른 검은 효과적이었다.

추기경은 다시 한 번 성수를 검에 발랐고 바위를 도려내었다.

성수가 묻은 검에 잘린 단면에서는 안개가 생성되지 않았지만 그렇지 않은 면에서는 여전히 안개가 피어오르고 있었다.

"잘라낸 바위를 악마의 탑 밖에 묻는 것이 좋겠네. 악마의 탑 주변에 언데드가 집중적으로 묻혀 있으니 바위를 멀리 옮겨 탑 주변의 안개를 줄인다면 언데드가 생겨나는 면적이 작아질 것일세."

검술에 자신이 있는 지휘부의 사람들은 모두 검에 성수를 묻히고는 바위를 도려내었다.

엄청난 크기의 바위 전체에 성수를 부을 수는 없었지만 도려낼 수는 있었다.

수십 조각을 도려내었지만 여전히 바위는 큰 조각으로 남아 있었다.

"잘라낸 바위 조각들을 최대한 악마의 탑 바깥 지역으로 이동시켜야 하네."

절반의 기사가 바위를 들었고 나머지 기사들은 언데드가 다가오지 못하게 막으며 그렇게 안개 지역을 벗어났다.

바위를 들고 있던 기사들은 황급히 발을 움직여 최대한 악마의 탑에서 먼 지역에 바위를 묻었다. 땅 깊숙이 바위를 묻었지만 미세하게 안개가 피어오르기는 했다. 하지만 그 안개의 양도 미약했고 악마의 탑 주변까지 닿지도 않았다.

"확실히 안개가 생겨나는 지역이 줄어들었네."

바위를 도려낸 것이 얼마나 효과적인지 확인을 하기 위해 지휘부는 직접 안개 지역으로 들어갔다.

평소 같으면 벌써 언데드가 나와야 할 지점이었지만 안개의 양이 줄었기에 언데드의 활동 반경이 좁아졌다.

"여전히 악마의 탑과의 거리는 남았지만 이 정도면 충분히 돌파할 수 있을 것 같습니다. 언데드의 움직임도 전보다 더 느려진 것 같습니다."

이틀의 전투 동안 안개의 중간 지점도 돌파하지 못하고 돌아서야 했었다.

하지만 이제는 충분히 안개를 돌파할 수 있을 정도의 거리라고 판단되었다.

"그렇군. 오늘 하루 병사들에게 충분한 휴식을 제공하고 내일 총공세를 펼치겠네."

처음과 중간이 좋지 못했지만 가장 큰 공은 전쟁을 끝내는 사람이 가지게 된다.

그런 사실을 잘 알고 있는 동부와 서부의 국가들은 자신들의 실수를 만회하기 위해서, 혹은 큰 공을 세우기 위해 다시 선봉에 서기를 원했다.

프란세스 추기경은 자신의 옆에 아드몬드가 있기를 원했다. 하지만 아드몬드는 선봉을 저들에게 양보했기에 프란세스 추기경은 내일 전투에서 어쩔 수 없이 선봉을 동부와 서부 국가들과 함께해야만 했다.

병사들에게 많은 양의 음식이 풀렸다.

내일 있을 전투가 마지막이 될 수도 있다고 판단한 지휘부였고 딱딱하지만 전쟁터에서는 맛보기 힘든 육포를 병사들에게 주기까지 했다.

오랜만에 고기를 맛볼 수 있게 된 병사들은 또한 이른 시간에 주어진 휴식에 평소보다 많은 잠을 잘 수 있었다.

충분한 음식 섭취와 잠은 병사들의 사기와 직결된다.

병사들의 사기는 전보다는 낮았지만 그래도 많이 회복된 상태였다.

"오늘이 마지막 전투가 될 것이다! 지긋지긋한 언데드를 모조리 부숴 버리고 악마의 탑을 부순다! 후퇴는 없다. 모두 돌격하라!"

프란세스 추기경은 이번에도 가장 선두에 서서 악마의 탑을 향해 달려갔다.

그의 뒷모습은 언제 봐도 든든했다.

거대한 덩치와 압도적인 크기의 철퇴까지.

안개의 반경은 좁아졌고 악마의 탑에 근접해서야 안개가 피어올랐다.

"서로의 등을 지켜라. 동료의 죽음은 너의 책임이다. 고작 언데드 따위에게 흘려줄 피는 우리에게 없다!"

추기경은 두 번째 전투를 교훈 삼아 병사들이 조를 이루게 했고 자신 또한 성급히 달려 나가지 않았다.

병사들은 일정한 거리를 유지하며 언데드의 머리통을 부수었다.

퍽!

언데드와의 전투가 익숙해진 병사들이었다.

그들은 언데드의 약점이 머리라는 것을 잘 알고 있었으며 이제는 그들의 움직임을 예측할 수 있을 정도로 언데드에 익숙해져 있었다.

두 번의 전투에 많은 피해를 입었지만 병사들이 한 단계 업그레이드될 수 있는 기회가 되기도 했다.

"악마의 탑이 얼마 남지 않았다. 다들 조금만 더 힘을 내라!"

짙은 안개에 제대로 시야를 확보할 수는 없었지만 느낌으로 알 수 있었다.

이제 조금만 더 가면 악마의 탑이 모습을 드러낼 것을.

진군 속도는 예전보다 빨랐다.

언데드의 머리가 약간이라도 보이면 그 순간 검이 머리를 노리고 날아들었다.

서로의 등을 든든히 지키는 병사들이었고 이제는 희미하게나마 악마의 탑의 모습을 볼 수 있었다.

이대로 조금만 더 진군하면 악마의 탑을 공격할 수 있다.

목표가 보이는 순간 추기경은 물론이고 모든 병사의 사기가 급격히 올라갔다.

사기가 올라가자 추기경의 좋지 않은 성향이 튀어나왔다.

병사들과의 호흡을 맞추며 움직이던 추기경은 점점 냉정을 잃고 전투의 향기에 중독되어 버렸다.

그는 눈에 보이는 악마의 탑만을 바라보며 빠르게 이동했고 어느 순간 주위에 자신 혼자뿐이라는 것을 깨달았다.

"이런, 또 이렇게 되어버렸군. 수양이 부족해. 전쟁이 끝나는 대로 사원으로 돌아가 새벽 기도를 해야겠어."

자신의 불같은 성격을 고치기 위해 많은 방법을 사용해 보았고 그중 그나마 효과가 있었던 것이 새벽 기도였다.

새벽 기도를 하는 날이면 그래도 불같은 성격이 가라앉았었다.

추기경은 고민했다.

이대로 더 전진을 할까, 아니면 병사들이 있는 곳으로 이동할까?

끊임없이 앞으로만 움직이던 추기경의 발은 머릿속의 고민으로 인해 멈추어졌다.

그 순간.

크아아아!

지금까지 들어보지 못한 울음소리였다.

인간형 언데드의 울음소리는 이렇게 크지 않았다.

고작해야 뼈 긁는 소리와 비슷한 신음 소리를 내는 언데드였다.

추기경은 소리가 들려오는 방향으로 고개를 돌렸다.

신성제국에서 자신보다 큰 덩치를 가지고 있는 사람은 없었다.

하지만 지금 눈앞에 보이는 존재는 자신보다 두 배는 더 큰 덩치를 가지고 있었다.

"야킨이 언데드가 되다니."

야킨이라는 이름을 가진 몬스터는 몬스터 중에서도 특출 나게 큰 덩치를 자랑하고 있다.

하지만 야킨은 사람을 적대하지 않는 몬스터 중 하나였다.

다른 몬스터와는 다르게 주로 채식을 하는 야킨이다.

사람을 보면 먼저 몸을 피할 정도로 두려움이 많은 몬스터기도 했다.

하지만 가지고 있는 힘은 늑대를 한 손으로 찢을 정도로 강했다.

야킨의 성격이 조금만 더 포악했다면 몬스터에 의해 피해를 입는 사람이 지금의 몇 배는 늘어났을 것이다.

온순한 야킨이 언데드가 되었다.

가지고 있던 성격을 완전히 잃고 피와 살에 굶주린 언데드가 되어버린 것이다.

추기경도 야킨 사냥은 처음이었다.

'야킨을 혼자 상대할 수 있을까?'

고민은 길지 않았다.

자신의 힘과 철퇴를 믿는 추기경이었고 망설임 없이 야킨을 향해 돌진했다.

"죽어라!"

추기경은 덩치에 어울리지 않게 날렵하게 뛰어 올랐고 야킨의 가슴팍을 향해 철퇴를 휘둘렀다.

쾅!

돌덩이를 두드린 것 같았다.

야킨의 뼈는 단단했다.

철퇴가 뼛속으로 조금 파고들긴 했지만 야킨의 움직임을 막기에는 역부족이었다.

야킨을 만만하게 생각했다는 것을 너무 늦게 깨달은 추기경이었다.

쿵! 쿵!

안 좋은 일은 한 번에 동시다발적으로 생기는 법이다.

야킨은 한 마리가 아니었다.

사방에서 몰려드는 야킨에 추기경은 고립되고 말았다.

언데드가 된 야킨은 유일한 약점인 두려움을 벗어 버렸고 몬스터 본연의 모습으로 돌아왔다. 무리 생활을 하지 않는 야킨이었고, 두 마리 이상의 야킨을 만나는 것은 매우 드물었다.

하지만 지금 추기경의 주변에는 최소 10마리 이상의 야킨이 모여 있었고 그 수는 점점 불어나고만 있었다.

추기경은 상황을 인지했다.

인간형 언데드는 안개의 초입에 위치하고 있었고 야킨을 비롯한 몬스터형 언데드가 악마의 탑에 가기 위한 마지막 관문으로 안개의 끝자락에 자리를 잡고 있었다.

야킨을 잡기 위해서는 최소 20명 이상의 병사가 필요했다.

20명의 병사로도 부족할 수 있었다.

야킨을 잡기 위해서는 절반 이상의 병사가 부상을 입거나 죽음을 맞이해야만 할 것 같았다.

인간형 언데드를 상대하기 위해 5인 1조로 진영을 유지했지만 야킨을 상대하기에는 적합하지 않은 진영이었다.

이대로 야킨을 상대하면 극심한 피해를 입어야 했다.

후퇴를 해야 한다.

다시 진영을 갖추고 준비를 단단히 한 후에 상대를 해도 많은 피해를 감수해야 하는 야킨이었다.
하지만 너무 깊숙이 들어왔다.
자신의 옆에는 아무도 없었고 병사에게 후퇴를 명령할 자신이 빠져나가지 못한다면 병사들은 몬스터형 언데드를 무방비 상태로 맞이해야 했다.
어떻게 해야 할까.
추기경은 이 위기를 타개할 방법을 고민하고 싶었다.
하지만 그에게 시간을 주지 않는 야킨들은 입에서 점액질을 끈적한 액체를 흘리며 추기경에게 달려들었다.
"너희 같은 몬스터 따위에게 당하지는 않을 것이다!"
프란세스 추기경은 지금은 생각을 할 시간이 아니라 전투를 벌일 때라는 것을 본능적으로 느꼈고 다시금 철퇴를 들어 올렸다.
사방에서 들어오는 야킨의 공격을 철퇴를 돌려 튕겨 내는 추기경이었다.
신성력이 존재했을 때는 철퇴에서 흰색의 빛이 뿜어져 나와 벽을 만들던 기술이었다.
하지만 신성력은 사라졌고 회색빛의 철퇴만이 애처롭게 야킨의 공격을 방어하고 있었다.
추기경은 한 번도 자신의 철퇴가 무겁다는 생각을 한 적이 없었다.
자신의 수족이나 다름이 없는 철퇴였고 잠을 잘 때를 제외하면 항상 들고 다닐 정도였다.

하지만 지금 추기경은 철퇴의 무게를 느끼고 있었다.

팔뚝이 아려왔고 손아귀에서 힘은 점점 풀려만 갔다.

방어는 추기경의 방식이 아니다.

그는 언제나 저돌적으로 움직여 적을 분쇄했다.

야킨에게 공격 한 번 제대로 하지 못하고 방어만 하는 자신의 모습이 한심했다.

"추기경님!"

익숙한 목소리다.

자신과 함께 신성제국에서 파견된 신성기사의 목소리였다.

"뒤로 물러서라!"

몬스터형 언데드가 있고 진영을 갖추고 다시 와야 된다는 말을 하고 싶었지만 상황이 여의치 않았다. 긴 설명을 할 정도의 여유를 야킨들이 허락하지 않았고 짧은 외침만이 추기경이 할 수 있는 유일한 경고였다.

추기경의 경고를 듣지 못한 것일까?

신성제국의 기사들은 추기경을 향해 다가오려고 했다.

언데드로 변한 야킨의 모습을 발견하지 못했을 리는 없다.

저들은 오로지 추기경을 위기로부터 구하기 위해 목숨을 건 사투를 벌이고 있는 것이었다.

"추기경님, 저희가 야킨의 시선을 끌겠습니다."

추기경에게 도망을 가라고 차마 말하지 못한 기사들이었다.

기사들이 무슨 의미로 그런 말을 했는지 추기경은 알아 들었다.

기사들을 미끼 삼아 도망을 치는 것이 병사들의 피해를 줄이는 마지막 방법이라는 것을 알고는 있었다.

하지만 그럴 수는 없었다.

같은 신을 모시는 사람으로서, 자신이 직접 가르친 제자로서, 저들을 야킨의 먹이로 내어줄 수는 없다.

차라리 저들과 함께 이 자리에서 죽는다고 할지라도 저들을 버릴 수는 없었다.

"추기경님, 병사들이 기다리고 있습니다. 후퇴를 하셔야 합니다."

추기경이 자신들과 함께 야킨을 상대할 마음을 먹었다는 것을 느낀 기사 중 한 명이 미처 하지 못한 말을 꺼내었다.

도망을 가시라고, 우리의 희생을 헛되게 하지 말라는 눈빛과 함께 후퇴를 종용했다.

"안 된다. 내가 너희들을 버리고 어찌 도망을 갈 수 있겠느냐. 오늘 여기가 내 무덤이 된다고 하더라도 후회는 없다."

추기경은 한 명의 사람으로는 존경을 받아 마땅했지만 대군을 이끄는 장군으로서는 낙제였다. 냉정하지 못한 그의 성격이 잘못된 선택을 내리려고 하고 있었다.

"자! 오거라. 추기경의 자리를 도박으로 따낸 것이 아닌 것을 보여주겠다."

야킨들은 자신들의 뒤를 노리고 공격해 들어오던 기사들에게 시선이 끌려 있던 상황이었다.

추기경은 그런 야킨들을 자신에게 집중시키기 위해 소리쳤다.

"이러시면 안 됩니다, 추기경님. 병사들을 생각하십시오. 이대로 전투가 지속되면 전멸할 수도 있습니다. 우리가 전멸하면 항마 전쟁은 패배하고 말 것입니다. 악마에게 신을 넘겨줄 수는 없습니다. 좀 더 냉정하게 생각하십시오."

기사의 구슬픈 외침에도 추기경은 마음을 고쳐 먹지 않았다.

단지 철퇴를 더욱 꽉 잡을 뿐이었다.

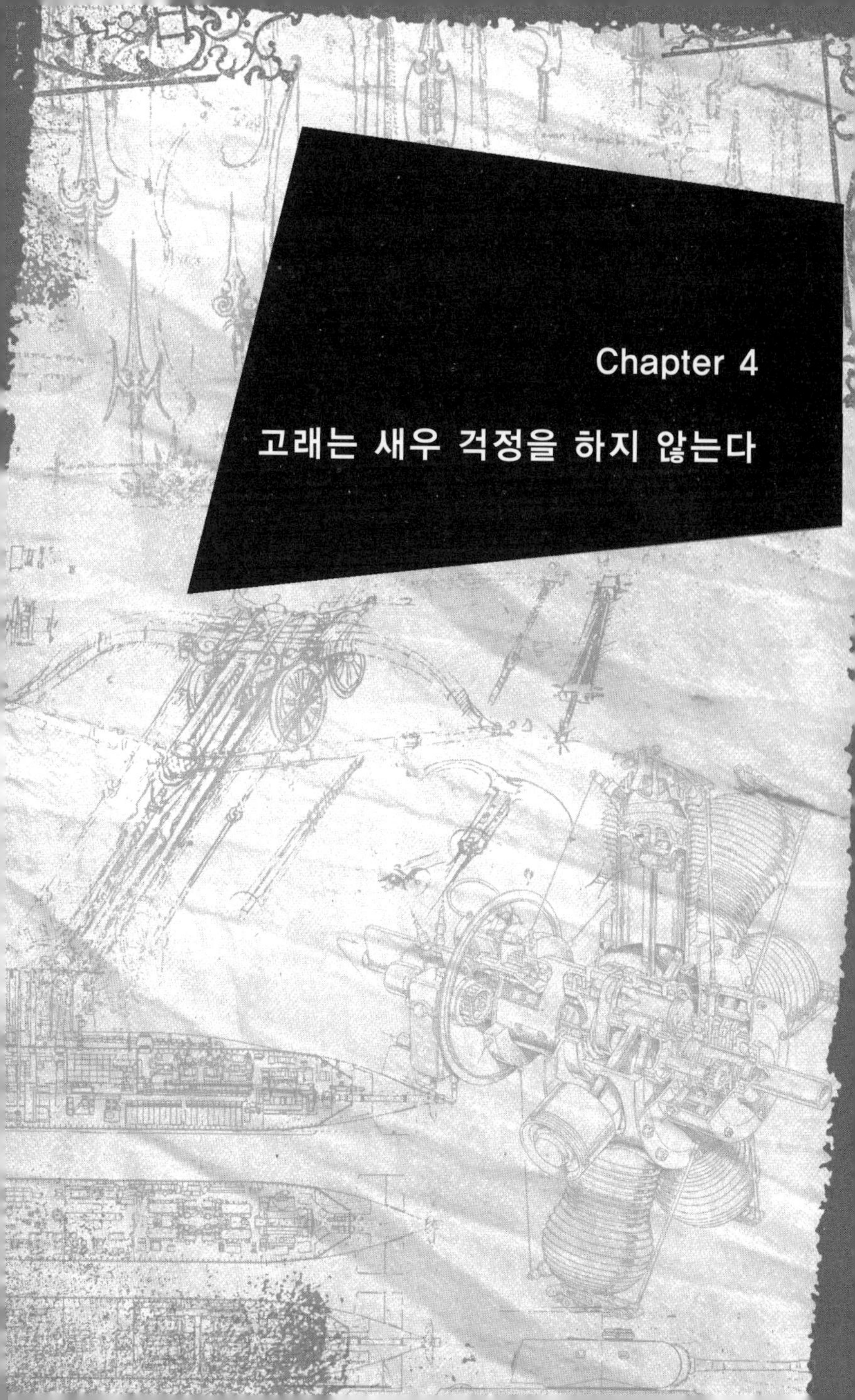

Chapter 4

고래는 새우 걱정을 하지 않는다

후방에 위치한 브루니스 왕국은 안개 지역에 늦게 진입했다.

엄청난 숫자의 언데드 잔해가 그들을 반겼고 잘 포장된 도로를 달리는 것처럼 거침없이 전진했다.

그들의 발이 느려지기 시작한 것은 치열한 소리와 더불어 비명 소리가 들려올 때부터였다.

아드몬드는 무언가가 잘못되었다는 것을 느꼈다.

아직 병사들의 체력이 떨어질 시간은 아니었고 숫자 말고는 다른 장점이 거의 없는 언데드를 상대로 병사들이 비명을 지를 이유는 없다.

"선봉과 거리를 유지해라. 그리고 언제든지 후퇴할 준비를 해라."

아드몬드는 부 사령관에게 후퇴할 준비를 지시하고는 상황을 알아보기 위해 선봉을 향해 뛰어갔다.

언데드와 치열하게 싸우고 있는 병사들.

여기까지는 예상한 대로였다.

더 깊은 곳의 상황이 궁금했다.

무엇이 병사들의 발을 막고 비명을 지르게 했을까.

아드몬드는 치열하게 언데드와 전투를 벌이는 병사들을 뚫으며 안개 깊숙한 곳으로 이동했고 드디어 이유를 알 수 있게 되었다.

'야킨이 언데드가 되었어. 야킨이 있어서 전진을 못 하고 있었던 것이군. 무조건 후퇴를 해야 한다. 지금의 상황에서 야킨과 싸우면 많은 피해를 감수할 수밖에 없다. 얼마나 더 많은 종류의 몬스터형 언데드가 있는지 모르는 상황에서 전투를 지속하는 것은 몬스터의 아가리에 머리를 집어넣는 것과 다르지 않다.'

아드몬드는 전쟁의 최종 결정권을 가지고 있는 프란세스 추기경을 찾았다.

종교의 힘으로 후퇴를 모르는 신성제국의 병사들도 야킨의 압도적인 힘에 뒷걸음질을 치고 있었다. 몇 명의 겁 없는 병사들은 이미 야킨의 한끼 식사거리가 되어 있었고 전투 소리가 지속적으로 들리는 곳은 한 곳뿐이었다.

저곳에 분명 추기경이 있을 것이다.

이번에도 가슴속에 피어오르는 불길을 제어하지 못하고 야킨

무리에 포위당해 있을 것이다.

지금이 기회였다.

손에 들린 식사거리를 음미하고 있는 야킨들은 아직은 새로운 먹잇감을 찾지 않고 있었다.

최대한 빠르게 이동한다면 추기경이 있는 곳으로 갈 수 있을 것같았다.

만약 야킨이 나를 새로운 먹잇감으로 생각한다면…

살아 돌아가기 힘들겠지.

그래도 결정을 내렸다.

추기경을 구하지 못한다면 병사들의 후퇴를 지시할 지휘권을 가진 사람이 없다.

아드몬드는 최대한 기척을 숨기고 야킨 무리를 지나쳤다.

몇 마리의 야킨이 아드몬드의 기척을 느꼈지만 손에 들린 병사를 내려놓지 않았고 안으로 들어가는 것을 허락해 주었다.

여전히 많은 수의 먹잇감이 남아 있었고 굳이 아드몬드에게 관심을 줄 필요성을 못 느끼고 있는 듯했다.

청각에 의지해 방향을 잡았고 병장기가 둔탁한 벽을 때리는 소리가 이제는 가깝게 들려왔다.

추기경의 모습이 보였다.

아직은 부상을 입거나 체력이 떨어져 보이지는 않았다.

하지만 문제는 추기경과 기사들을 둘러싸고 있는 야킨의 숫자였다.

10마리 이상의 야킨이 배고픔을 달래기 위해 달려들고 있었고 방어에만 급급한 모습이었다.

"추기경님! 어서 후퇴를 하십시오. 저희가 야킨을 상대하겠습니다."

기사들의 울부짖음을 아드몬드도 들었다.

추기경이 안전하게 후퇴를 할 수 있게 하기 위해 스스로가 미끼가 되려는 기사들.

하지만 추기경은 그들의 노력을 무색하게 하려고 하고 있었다.

'같이 죽어서는 저들의 희생이 물거품이 되고 만다. 무조건 추기경을 이 자리에서 빼내야 한다.'

자신이 간다고 하더라도 추기경이 몸을 뺄지는 의문이었지만 시도는 해봐야 했다.

한 마리의 야킨이 거대한 손바닥으로 기사를 공격하려고 팔을 들어 올리자 공간이 생겼다.

몸을 구르듯이 움직여 야킨의 종아리를 찔렀다.

텅!

검이 살을 파고 들어가긴 했지만 딱딱한 뼈에 가로막혔다.

그래도 목표는 달성했다.

"아드몬드 기사단장!"

추기경과 다른 기사들이 있는 위치로 이동하는 데 성공했고 추기경이 자신을 발견했다.

다른 기사들도 전혀 상상하지 못한 인물이 튀어나오자 놀라워했다.

놀라워하던 기사들의 표정은 애원으로 바뀌는 데 1분도 걸리지 않았다.

그들의 표정은 제발 추기경님을 데리고 나가 달라고 부탁하는 것이다.

"이대로 전투를 지속하면 전멸입니다. 진영을 갖추고 다시 전투를 벌여야 합니다."

아드몬드가 하는 말은 신성제국의 기사들이 했던 말이었다.

그리고 대답도 동일했다.

"혼자 살자고 몸을 뺀다면 내가 어찌 신을 모시는 사람이라고 할 수 있겠는가. 여기를 내 무덤으로 생각하고 있다네. 자네는 아직 죽기에는 너무도 젊어. 어서 후퇴를 하거라!"

추기경의 아집이 얼마나 크고 단단한지 단번에 느낄 수 있었다.

기사단들을 절대 버리지 않을 것이다.

추기경은 그런 사람이다. 후퇴를 하기 위해서는 한 가지 방법밖에 없다.

"모두 다 살 방법이 있습니다. 신성제국의 기사단과 추기경님이 힘을 합치면 충분히 야킨을 돌파해 병사들이 있는 곳으로 이동을 할 수 있습니다."

추기경의 표정이 바뀌었다.

무덤이라고 생각했던 곳에서 탈출을 할 수 있다면 하지 않을 이유가 없었다.

그것도 자신 혼자 몸을 빼는 것이 아니라 기사들과 함께라면 말이다.

"여기서 가장 강한 사람은 당연히 추기경님입니다. 야킨의 공격을 받아칠 수 있는 사람도 추기경님뿐입니다. 추기경님이 화살촉이 되어야 합니다. 화살촉이 되어 야킨을 뚫는다면 뒤에 있는 기사단도 충분히 빠져나올 수 있게 됩니다."

아드몬드의 말에 추기경은 숨어 있는 힘까지 모조리 끌어 올렸다.

자신이 야킨을 뚫어야만 기사들이 산다.

책임감은 추기경의 마음을 다잡게 해주었고 철퇴가 더는 무겁지 않게 느끼게 해주었다.

추기경이 한 발 움직였다.

그의 눈은 분명 불길에 타오르고 있을 것이다.

야킨을 뚫고 나가는 데 온 신경을 집중하고 있었고 이제는 무슨 말을 해도 듣지 않는 상태에 들어섰을 것이다.

기사단의 사람들도 검을 들어 올렸다.

하지만 그들의 눈빛에는 일말의 걱정이 서려 있었다.

야킨 무리를 정말 뚫을 수 있을까?

추기경님의 힘이 아무리 강하다고는 해도 혼자서는 절대 야킨을 뚫지 못한다는 것을 알고 있는 기사들이었다.

아드몬드는 기사들을 보며 죄송하다는 표정과 무겁게 고개를 숙였다.

기사들은 아드몬드의 작전을 알아차렸다.

우리가 미끼가 되어야 하는구나.

같이 살아 갈 수 있는 방법은 없다.

추기경님이 살아가기 위해서는 우리가 야킨을 묶어야 한다.

뒤를 보지 않고 전진만 하시는 추기경님은 무조건 앞으로 달려 나갈 것이다.

모두 다 살아 갈 수 있다는 아드몬드의 말은 거짓말이구나.

하지만 아드몬드의 거짓말에 분노를 하거나 탓하는 기사는 아무도 없었다.

오히려 기사들의 표정은 밝아졌다.

"고맙네. 부디 추기경님을 병사들의 곁으로 안내해 주게나. 우리는 신이 있는 곳으로 갈 준비가 되어 있다네."

"죄송합니다."

어깨가 쳐진 아드몬드의 팔을 툭툭 치는 신성제국의 기사들이었다.

"고개를 들게나. 추기경님에게, 그리고 연합국에게는 자네 같은 인재가 필요하다네. 자네는 추기경님의 뒤에 바짝 붙어 이동하게나. 우리가 최대한 야킨의 발을 묶어 주겠네."

쾅!

이미 추기경의 철퇴는 야킨을 향해 날아들었다.

추기경의 철퇴에 밀려난 야킨 한 마리는 성을 내며 추기경에게 달려들려고 했다.

길을 뚫어야겠다는 생각밖에 하지 못하는 프란세스 추기경은 그런 야킨을 무시하고 앞으로 달려 나갔다.

등 뒤가 위험했다.

신성제국의 기사들은 아드몬드를 앞으로 밀어 보내고는 야킨의 공격을 대신 받았다.

소리를 내서는 안 된다.

비명 소리라도 낸다면 추기경님은 뒤를 돌아볼 것이고, 우리가 야킨에게 당하고 있다는 것을 알아차리신다면 다시 돌아올 것이 분명하다.

기사들은 야킨의 무지막지한 주먹질과 발길질에도, 그리고 몸이 야킨의 이빨에 뜯겨져 나가도 불굴의 의지로 입을 열지 않았다.

입에서, 그리고 눈에서 물이 연신 흘러나오는 기사들이었지만 목숨이 다할 때까지 입을 열지 않았다. 그들이 얼마나 추기경을 사랑하고 존경하는지 알 수 있었다.

추기경은 빠르게 앞으로 이동했고 그가 지나간 길에서는 기사들이 몸을 던져 야킨의 시선을 끌었다.

비명 소리가 들리지 않는 전장.

고요함은 기사들의 의지였고 마지막 자존심이었다.

아무리 큰 고통이 느껴진다고 하더라도 신성제국의 기사로서의 자존심이 그들에게는 더욱 소중했다.

프란세스 추기경은 달리고 또 달렸다.

옆을 가로막는 야킨의 손아귀를 철퇴로 막아내며 뛰었다.

입에서 피비린내가 났지만 발을 멈출 수가 없었다. 자신이 발을 멈추는 순간, 뒤에 있는 기사들이 위험해질 수 있다고 생각했기 때문이다.

내가 길을 뚫겠다.

너희들은 내 등만 따라오면 된다.

추기경은 자신의 생각보다 더 수월하게 야킨 무리에게서 탈출했다고 느꼈다.

역시 야킨은 다른 몬스터와 달리 공격성이 강하지 않군.

기사들도 충분히 야킨을 따돌리고 올 수 있겠어.

프란세스 추기경은 뒤를 돌아보고 싶었지만 길을 뚫어야 한다는 일념 하나로 앞만 보고 달렸다.

기사들과 아드몬드를 믿었다.

그들이라면 충분히 야킨을 뚫을 수 있을 것이다.

물론 추기경도 야킨의 모든 공격을 철퇴로 막을 수는 없었다.

그는 맷집이 좋다고 충분히 자부할 만했지만 야킨의 공격은 무겁고 날카로웠다.

그의 옷은 이미 붉게 물들어 있었고 머리에서 흘러 내려오는 피가 눈을 가렸다.

그래도 멈추지 않았다.

병사들이 보이기 시작했다.

드디어.

드디어 야킨에게서 벗어난 것이다.

온몸에 피를 흘리고 있는 추기경을 발견한 병사들은 빠르게 추기경에게 다가와 엄호를 했다.

한숨을 돌릴 여유가 생긴 추기경은 천천히 고개를 돌렸다.
환하게 웃으며 자신에게 달려오고 있을 기사들을 상상하며.
안개 때문인가?
기사들의 모습이 보이지 않았다.
안개가 아무리 짙다고는 하지만 자신의 바로 뒤를 따라오던 기사들의 모습을 확인하지 못할 정도는 아니었다.
'왜 따라오지 않는 것이지?'

기사들은 추기경이 야킨에게서 벗어나는 것이 보이자 마음을 놓았다.
그리고 신성제국의 기사라는 자존심과 추기경을 존경하는 마음으로 참고 있던 비명이 그제야 터져 나왔다.
"으아아아아!"
추기경은 비명 소리가 들려오는 방향으로 신경을 집중했다.
그리고 알 수 있었다.
기사들은 자신의 뒤를 따라오고 있지 않았다.
자신을 살리기 위해 야킨의 먹잇감이 되기로 자처한 것이다.
"바보 같은 놈들! 내가 뭐라고 나를 살리려고 목숨을 버리는 것이냐!"
비명 소리를 뚫고 한 명의 사내가 모습을 드러냈다.
그 사내는 자신처럼 온몸에 피를 흘리고 있었고 팔은 탈골이 되었는지 아무렇게나 움직이고 있었다. 무기조차 쥐고 있지 못했다.

"아드몬드? 아드몬드 기사단장!"

추기경은 병사들의 엄호를 뚫고 아드몬드에게 달려갔다.

자식처럼 생각했던 아드몬드였다.

그런 아드몬드가 온몸에서 피를 흘리고 있자 프란세스 추기경의 가슴은 찢어지는 고통을 느꼈다.

야킨의 공격에 살이 움푹 파여도 느끼지 않았던 고통이 아드몬드의 모습을 보는 순간 찾아왔다.

"추기경님, 죄송합니다. 제가 기사들을 버렸습니다. 그들에게 죽음을 강요했습니다. 저를 절대 용서하지 말아주세요. 저를 원망해 주세요."

"내가 왜 너를 원망한단 말이냐. 이 모든 것은 악마의 소행이다. 여기서 약속한다. 항마 전쟁에서 살아 돌아가지 않겠다. 하지만 한 마리의 악마라도 살아 있다면 절대 죽지 않을 것이다. 그들의 마지막을 보는 순간 나도 그들을 따라 지옥으로 걸어가겠다!"

추기경은 통곡하며 소리쳤다.

그런 그의 모습은 병사들의 눈물샘을 자극했다.

"빨리 후퇴 명령을 내리셔야 합니다. 기사들의 죽음을 헛되이 하시면 안 됩니다."

기사들의 비명 소리는 이미 끝나 있었다.

아까처럼 정신력으로 비명을 참고 있는 것이 아니었다.

이미 그들은 야킨의 배 속에 들어가 있었다.

야킨은 새로운 먹잇감을 찾아 움직이려 했다.

"내 저들을 두고 어찌 돌아간단 말이냐. 기사들의 시체라도 수습을 해야 된다."

"안 됩니다. 지금은 한 명이라도 더 많은 병사를 살려야 합니다. 기사들도 전쟁을 승리로 이끄는 것을 더욱 바랄 것입니다. 제발 후퇴 명령을 내려주십시오."

아드몬드는 무릎을 꿇으며 애원했고 추기경은 슬픔을 참으며 병사들에게 후퇴 명령을 내렸다.

"전 병력은 안개 밖으로 후퇴한다!"

* * *

세 번째 전투는 끝이 났다.

앞서 있던 전투의 피해를 합친 것보다 많은 병력을 잃었다.

신성제국이 자랑하던 기사단의 절반이 이번 전투에서 유명을 달리했고 병사들의 사기는 땅속 깊숙이 묻혀 버렸다.

이대로 다시 안개 지역으로 들어가는 것은 자살행위나 다름이 없었다.

질서정연한 모습으로 각을 잡고 움직이던 병사들의 군기는 태만해졌다.

항상 품고 있던 무기를 막사 옆에 세워두는가 하면 막사 밖으로 한 걸음도 나오지 않는 병사도 있었다.

이런 시기에 병사들의 사기를 끌어 올릴 수 있는 사람이 지휘관이다.

하지만 프란세스 추기경이 막사에서 나오지 않고 있는 지금 병사들의 사기를 제대로 잡아줄 만한 지휘관은 없었다.

"내가 기사들을 죽였어. 내가 뭐라고 기사들의 목숨을 밟고 살아남았는가."

그렇게 자책하는 프란세스 추기경의 옆에는 아드몬드가 있었다.

그는 아무런 말도 하지 않고 그냥 추기경의 옆자리를 지켰고 추기경이 극단적인 선택을 하지 않도록 지켜만 보았다.

"추기경님, 전쟁이 아직 끝나지 않았습니다. 기사들은 전쟁의 승리를 원하고 있었습니다. 그들의 죽음을 값지게 만들기 위해서는 항마 전쟁에서 승리를 가지고 와야 합니다."

아드몬드는 힘겹게 한마디를 했다.

어떤 위로도 지금의 프란세스 추기경에게 도움이 되지 않는다는 것을 알았지만 가만히 있을 수가 없었다.

추기경은 눈을 감았다.

기사들을 생각하고 있는 것 같았다.

기사들과 수련했던 시간들, 승리로 이끌었던 전쟁들을 떠올리며 그들을 추억하고 있을 것이다.

이대로 있을 수는 없었다.

자신이 생각했던 가장 좋은 방법인 후발대와 합류를 하는 것이 기정사실이 된 지금 병사들의 군기와 사기를 바로잡아야 했다.

후발대가 도착하면 바로 전투를 재개할 수 있도록 여건을 만들어야 했다.
다른 나라의 지휘관들은 무력했다.
그들은 각국의 고위급 귀족들이었지만 전투에 익숙한 사람이 드물어 분위기를 전환시키려고 노력하는 이가 아무도 없었다.
아드몬드는 추기경을 두고는 천막을 나왔다.
천막 바깥의 모습은 패잔병 무리가 지내는 막사와 다르지 않았다.
아직 전쟁이 끝이 나지 않았다.
이대로 패배에 젖어 있는 상태에서 전투를 벌일 수는 없다.
병사들의 사기를 올리려면 어떤 방법이 좋을까?
아드몬드는 잠시 생각하다가 바로 움직였다.
그는 부상당한 병사들이 치료 받고 있는 진료소로 움직였다.
신체의 일부를 잃은 병사부터 언데드의 이빨에 물려 독이 오른 병사들까지.
다양한 부상을 입은 병사들이 진료소를 가득 채우고 있었고 인력은 부족했다.
"아드몬드 기사단장! 여기서 무엇을 하고 계시는 겁니까?"
이번 전쟁에서 가장 이름을 날린 사람은 아드몬드였다.
아드몬드는 추기경의 지지를 한 몸에 받고 있는 인물이었고 안개의 원흉지를 찾은 것은 물론이고 더 큰 피해를 막은 사람이기도 했다.
아무리 군기가 태만해졌다고는 하지만 이번 전쟁의 신성에게 함부로 대할 병사는 이제 없었다.

아드몬드는 자신을 알아보는 병사들에게 미소로 답해주며 그들의 붕대를 직접 갈아주었다.

인력이 부족해 여전히 제대로 된 치료를 받지 못한 병사들이 부지기수였고 한 명의 손길이라고 더 필요한 상황이었다.

"어렸을 때부터 아버님에게 비상 치료법에 대해서 배웠다네. 자네들보다는 실력이 떨어지겠지만 그래도 없는 것보다는 나을 걸세."

아드몬드는 독이 올라 고름을 피워내는 병사의 더러운 어깨를 아무렇지 않게 닦아내며 새로운 붕대로 갈아주었다.

"많이 아팠겠네. 미안하네."

아드몬드의 진심이 담긴 말 한 마디에 병사들은 조금씩 마음이 움직였다.

그는 한두 시간 동안만 치료를 도운 것이 아니었다.

아드몬드는 하늘이 어둑해질 때까지 진료소 일을 도왔고 다음 날도, 그리고 그다음 날도 진료소를 찾아 병사들의 치료를 도왔다.

그런 그의 행동이 입소문을 타고 돌기 시작했다.

그에게 직접 치료를 받은 병사들이 자신의 막사로 돌아가 다른 병사들에게 아드몬드의 선행을 알렸고 자신의 지휘관들과는 사뭇 다른 아드몬드의 모습에 큰 감명을 받았다.

전쟁은 영웅을 원했다.

아무런 희망도 없는 전쟁이라고 할지라도 영웅이라는 존재 하나만으로도 승리로 이끌 수 있었다. 전쟁은 병사들이 하는 것이었고 영웅은 병사들의 사기를 끌어 올리는 존재였다.

그렇게 아드몬드는 신성에서 새로운 영웅으로 부각될 조짐을 보이고 있었다.

*　　*　　*

아드몬드가 병사들의 치료에 전념하고 있을 때 브루니스 왕국의 후발대는 파말 왕국에 도착했다.

"여기가 파말 왕국이군요. 완전 초토화가 되었습니다. 여기가 진짜 사람이 살던 나라인지 믿기지가 않습니다."

농지는 불타서 검은 재만 남아 있었고 사람들의 얼굴에는 절망만이 가득했다.

악마의 종자라는 소리를 들으며 손가락질을 당했으니 저런 얼굴을 하고 있는 것이 당연한 것일지도 몰랐다.

며칠 사이에 파말 왕국에 각국의 군사들이 속속들이 도착했고 브루니스 왕국은 거의 마지막에 합류했다.

카인트 공작은 파말 왕국에 도착해서도 제대로 휴식을 취하지 못하고 지휘관 회의에 참석했다. 몇 시간 동안이나 계속된 회의를 마치고 돌아온 공작은 표정은 밝지 않았다.

"전쟁은 어떻게 진행되고 있습니까?"

공작은 전황이 궁금했다. 이동하는 동안 제대로 된 정보를 듣지 못했다.

신성제국의 전 병력과 각국의 1차 파병군이 어디까지 진군했는지 궁금했다.

"상황이 좋지 않다고 하네. 악마제국을 둘러싸고 있는 방벽을 단숨에 돌파했지만 악마의 탑 부근에서 큰 피해를 입었다고 하네. 많은 수의 언데드가 악마의 탑을 지키고 있을 뿐만 아니라 몬스터형 언데드까지 있다고 하네. 지금은 전투를 지속하지 못하고 악마제국 안에서 후발대를 기다리고 있다고 하네."

아직 후발대가 다 도착하지 않았다.

약속한 시간이 일주일 정도 남은 시간이었기에 아직 먼 거리에 있는 국가들이 도착하기에는 이른 상태였다.

하지만 큰 피해를 입은 선발대를 이대로 악마제국에 방치할 수 없다는 의견이 나왔고 지금 모인 국가들이 먼저 악마제국으로 이동하는 것이 좋겠다는 의견이 현재 주를 이루고 있다고 한다.

"우리에게 주어진 휴식 시간은 이틀이 전부일세. 이틀이 지나면 또 행군을 해야 될 것 같네."

이틀은 행군의 피로를 풀기에는 부족한 시간이었지만 불가피한 상황이었다.

선발대가 전멸이라도 한다면 전쟁에서 이길 확률은 절반으로 줄어들어 버린다.

그들은 후발대와 비교해도 적지 않은 수였고 가장 강력한 신성제국의 전 병력이 선발대에 포함되어 있었다.

그리고 선발대가 전멸이라도 하게 된다면 후발대는 전쟁을 할

의욕을 잃어버릴지도 몰랐다.

이틀간의 휴식 시간 동안 최진기와 원거리 무기 담당 병사들은 무기를 정비했다.

흙먼지가 묻은 무기들을 닦아내고 기름칠을 했다.

다른 나라의 병사들이 그런 모습을 보고 수근거렸다.

"저게 다 뭐래? 저긴 전쟁을 하러 온 거야, 아니면 약을 팔려고 온 거야? 전쟁이 무슨 애들 장난인 줄 아나. 거대한 장난감이 무슨 도움이 된다고."

분해된 무기들이 장난감으로 보일 만도 했다.

원거리 무기를 제대로 보지 못한 사람들이었고 우리가 가지고 온 무기들을 의심하는 것이 당연했다.

하지만 저들은 전쟁이 시작되면 무기의 위용에 입을 벌리고 환호를 할 것이다.

브루니스 왕국군에 주어진 이틀이 지나갔다.

병사들은 생각보다 빨리 피로를 풀었고 꽤나 좋은 컨디션을 가지고 진군을 시작했다.

각국의 병사들이 줄지어 이동하는 장면은 흡사 설탕에 모여드는 개미의 모습과 비슷했다.

브루니스 왕국은 병사의 수에 비해 많은 짐을 가지고 있었고 기동력에 방해가 된다는 이유로 후미에 위치했다.

'오히려 잘되었다.'

최진기는 생각했다.

처음부터 모든 것을 보여줄 필요는 없다.

힘을 보여주기 위해서는 극적인 상황이 필요했다.

저들이 자신들을 믿고 의지하게 만들어야 했다.

연합군 후발대는 선발대가 미리 만들어놓은 길을 따라 안전하게 이동했고 며칠이 지나지 않아 악마제국의 방벽을 만날 수 있었다.

"정말 거대하군. 저런 크기의 방벽을 단시간에 만들어내다니. 악마지만 대단해."

"그렇습니다. 지금의 기술력으로 저런 방벽을 만들기 위해서는 최소 2년 이상의 시간이 필요합니다. 자금력은 물론이고 인력까지 필요한 일입니다. 흠, 다시 생각하니 2년도 부족하다고 생각되네요."

악마제국이 방벽을 만드는 데 걸린 시간은 한 달 정도였다.

그들이 어떤 방법으로 방벽을 만들었는지는 모르겠지만 그들의 강함을 방벽을 통해 유추할 수 있었다.

"이제 저 방벽을 건너기만 하면 악마제국이군. 이제 선발대와 합류할 시간이 얼마 남지 않았네."

카인트 공작은 티를 내지는 않았지만 아드몬드를 걱정했다.

말썽 많은 자식이었지만 그래도 자식이었다.

아비가 되어 자식을 걱정하지 않는 사람은 없었다.

그의 발이 전보다 빨리 움직이는 느낌이 들었다.

"문이 깨끗이 열려 있습니다. 강제로 문을 연 것이 아닌 것 같습니다. 마치 초대를 받은 것 같습니다."

방벽을 이용해 전투를 벌인다면 악마에게 더욱 유리한 전쟁이 될 것이 분명했다.

하지만 악마제국은 문을 활짝 열어주었다. 방벽을 의지하지 않아도 충분히 승리할 수 있다는 자신감을 표출한 것이나 다름이 없었다.

"초대를 한다면 응해줘야지. 자, 가세나."

연합국의 후발대는 긴장과 떨림을 가지고 악마제국의 방벽을 넘었고 곧이어 선발대와 마주할 수 있었다.

후발대의 병력이 합류하자 병사들의 사기가 눈에 띄게 상승했다.

여전히 안개 속으로 다시 진입하기를 꺼리는 선발대의 병력들이었지만 많은 수의 후발대에 안도의 한숨을 내쉬었다.

선발대와 후발대는 국가별로 합류하였고 각 나라의 지휘관은 그대로 유지되거나 더 높은 직위를 가지고 있는 귀족들로 바뀌었다.

브루니스 왕국의 선발대를 이끌던 아드몬드는 카인트 공작의 합류로 인해서 지휘관의 자리를 자신의 아버지에게 넘겨주었다.

많은 국가가 모여 있는 지휘관 회의는 지휘관들만이 참여하게 되어 있다.

하지만 연합국의 총사령관인 프란세스 추기경의 강력한 요청으로 아드몬드도 지휘관 회의에 참석할 권리를 가지게 되었다.

"그래. 역시 피는 어디 가지 않는구나. 네가 잘해낼 줄 알았다."

선발대의 전투에 대해 간략하게 설명을 들은 카인트 공작은 아드몬드의 생각 이상의 활약에 웃음꽃이 폈다.

너무 귀하게만 키워 세상 무서운 줄 모른다고 생각했던 아들이 공을 세웠다니 카인트 공작은 기뻐했다.

"아닙니다, 아버님. 이번 전투에서 제가 한 것은 별로 없습니다. 사실상 우리는 전투에서 패배했습니다. 패배한 전투에서 공을 세웠다고 해서 내세울 수는 없습니다."

자꾸만 기특한 말만을 하는 아드몬드를 보고 있자니 눈물이 핑 도는 공작이었다.

조금은 낯설기도 했다.

떨어진 시간이 길었다고는 하지만 사람이 완전히 바뀔 정도의 시간은 아니었다.

하지만 크게 신경을 쓰지 않는 공작이었고 아드몬드와 깊은 포옹을 나누며 부자간의 정을 나누었다.

"악마의 탑 부근에 몬스터형 언데드가 있다고 들었다. 야킨까지 포함되어 있다고 하니, 아무래도 힘든 전투가 계속될 것 같구나."

"그렇습니다. 솔직히 후발대가 합류했다고는 하지만 전투에서 승리할 수 있을지는 모르겠습니다."

"지휘관 회의 시간이 되었습니다."

부자간의 대화를 지속할 시간은 길지 못했다.

못다 한 대화는 회의가 끝이 나면 계속하기로 하고 카인트 공작과 아드몬드는 지휘관 회의에 참석했다.

동부와 서부의 국가들이 프란세스 추기경의 양옆 자리를 차지했고 브루니스 왕국을 비롯한 소국들은 병사의 숫자에 따라 자리를 배정받았다.

브루니스 왕국에서 1, 2차로 파병을 보낸 병사를 합쳐도 대국에서 보낸 1차 파병군에 비해 수가 적었기 때문에 당연히 테이블 말석 부근에 자리를 잡았다.

타니스 왕국은 이번 전쟁에 대대적으로 병사를 파병했고 2차 파병 부대를 지휘한 사령관은 타니스 왕국의 2인자라고 불리는 클라인 공작이었다.

그는 카인트 공작과 마찬가지로 오러 마스터였었다.

오러가 사라진 지금은 머리가 흰 노인처럼 보였지만 여전히 그에게서 느껴지는 위압감은 프란세스 추기경을 압도했다.

수십 번의 전쟁을 승리로 이끈 클라인 공작이었고 그에게는 경험을 바탕으로 쌓아온 내공이 있었다.

"이번 전쟁의 실패는 정보 부족으로 인해서라고 판단됩니다. 많은 국가가 모인 연합국이 초입에서 패배를 한다는 것은 생각지도 못했습니다. 아무리 상대가 악마라고는 하지만 모든 나라가 힘을 합쳤는데 지금까지 악마의 탑조차 부수지 못했다니. 실망입니다."

클라인 공작은 강하게 나왔다.

그의 말에는 뼈가 있었고 공개적으로 프란세스 추기경을 깎아

내리려고 했다.

지금까지 모든 나라의 귀족들은 프란세스 추기경에게서 점수를 따려고만 했지, 그처럼 프란세스 추기경에게 맞설 생각을 하지 못했었다.

그만큼 신성제국의 군사력은 강했었다.

하지만 클라인 공작은 그런 것을 신경 쓰는 위인이 아니었다.

그는 실수는 지적하고 공은 나누는 성격이었다.

아무리 상대가 신성제국의 추기경이라고 하더라도 클라인 공작의 따가운 날카로운 눈초리를 피할 수는 없었다.

"모든 잘못은 저에게 있습니다. 악마들의 능력을 너무 과소평가했습니다. 제 지휘 능력이 부족해 많은 병사를 잃었습니다. 그래서 다음 전투부터는 저는 한발 물러나기로 했습니다. 병사들의 지휘권을 이번 회의를 통해 뽑힌 사람에게 위임할 생각입니다. 저는 한 명의 기사가 되어 악마와 싸우겠습니다."

강한 의지가 담긴 프란세스 추기경의 말에 거세게 비난을 할 준비를 하고 있던 클라인 공작이 한발 물러섰다.

이미 궁지에 몰린 사람을 더 비난해 보았자 얻는 이득은 없었다.

연합국의 지휘관이라.

'내 마지막 자서전에 남기기에 딱 좋은 내용이군.'

클라인 공작은 연합국을 지휘할 능력을 가진 사람이 자신뿐이라고 생각했다.

자신과 비슷한 능력을 가진 오러 마스터가 몇 명이 있긴 했지만 지금은 모두 오러를 잃은 상황이었다.

그렇다면 전쟁의 경험이 가장 많은 자신이 병사들을 지휘할 능력이 있다고 생각하고 있었다.

"그렇게까지 하지 않아도 되지만 굳이 그러시겠다면 선거를 하도록 해야겠군요. 이번 선거를 통해 지휘관을 뽑도록 하겠습니다. 항마 전쟁을 승리로 이끌 능력을 가진 사람이 지휘관이 되어야 합니다. 각국의 이해관계를 따지지 말고 공정하게 선거를 하도록 하겠습니다. 그러면 후보를 추천해 주세요."

클라인 공작은 빠르게 회의를 진행시켰다.

한번 잡은 기회를 놓치고 싶진 않았다.

그는 크고 작은 공을 나누는 성격이긴 했지만 지휘관의 자리까지 나누고 싶은 마음은 없었다.

연합국의 지휘관 자리가 탐이 나기도 했지만 이번 전쟁을 승리로 이끌기 위해서는 자신이 지휘관 자리를 차지해야 한다고 생각하고 있었다.

동부 국가들은 하나같이 클라인 공작을 추천했고 서부 국가들은 탄트 왕국의 지휘관인 파미슈 백작을 추천했다.

"저를 후보로 추천해 주신 많은 분들에게 죄송하지만, 이번 전쟁을 승리로 이끌기에는 제 능력이 많이 부족합니다. 저는 클라인 공작님이 연합국의 지휘관이 되는 것이 맞다고 생각합니다. 클라인 공작님이라면 동부와 서부를 따지지 않고 공정하게 지휘를 할 수 있을 것입니다."

파미슈 백작이 지휘관 후보 자리를 사양했다.

다른 후보자가 없는 상황에서의 선거는 무의미했다.

클라인 공작은 파미슈 백작을 보며 감사의 인사를 소리 없이 전했다.

'파미슈 백작이 그래도 생각이 있군. 확실히 서부의 유일한 기사라고 생각했던 내 생각이 맞았어. 자네의 말대로 최대한 동부와 서부 국가들의 공을 공정하게 나누어 주겠네.'

파미슈 백작이 후보를 포기했고 회의를 하고 있는 막사는 여러 사람들이 웅성거리는 소리에 시끄러워졌다.

어떻게 해야 되는지 아직 파악을 하지 못하고 있는 것이다.

하지만 눈치가 빠른 사람이라면 클라인 공작이 연합국의 지휘관이 되었다는 사실을 인지할 수 있었고 축하의 인사와 함께 박수를 쳤다.

"축하드립니다, 클라인 공작님."

짝짝짝.

한 명이 박수를 치기 시작하자 막사 안의 모든 사람들이 좋든 싫든 축하의 인사와 함께 박수를 쳤다.

"부족한 능력이지만 이번 전쟁을 반드시 승리로 이끌도록 하겠습니다. 모두 저를 믿고 움직인다면 아무리 강한 악마라고 할지라도 충분히 승리할 수 있습니다."

*　　*　　*

회의는 생각보다 길어졌다.

그러는 동안 최진기는 무기를 다시 정비하고 있었다.

"다들 전투에 들어가면 바로 사용할 수 있게 몸체는 미리 조립을 하도록 하죠."

원거리 무기 부대에 배속된 병사들은 이미 수십 번이 넘게 무기의 조립과 해체를 해보았기에 빠르게 무기를 조립해 나갔다.

그러나 그들은 원치 않게 구경거리가 되고 있었다.

"저게 뭐야. 저걸 진짜 사용하려고 들고 온 거야? 여기가 전쟁통이라는 걸 알고 저러는 거야? 서커스에나 이용하면 딱 좋아 보이는구만."

다른 나라의 병사들이 멀리서 웅성거리는 소리가 들려왔다.

하지만 크게 신경을 쓰지 않고 조립에만 열중하는 병사들이었다.

처음에는 자신들도 그랬다.

무기의 능력을 의심했고 이런 무기를 만든 최진기를 미친놈 취급했었다.

하지만 무기를 직접 사용하고 능력을 눈으로 확인한 후 최진기와 그의 무기에 절대적인 믿음이 생겼다.

병사 100명보다 원거리 무기 하나가 더 큰 능력을 발휘할 수 있다는 것을 알고 있었다.

"일단 오늘은 거기까지 조립을 하는 걸로 하죠. 미리 조립을 해놓으면 이동하기가 불편하니까요. 악마의 탑이 멀지는 않지만 빠르게 가지고 이동하려면 이 정도가 딱 좋아 보이네요."

원거리 무기의 단점 중 하나가 이동에 용이하지 않다는 것이다.

바퀴가 달려 있는 무기도 있었고, 그렇지 않은 무기라도 마차를 이용해 운반할 수 있었지만 그래도 일반 병사보다 진군 속도가 느릴 수밖에 없었다.

"회의가 생각보다 길어지네. 언제 전투가 벌어지는지 정확히 알아야 작전을 짜는데."

무기의 1차적인 조립을 끝내놓고 막사 안에서 카인트 공작을 기다렸다.

기다리는 동안 아드몬드에 대한 생각을 했다.

"사람이 한순간에 바뀌면 죽을 때가 되었다고 하던데, 아드몬드는 아직 팔팔해 보이네. 무슨 계기라도 있었던 건가? 내가 알던 아드몬드가 아니던데."

최진기는 아드몬드가 악마제국에 와서 어떤 일을 당했는지 알지 못했다.

좋은 게 좋은 건가?

갑자기 아드몬드의 성격이 바뀌었다고는 하지만 나쁠 것은 하나도 없었다.

그는 이제 자신의 말에 토를 달지도 않았고 일방적인 반대도 하지 않았다.

원래라면 지금도 자신의 막사 주위를 돌아다니면서 꼬투리를 잡기 위해 노력했을 것이다.

막사 안에서 잠시 휴식을 취하자 하늘은 어둑어둑해져 갔다.

이윽고 카인트 공작이 최진기를 불렀다.

브루니스 왕국의 지휘부 막사 안에는 이미 아드몬드를 비롯한 여러 귀족들이 자리를 잡고 있었고 최진기와 현자는 남아 있는 자리에 착석을 했다.

"연합국 회의 사항을 알려주겠다. 일단 프란세스 추기경이 지휘관 자리를 내려놓았고, 새로운 지휘관으로 타니스 왕국의 클라인 공작이 선출되었다. 그의 지휘 능력은 모든 사람이 인정하는 바이니 옳은 선택이라고 생각된다."

카인트 공작도 능력적인 면만 보면 연합국의 지휘관이 될 자격이 충분했다.

하지만 뒷받침하는 병사의 수가 적다는 것과 나라의 힘이 약하다는 것이 약점이었다.

그가 만약 서부 국가의 공작이었다면 클라인 공작이 이렇게 쉽게 연합국의 총사령관 자리를 차지하지는 못했을 것이다.

하지만 카인트 공작은 크게 신경 쓰지 않는 듯 보였다.

하긴 총사령관의 자리를 욕심낼 만한 이유는 없으니까.

명성이 올라가는 걸 싫어하는 사람은 없겠지만 명성 말고는 얻는 것이 없는 총사령관 자리였다.

브루니스 왕국의 군사 수는 다른 나라의 절반도 되지 않았다.

이런 상황에서 카인트 공작이 총사령관 자리를 차지하게 된다면 빛 좋은 개살구가 될 뿐이었다.

"전쟁은 이틀 후 다시 시작된다. 그리고 우리가 맡은 역할은 후방 지원이다."

후방 지원도 물론 중요한 일 중 하나였다.

하지만 직접적인 전투를 벌이지 않기에 공을 세우기는 적합하지 않았다.

카인트 공작은 국가별로 역할을 분담할 동안 여러 번 전투에 참여하고 싶다는 의지를 보였지만 먹혀들지 않았다.

"이번 전쟁에서 신성제국과 저희 동부 지역에서 선봉을 맡도록 하겠습니다. 만약 서부권 국가들이 선봉에 서고 싶으시다면 저희가 양보를 하도록 하겠습니다."

이전의 전투에서 극심한 피해를 입었다는 사실을 알고 있던 서부권 국가들은 선봉을 자처하는 클라인 공작의 의견에 따로 이의를 제기하지 않았다.

"서부권 국가들은 중앙을 든든히 지켜주시기 바랍니다. 그리고 다른 나라들은 후방을 맡아주세요. 그리고……."

전쟁은 전투만으로 이루어지지는 않는다.

진지를 보호할 병력들이 필요하기도 했고 정찰을 목적으로 움직여야 할 나라도 있어야 했다. 클라인 공작은 악마제국으로 오는 동안 여러 나라들의 모습을 확인했기에 가장 많은 말과 마차를 가지고 온 브루니스 왕국이 정찰을 하기에 적합하다고 생각했다.

"브루니스 왕국에서 후방 지원 업무를 맡아주세요. 정찰은 물론이고 진료소와 진지 보수 작업까지 부탁드리겠습니다."

"저희는 전투를 벌이기 위해 찾아왔습니다. 우리의 숫자가 많지는 않지만 큰 도움이 될 것입니다!"

카인트 공작이 얼마나 강한 오러 마스터였는지 알고 있는 클라인 공작이었다.

오러가 있었다면 그가 포함된 브루니스 왕국을 후방 지원 업무에 배속하지는 않았겠지만 지금은 이빨 빠진 들개가 되어버린 브루니스 왕국에게 내어 줄 자리는 없었다.

후방 지원 업무 말고는 그들이 할 만한 일은 없었다.

전쟁은 의사소통이 중요했고 유대감이 필요했다.

그렇기에 같은 나라 소속인 병사들이 같이 움직이는 것이 더욱 효율적이었다.

일사불란하게 움직이기 위해서는 모래로 뭉친 큰 조각보다 하나로 되어 있는 바위가 더욱 효율적이다.

"카인트 공작의 말도 잘 알겠습니다만, 후방 지원 업무도 매우 중요한 역할입니다. 부탁드리죠."

이렇게 후방 지원 업무를 지정받은 카인트 공작의 표정이 좋을 리가 없었다.

최진기와 현자에게 브루니스 군이 맡은 역할을 설명하는 동안 한 번도 표정을 풀지 않았다.

그의 마음을 달래는 말을 하는 것은 현자였다.

"그들은 지금 우리가 가지고 있는 무기의 능력을 몰라 우리에게 이런 역할을 맡긴 것이네. 전쟁이 길어지면 언제고 분명 우리의 힘을 필요로 하게 되어 있다네."

회의가 끝나자 최진기는 병사들로 하여금 조립해 놓은 원거리 무기를 다시 해체시켜 창고 안에 고이 모셔두어야만 했다.

Chapter 5

복병

약속된 시간이 찾아왔다.

연합국의 병사들이 악마의 탑으로 향했다.

선두에 선 신성제국과 동부권 국가들 외 병사들이 안개 지역으로 들어갔다.

어김없이 짙은 안개가 찾아들었고 언데드와의 전투를 처음 접하는 후발대 병사들은 두려움을 안은 채 검을 꼭 쥐었다.

그러는 동안 브루니스 왕국은 상대적으로 편안히 시간을 보냈다.

"드디어 전쟁이 시작되네요. 이번 전투에서 큰 피해를 입지 않아야 될 건데."

"그러게 말이다. 시야가 제대로 확보되지 않는 상태에서 안개로 들어가는 것이 좋아 보이지는 않는구나. 아직까지 자신들이 오러를 사용하는 기사라고 착각하고 있는 것 같구나. 악마와의 전쟁에서 이기려면 중요한 건 병사의 숫자가 아닌데.”

최진기는 조립도 되지 않은 원거리 무기들을 닦기만 할 뿐 딱히 하는 일이 없었다.

다른 브루니스 왕국의 병사들은 진영 주위를 정찰하고 있었고 기사들은 막사 안에서 시간을 보내고 있었다.

후방 지원 역할은 말은 좋아 보이지만 딱히 할 일이 없었다.

사방에 적이 있는 것도 아니고 악마의 탑 주변에서만 생겨나는 언데드였기에 브루니스군은 그저 구경꾼이 되어버리고 말았다.

최진기는 생각했다.

'내가 만약 지휘관이었다면 안개 지역에 원거리 무기로 폭격을 가할 텐데.'

'그렇게 한다면 최소한의 피해로 최대의 이득을 취할 수 있는데.'

'악마의 탑이 어느 정도로 단단한지는 모르겠지만 원거리 무기 몇 방이면 부술 수 있을 것 같은데.'

하지만 마음대로 할 수는 없었다.

연합국의 사령관은 클라인 공작이었고 그의 뜻에 반하는 행동을 할 수는 없었다.

아무리 좋은 방법이라고 하더라도 독자적인 행동을 한다면 다른 나라의 견제를 받을 수밖에 없었다.

대신 병사들의 무기를 강화된 무기로 모두 맞춰주었다.

브루니스군은 아무리 수가 적은 병사들이라고는 하지만 일반 무기를 사용하는 병사들보다 훨씬 더 효율적인 전투를 할 수 있을 것이다.

그런데 지금 정찰이나 하고 있어야 한다니.

오히려 좋은 것일지도 몰랐다.

패배를 겪어보면 브루니스 왕국의 능력을 더욱 어필할 수 있으니까.

절반이 넘는 병사들이 안개 지역으로 돌입했다.

우리는 진지에서 안개 지역을 바라보았다.

아직까지 비명 소리는 들리지 않았다.

안개가 시야를 가리기는 하지만 소리까지 막지는 않았다.

병장기 소리가 들려오는 것을 보아 전투는 시작되어 보였다.

조금씩 전진하는 연합국의 병사들이었고 얼마 지나지 않아 모든 병사가 안개 지역 안으로 들어갔다.

"언데드가 악마의 부산물이라고는 하지만 직접 악마를 상대하지도 않았는데 이 정도의 피해를 입었다니 생각보다 악마의 힘이 강한 것 같습니다."

"지금 사람들은 악마를 너무 쉽게 보는 경향이 있구나. 역사의 기록대로라면 드래곤이 전멸해서 겨우 막은 악마들인데……."

현자와의 잡담으로 시간을 보내며 전투가 끝이 나기를 기다렸다.

"으아아아!"

처음 들려오는 비명 소리였다.

한 명이 지르는 비명 소리가 이렇게 크게 들려올 리는 없었다.

최소 부대 단위가 지르는 비명 소리 같았다.

무슨 일이 생긴 걸까?

몬스터형 언데드의 힘이 우리의 생각보다 훨씬 강한 것일까?

비명 소리가 들려오는 이유에 대해 생각해봤지만 안개 때문에 가려진 전장 상황을 알 수는 없었다.

"많은 부상병이 찾아오겠구나. 공작님을 찾아가자꾸나."

현자를 따라 최진기는 지휘부 막사를 찾았다.

전투에서 제외되었다는 상실감에 막사를 떠나지 않고 있는 카인트 공작이었다.

그는 우리가 찾아왔지만 여전히 책상을 두드리고 있었다.

"전장에서 비명 소리가 울려 퍼지기 시작했다네. 생각보다 많은 부상병이 생겨날 게야. 진료소에 모든 병사를 집중시켜야 할 것 같네."

공작은 책상을 두드리던 것을 멈추고 현자를 바라봤다.

브루니스 왕국의 진영에서 공작에게 반말을 할 수 있는 사람은 현자가 유일했다.

현자의 말을 듣고 모른 척할 수 없는 공작이었다.

"이번 전투에서 패배할 거라고 보십니까?"

"많은 수의 언데드를 줄일 수는 있겠지만 연합국의 사정도 그렇게 좋지는 않을 것일세. 지금 만들어둔 진료소로 부족할 수도 있다네."

연합국은 부상병을 효율적으로 치료하기 위해 진영의 중심에 진료소를 만들어두었고 연합국의 부상병들은 한곳에 모여 치료를 받았다.

카인트 공작은 아드몬드를 불러 진료소에 추가 병력을 투입할 것과 임시 진료소를 만들 것을 지시했다.

아드몬드는 이전과는 다르게 한 마디의 토도 달지 않고 곧장 진료소로 이동했고 간이 천막으로 여러 개의 임시 천막을 만들었다.

그는 확실히 많이 달라졌다.

지금 그의 모습은 믿음이 갔다.

임시 진료소가 거의 만들어질 때쯤 안개 지역을 벗어나는 병사들의 모습이 보였다.

기가 질린 병사들이 진영을 유지하지 못한 채 후퇴하고 있었다.

아직은 그렇게 심한 부상당한 병사의 모습이 보이지는 않았다.

후방을 지키고 있던 병사들이었기에 상대적으로 적은 피해를 입은 것이다.

문제는 앞장서 전투를 벌였던 신성제국의 병사들과 동부권 국가의 병사들이었다.

서부권 국가의 병사들까지 안개 지역을 벗어나자 조금씩 부상병들의 모습이 보였다.

그리고 마지막으로 신성제국과 동부권 국가들의 병사들이 후퇴를 하고 있었다.

"역시 생각대로구나. 임시 진료소만으로도 부족하겠구나."

"그렇습니다. 부상병의 수가 생각보다 더 많아 보입니다. 갑옷이 원래 붉은색이 아니었다면 저들 모두 부상병이겠군요."

피범벅이 된 병사들이 불편한 몸을 동료에게 의지하거나 검을 목발 삼아 움직이고 있었다.

*　　　*　　　*

전투는 패배였다.

그것도 처참한 패배.

임시 진료소까지 부상병들로 가득 찼고 비명 소리는 낮과 밤을 가리지 않고 악마제국을 울렸다.

악마들이 이 모습을 보고 있다면 비웃음을 짓고 있겠지.

"이제 우리가 움직여야 하지 않겠습니까?"

최진기는 카인트 공작을 찾아갔다.

브루니스 왕국이 후방 지원 업무를 맡았다는 것에 아직까지 마음이 불편한 카인트 공작이었다.

하지만 이제는 우리가 움직여야 할 때였다.

여기서 연합군이 더 큰 피해를 입는다면 항마 전쟁을 이길 가능성은 희박해진다.

저들이 우리를 여전히 무시하고는 있었지만 일단 피해를 줄여야 했다.

"클라인 총사령관이 우리의 말을 듣겠느냐? 우리를 동네 아낙보다 못하게 보고 있는데, 우리의 무기를 인정하고 작전을 짜겠냔 말이다."

"우리의 가치를 실력으로 보여주는 방법 말고는 없어 보입니다. 연합국은 당장 전투를 이어갈 의지가 없어 보입니다. 우리가 독자적으로 움직인다고 해서 반대하지는 않을 것 같습니다."

카인트 공작은 잠시 동안 고민했다.

그의 표정은 점점 바뀌어 갔고 결심이 선 것 같았다.

"다음 회의 때 의견을 내보도록 하겠네."

회의는 매일같이 열렸다.

하지만 방법을 모색하기 위한 회의가 아니라 책임을 돌리기 위한 회의였다.

여러 국가들이 모였다는 것은 좋은 것만은 아니었다.

구심점이 너무 약했다.

특히 이번처럼 전쟁에 패배한 상황에는 더욱더 서로의 잘못을 지적해 댔다.

이런 상황에서는 카인트 공작이 의견을 꺼낼 기회가 없을지도 몰랐다.

연합국의 회의는 시작되었다.

굳은 표정으로 회의에 참석하는 각국의 지휘관들은 오늘은 무슨 꼬투리로 서로를 물어뜯을지 궁리를 하는 것처럼 보였다.

"이번 전투의 패배는 지휘부의 능력 상실 때문으로 보입니다.

제대로 병사들을 지휘했다면 이런 피해를 입지 않아도 되었습니다."

"아니, 그게 왜 지휘부의 능력 부족이라고 보시는 겁니까. 몬스터형 언데드를 상대하는 게 익숙지 않아 피해를 입은 것이 아닙니까. 여기에 있는 누가 지휘를 했다고 하더라도 같은 결과가 나왔을 겁니다. 아니, 클라인 공작님이 지휘를 했으니 이 정도 피해로 끝이 난 것입니다."

역시나 서로를 물어뜯으며 회의가 시작되었다.

클라인 공작은 처음 총사령관 자리를 차지했을 때와는 다르게 말을 아꼈다.

그의 생각보다 몬스터형 언데드의 힘은 강했다.

언데드를 상대할 방법을 생각하지 않은 것은 아니었다.

몬스터형 언데드의 힘이 아무리 강하다고 하더라도 연합국의 병사들이라면 충분히 상대할 수 있을 거라고 판단했었다.

하지만 야킨이 문제였다.

초식형 몬스터인 야킨이 이렇게 강한 몬스터라고 생각지 못했었다.

그것도 최소 수천 마리의 야킨이었다.

안개 지역이 넓긴 했지만 수천 마리의 야킨이 묻혀 있기에는 부족해 보였다.

하지만 야킨은 계속해서 땅을 기어 올라왔고 피와 살에 미쳐 날뛰었다.

야킨을 상대로 일반적인 병기는 소용이 없었다.

오러가 묻어 있지 않은 무기로는 단단한 야킨의 뼈를 뚫을 수가 없었기에 일방적인 학살이 자행되었다.

살아남은 병사들은 동료의 죽음을 뒤로하고 도망쳤기에 가능했다.

탁상공론은 계속되었다.

상대할 적이 언데드라는 사실을 잊은 듯 서로에게 독설을 퍼부었다.

"우리에게 그런 말을 할 자격이 없는 걸로 알고 있습니다. 몬스터형 언데드가 나타나자마자 도망친 사람들이 누구인지 똑똑히 기억하고 있습니다. 이런 피해를 입은 것은 모두 서부권 국가들이 적극적으로 전투에 참여하지 않아서이지 않습니까!"

"아니, 우리가 언제 도망을 쳤습니까! 전략적 후퇴였습니다! 뻔히 질 걸 아는 전투를 하는 사람들이 멍청한 거지 우리는 올바른 선택을 한 것일 뿐입니다."

이대로 회의가 계속 되었다가는 한 마디 말도 해보지 못하고 날이 어두워질 것 같았다.

카인트 공작은 말을 꺼내기 위해 헛기침을 했다

"흠!"

하지만 아무도 그에게 관심을 주지 않았다.

다시 한 번 헛기침을 하며 이목을 집중시키려고 했지만 서로에게 독설을 퍼붓는 귀족들의 목소리에 묻혀 버렸다.

"그만! 다들 조용히 좀 하세요. 그런 말을 해서 지금 이득이 되는 것이 무엇이 있다고 다들 목청을 키우시는 겁니까!"

카인트 공작은 강하게 테이블을 손바닥으로 내려쳤다.

이제야 동부와 서부의 귀족들의 입이 다물어졌다.

그들은 입을 다물고 책상을 두드린 사람이 누구인지 확인했다.

그리고 고작 브루니스 왕국의 지휘관이 자신들의 말을 막았다는 사실에 분노했다.

"카인트 공작에 대한 소문은 듣긴 했습니다. 예전에는 모르겠지만 지금은 진료소를 운영하기에 딱 적합한 사람이라고 들었습니다."

무시하는 말투.

카인트 공작의 인중에 핏줄이 곤두섰다.

"전투도 하지 못한 나라의 말을 듣고 싶진 않군요."

카인트 공작의 얼굴은 금방이라도 터질 것처럼 붉어졌다.

"지금 우리 왕국을 무시하는 겁니까. 고작 언데드 하나 제대로 처리하지 못하고 후퇴한 사람들이 브루니스 왕국을 무시할 자격이 있다고 생각하시는 겁니까!"

"무시할 생각으로 한 말은 아닙니다. 그렇게 느꼈다면 자격지심이 아닐까요?"

카인트 공작의 속을 계속해서 긁는 대국의 귀족들이었다.

"그리고 우리에게 자격을 운운하는데 몬스터형 언데드를 만나보지 못해서 그런 말을 하는 겁니다. 브루니스 왕국의 병사들이 그들을 상대했다면 보지 않아도 뻔합니다."

"닥치세요!"

"말이 너무 험한 것 아닙니까. 지금 우리와 전쟁이라도 벌이겠다는 겁니까!"

회의장은 너무 뜨거워졌다.

지금 뜨거워진 분위기를 식힐 사람은 클라인 공작뿐이었다.

"다들 진정들 하세요. 우리끼리 싸워서 좋을 것은 없습니다. 그리고 카인트 공작이 할 말이 있어 보이니 그의 말을 들어보도록 하시죠."

아직은 총사령관의 자리에 있는 클라인 공작이다.

카인트 공작의 말을 듣고 싶지는 않았지만 클라인 공작의 말에 자리에 앉아 등받이에 몸을 기대어 거만하게 카인트 공작을 쳐다보는 대국의 귀족들이었다.

"언제까지 탁상공론만 할 생각이십니까. 시간이 부족한 것은 우리입니다. 악마제국에서 어떤 방법을 구상하고 있는지 모르는 상황에서 이대로 시간을 끌어서는 좋을 것이 하나도 없습니다."

"그걸 누가 몰라서 그럽니까. 몬스터형 언데드들이 강해서 전진을 하지 못하고 있는 것이 아닙니까."

"그렇다면 언제까지 이렇게 있을 생각이십니까?"

"무슨 방법이 나와야 전쟁을 지속하든지 말든지 할 거 아닙니까."

"그러니까. 지금 당장 전투를 할 생각이 없다는 말씀이시죠?"

"아니, 카인트 공작의 명성을 들어서 알고 있는데 이렇게 답답한 사람인지는 처음 알았군요. 지금까지 제가 한 얘기를 듣긴 한 겁니까? 무슨 방법이 나와야 전투를 하죠!"

카인트 공작은 앉아 있는 지휘관들을 돌아가며 쳐다보았다.

"내일 우리 브루니스 왕국이 독자적으로 언데드를 공략해 보이겠습니다. 우리 왕국을 무시하는 당신들에게 우리의 힘을 보여주도록 하겠습니다."

"풋!"

비웃음이 터져 나왔다.

소국이라고는 하지만 한 국가의 공작의 직위에 있는 사람의 면전 앞에서 비웃음을 날리는 것은 매우 무례한 일이었다.

"그러세요. 자살을 하겠다는 사람은 말리는 것이 아니죠. 알아서 하세요."

언제는 서로를 물어뜯지 못해 안달이었던 귀족들이 이제는 동시에 카인트 공작을 비웃었다.

최진기는 카인트 공작이 회의에서 많은 비난과 비웃음을 들었다고 전해 들었다.

그들의 생각이 틀렸다고 알려주고 싶었다.

'우리의 작전이 실패한다면 그들은 자신들의 생각에 확신을 가질 것이고 카인트 공작의 명예 회복은 멀어진다.'

최진기는 병사들을 독려하며 하루 사이에 모든 원거리 무기의 조립을 마쳤다.

투석기와 대형 석궁까지 10기가 넘는 원거리 무기는 최진기의 자존심이었다.

현대로 돌아가기 위한 발판이기도 했으며 악마와의 전쟁에서 승리하기 위한 도구였다.

병사들이 무기를 조립하는 동안 브루니스 왕국의 지휘부는 전략을 생각했다.

단순하지만 효과적인 방법을 찾기 위해 많은 대화를 나누었고, 다음 날 해가 뜨고 나서야 전략을 완성시켰다.

"기사들과 마차병들은 안개 지역으로 진군해라!"

이제는 아드몬드를 완전히 믿고 있는 카인트 공작이었고 가장 중요한 역할을 그에게 맡겼다.

이번 작전은 단순했다.

기동력이 뛰어난 기사와 마차병을 이용해 안개 지역을 형성시키고 우리가 깊은 곳에 자리 잡고 있는 몬스터형 언데드에게 투석을 가하는 것이었다.

기사단과 마차병이 안개 지역으로 이동했다.

우리의 뒤에는 다른 국가의 지휘부와 기사들이 우리의 실패를 기대하며 관람객의 입장으로 구경을 하고 있었다.

아직도 그들의 입에는 비웃음이 걸려 있었다.

"그 얼굴을 경악으로 물들여 주지."

기사단과 마차병이 안개의 경계 안으로 들어갔고 빠르게 안개는 형성되었다.

안개 때문에 시야가 가려져 있기에 그들을 지휘하는 아드몬드의 역할이 가장 중요했다.

기사단과 마차병들이 절대 투석기의 사정거리 안으로 들어가지 않게, 단지 안개가 사라지지 않을 정도로만 언데드를 상대하게 하여야 했다.

원거리 무기의 전권은 최진기에게 있었다.

안개 지역이 이제 생기기 시작했으니 기사단은 안개의 초입 지역에 위치하고 있을 것이다.

"투석 준비! 준비된 사수부터 투석 시작."

첫 투석은 안개의 중간 부위를 노리고 날아들어 갔다.

시야가 가려져 기사단 중 일부가 악마의 탑 방향으로 이동한다고 하더라도 아직은 안개의 중간 부위까지는 다다르지 못했을 것이다.

퍽!

투석기에서 커다란 돌들이 날아갔다.

엄청난 크기의 돌들이 포물선을 그리며 안개 지역 안으로 떨어졌다.

날아가는 소리만 들어도 투석기의 힘을 느낄 수 있었다.

하지만 시야가 가려져 있기에 언데드 몬스터들이 얼마나 피해를 입었는지 확인을 할 수는 없었다.

"좀 더 깊은 곳으로 투석해라!"

투석기를 담당하는 병사들은 기계 부품처럼 움직였다.

투석기를 재장전하고 돌을 올리는 데까지 3분도 걸리지 않았고, 안개 지역으로 다시 바위가 날아갔다.

준비한 바위를 모두 안개 지역으로 날려 보냈다.

이제는 기사단과 마차병에게 후퇴 명령을 내려야 했다.

"카인트 공작님, 시간이 되었습니다."

후퇴 명령을 내리기 위해서는 지휘권을 가진 사람이 안개 지역으로 들어가야만 했다.

그리고 그 역할을 카인트 공작과 브로안이 자처했다.

카인트 공작과 브로안이 안개 지역으로 들어가고 얼마 지나지 않아 기사단과 마차병들이 질서 정연하게 후퇴했다.

진영이 깨지지 않고 후퇴를 하는 기사단의 모습에 잠시 놀라워하는 각국의 지휘관들이었지만 다시 그들의 얼굴에는 더욱 짙은 비웃음이 걸렸다.

"고작 초입에서 인간형 언데드를 상대하고 돌아왔나 보군."

"큰소리를 뻥뻥 치더니 고작 언데드 몇 마리 잡은 것으로 생색을 내려고 하다니 얼굴에 철판을 깔았군."

저들의 말을 듣지 않아도 최진기는 표정으로 분위기를 유추해 냈다.

안개가 옅어지기를 기다려야 했다.

안개가 옅어지면 저들의 얼굴에는 절대 비웃음이 생길 수가 없을 것이다.

카인트 공작을 필두로 한 기사단과 마차병이 진영으로 돌아왔고 안개는 얼마 지나지 않아 사라졌다.

안개가 사라진 지역에는 수십 개의 바위에 깔린 언데드의 사체와 조각난 몬스터형 언데드의 사체까지 뚜렷하게 모습을 드러냈다.

구경꾼들의 표정이 어떻게 변했는지 볼까?

입을 쩍 벌리고 지켜보는 사람도 있었지만 충격을 받은 사람은 없어 보였다.

그렇지, 이제 시작인데 벌써부터 놀라면 안 되지.

이번 공격은 공포탄을 발사한 것과 다르지 않았다.

투석에 사용된 바위들은 주위에서 굴러다니는 일반 바위들이었고 투석기가 제대로 작동하는지 확인을 위한 시범 사격에 불과했다.

"수고하셨습니다. 안의 상황은 어떻습니까?"

최진기는 이전이라면 아드몬드에게 말을 거는 행위 자체를 꺼려했겠지만 성격이 완전히 바뀐 아드몬드였기에 거리낌 없이 그에게 다가갔다.

"여전히 많은 수의 언데드들이 있었다네. 투석기가 효과가 있긴 하지만 이런 공격으로는 많은 수의 언데드를 파괴할 수는 없을 것이네."

아드몬드도 투석기의 능력이 지금 선보인 장면이 전부라고 생각하고 있었다.

일반적인 사람이라면 그렇게 생각하는 것이 당연하겠지.

투석기의 진실된 능력을 아는 사람은 나와 카인트 공작 그리고 소수의 사람뿐이었다.

카인트 공작은 투석기의 능력을 선보였기에 어깨를 펴고 연합국의 회의에 참석했다.

카인트 공작이 자리에 착석하자 기다렸다는 듯이 동부 국가의 지휘관들이 입을 열었다.

"장난감이라고 했던 것 미안합니다. 하지만 언데드를 상대하기에는 적합하지 않은 무기 같더군요. 공성전에서나 능력을 발휘할 것 같은 무기입니다."

투석기의 능력을 제대로 파악한 말이었다.

원래 투석기는 공성전을 위해 만들어진 무기였다.

"브루니스 왕국에서 이번 전쟁을 위해 다양한 무기를 만들어 왔다는 사실은 인정하겠습니다. 하지만 언데드와의 전투를 끝낼 정도는 안 되어 보입니다. 뒤에서 후방 사격이나 해주세요."

아직도 브루니스 왕국의 전력을 무시하는 국가들이었다.

카인트 공작은 그런 반응을 가볍게 넘기고는 자리에서 조용히 일어났다.

"우리에게 주어진 시간은 하루가 더 남아 있다고 알고 있습니다. 나머지 얘기는 내일 마저 하기로 하겠습니다."

처음 브루니스 왕국에게 독자적인 작전권을 주었을 때 이틀의 유효 기간을 설정해 주었다.

카인트 공작은 여전히 자신을 무시하는 말투로 얘기하는 회의를 참석할 필요가 없다고 생각했다.

설전을 벌이는 것보다 실력을 보여주는 것이 그의 성격이었다.

*　　　*　　　*

오늘은 어제보다 더 많은 사람이 우리의 뒤에 자리를 잡았다.

원거리 무기의 능력을 확인했기에 오늘은 어떤 수를 보여줄지 궁금했기 때문이었다.

프란세스 추기경은 물론이고 클라인 공작까지 모든 지휘관이 브루니스 왕국의 진영이 잘 보이는 곳에 서 있었다.

기대에 찬 눈빛을 보내는 사람과 실패를 기원하는 사람까지 가지각색의 눈빛이 느껴졌다.

실패를 기원하는 사람은 무슨 심보일까?

브루니스 왕국이 실패한다고 해서 그들에게 이득이 될 것은 아무것도 없었다.

지금 상대하고 있는 적은 브루니스 왕국이 아니라 악마라는 사실을 잊고 있는 것이 분명했다. 항상 권력을 차지하기 위해 경쟁만을 해왔던 귀족들이었기에 같은 편이라고 해도 큰 공을 세우는 것을 꺼려했다.

"어느 나라든 귀족들은 다 썩어 있군."

카인트 공작은 눈빛에 따가워진 몸을 털고는 말했다.

"공작님도 귀족이십니다. 귀족의 탐욕에 대해서는 잘 알고 계시지 않습니까. 자신이 주인공이 되지 않는다면 실패를 바라는 것이 귀족들입니다."

"귀족과의 다툼을 여러 번 해보았지. 그들을 잠재우기 위해서는 압도적인 힘의 격차를 보여주는 수밖에 없지. 오늘은 화끈하게 부탁하겠네."

화끈한 걸 원하면 보여줘야지.

최진기는 이미 장전 준비를 마친 병사들에게 투석 명령을 내렸다.

이미 기사단과 마차병들은 안개 지역 안으로 진입해 있는 상황이었다.

퍽!

커다란 바위가 안개 지역으로 날아들어 갔다.

아마 지금 투석으로 저들은 이렇게 생각하고 있겠지.

'어제와 다른 모습을 보여주겠다더니 별반 다르지 않잖아!'

첫 공격은 공포탄이다.

무기의 상태를 최종적으로 확인하는 단계.

이제 시작이다.

"2번을 장전해 주세요."

투석기 옆에는 바위가 쌓여 있었다.

하지만 그런 일반적인 바위 말고 강화시킨 바위가 따로 준비되어 있었다.

천에 가려진 강화된 바위가 모습을 드러내었고 빠르게 장전되었다.

단지 색이 다른 바위라고 생각해서는 안 된다.

"투석!"

장전되어 있던 강화된 바위가 날아갔다.

녹색을 띄고 있는 바위는 하늘에서 잘게 부서져 안개 지역으로 뿌려졌다.

잘게 부서진 바위는 더 넓은 범위 공격이 가능했다.

일반적인 바위가 하나 혹은 두 마리의 언데드를 공격할 수 있다면 공중에서 잘게 부서져 날아가는 바위는 10마리 이상의 언데드를 공격할 수 있다.

하지만 그것은 부수적인 효과일 뿐이다.

"2번을 다시 투석해라."

녹색의 바위가 몇 차례 더 안개 지역으로 떨어졌다.

최대한 넓게 중복되지 않게 녹색의 바위를 날려 보냈다.

이제 기본적인 준비는 끝이 났다.

화끈한 불 쇼가 이제 시작된다.

"3번을 장전해라."

3번 바위는 붉은색의 바위였다.

물론 강화를 통해 바위의 색이 바뀌게 된 것이다.

눈치가 빠른 사람이라면 붉은색의 바위가 어떤 효과를 내는지 예상했을 것이다.

열기구를 만들기 위해 사용되었던 아크타르.

엄청난 불길을 피워내는 아크타르가 저 바위의 주요 성분이었다.

아크타르가 포함된 바위는 시한폭탄과 같은 능력을 가지고 있다.

바위의 중심에 심어진 아크타르는 큰 충격을 가하게 되면 폭발하게 되었고 주변을 초토화시킨다.

그리고 녹색의 바위는 폭발을 도와주는 성분으로 이루어져 있다.

아무리 불에 내성이 있는 언데드라고 할지라도 한계 이상의 폭발에 견딜 수는 없을 것이다.

"공작님, 이제 후퇴를 해야 합니다."

"알겠네. 다녀오지.

아크타르가 포함된 바위의 위력은 직접 확인을 해봤지만 믿기지가 않았다.

후퇴가 느리면 기사단과 마차병들이 폭발 반경 안에 빨려들어갈지도 몰랐다.

타이밍이 가장 중요했다.

너무 빨리 기사단을 후퇴시키면 안개 지역이 사라지고 언데드는 땅속으로 돌아가 버린다.

밖으로 나온 언데드들을 파괴하기 위해서는 안개가 사라지기 전에 아크타르를 폭발시켜야 한다.

카인트 공작이 안개 지역으로 들어가고 얼마 지나지 않아 한 명의 기사가 안개 지역을 벗어났다. 지금이었다.

"발포해라!"

상대적으로 가벼운 무게를 가지고 있는 아크타르 바위였기에 재장전 속도도 다른 바위에 비해 빨랐다.

수십 개의 아크타르 바위가 안개 지역으로 쏟아져 내려갔고 곧이어…….

펑! 퍼퍼펑!

엄청난 굉음이 터져 나왔다.

전쟁영화에서 박격포가 터지는 소리와 비슷했다.

하지만 위력은 더 뛰어날 것이다.

안개 지역에 떨어졌지만 땅의 진동이 느껴졌다.
몇 번의 폭발음이 더 들려왔고 안개는 사라졌다.
안개가 사라졌지만 안개 지역의 땅을 확인할 수는 없었다.
불바다가 땅을 집어삼켰다.
안개 지역이 있는 모든 땅을 불태우고 있는 것은 아니었지만 길을 만들기에는 충분한 불길이었다.
세상에서 제일 재미있는 불구경을 하고 있는 동안 카인트 공작과 기사단이 돌아왔다.
"지시하신 대로 화끈하게 했습니다. 만족하셨는지 모르겠습니다."
"만족하고말고. 이제야 연합국 회의에서 어깨를 피고 다닐 수 있겠군."
카인트 공작의 성격상 어깨를 굽힌 적은 없었지만 그의 어깨에 힘이 들어간 것은 사실이었다.
카인트 공작은 천천히 뒤로 돌았다.
그리고 입을 다물지 못하고 있는 귀족들을 향해 가볍게 손을 흔들어주었다.
엄청난 장면을 보고 난 뒤라 그런지 회의실의 분위기는 전에 없이 조용했다.
서로 말을 아끼며 카인트 공작을 바라봤다.
연합국의 전 병력이 달려든 것보다 브루니스 왕국 혼자 처리한 언데드가 더 많았다.
아니, 그렇게 생각되었다.

사실 투석기에 부서지고 화염에 휩싸여 죽은 언데드의 수가 전쟁을 끝낼 정도는 아니었다.

물론 한 국가가 움직여 만든 피해치고는 큰 것이기는 했지만 여전히 많은 수의 언데드가 남아 있었고, 안개 지역이 완전히 사라지지 않는 이상 악마의 탑으로 다가가는 것은 많은 시간이 필요했다.

하지만 시각적인 효과로 인해 연합국의 사기가 오른 것은 분명했다.

그리고 카인트 공작의 입지도 올라갔다.

"조금만 전략적으로 움직이면 적은 피해로 언데드를 상대할 수 있다는 것을 보여 드렸다고 생각합니다. 다들 동의하시죠?"

카인트 공작의 말에 다들 고개를 끄덕였고 특히 프란세스 추기경은 어둠 속에서 한 줄의 빛을 찾은 것처럼 카인트 공작을 바라보았다.

'아드몬드도 그렇고 카인트 공작까지 있으니 브루니스 왕국에는 인재가 많구나. 아니, 저 가문의 핏줄이 뛰어나구나.'

하지만 클라인 공작은 자신의 자리를 위협할 수도 있는 카인트 공작을 그렇게 좋게만 볼 수는 없었다.

이대로 그럴듯한 공을 세우지도 못한 채 물러서는 것은 자신의 명성에 금을 가게 한다고 생각한 클라인 공작은 최대한 주도권을 잡기 위해 노력했다.

"브루니스 왕국을 과소평가한 것은 사과하겠네. 하지만 말일세, 전쟁을 시작하기 전에 브루니스 왕국의 무기들에 대해 우리에게 말을 해줬다면 피해를 줄일 수 있지 않았겠나. 우리가 매일 같이 회의를 여는 이유는 서로의 상황을 이해하고 그것들을 토대로 전략을 구성하는 것인데. 자네는 너무 브루니스 왕국의 사정을 우리에게 숨겼다네. 영웅이 되기 위한 작전이라면 성공적이었지만 자네를 영웅으로 만들기 위해 우리가 너무 많은 피해를 입었다네."

아무리 브루니스 왕국이 소국이라고는 하지만 같은 공작의 직위를 가지고 있었다.

하지만 클라인 공작은 자연스럽게 하대를 하며 카인트 공작을 자신보다 아래에 있다고 사람들에게 각인시켰다.

최소한의 사과를 하긴 했지만 책임을 카인트 공작에게 떠넘기기도 했다.

"제 말을 제대로 들은 사람이 있긴 합니까? 저는 몇 번이고 우리가 가지고 있는 무기의 성능을 설명하기 위해 말을 꺼냈습니다. 하지만 그런 기회조차 주지 않았으면서 지금 저에게 책임을 떠넘기는 것은 너무도 무책임한 언사입니다."

동부와 서부 국가에 속해 있지 않은 국가들에게 발언권이 주어지지 않았다는 것은 회의에 참석한 모두가 알고 있었다. 하지만 회의 참석자들은 자신들의 잘못을 인정하기가 싫었기 때문에 말을 돌리기 위해 최선을 다했다.

"너무 흥분하셨습니다. 이제 전쟁의 물꼬를 틀 방법을 찾았으니 지난 일은 묻어두고 앞으로의 전략을 생각해야 하지 않겠습니까. 브루니스 왕국의 무기의 성능을 정확히 파악하는 것이 우선이라고 생각합니다. 아직 선보이지 않은 무기도 있습니까?”

말을 돌리기 위한 수작이라는 것이 눈에 보였지만 카인트 공작은 발톱을 세우지 않았다.

마음 같아서는 자신에게 비웃음을 날렸던 귀족들에게 독설을 퍼부어주고 싶었지만 아직 전쟁이 끝나지 않았는데 괜히 분란을 일으키고 싶지 않았기에 참았다.

여전히 클라인 공작이 주도적으로 회의를 진행하기는 했지만 카인트 공작의 발언을 무시하는 국가는 더 이상 없었고, 회의는 이전과는 달리 여러 가지 의견들이 나오며 활기를 찾았다.

*　　　*　　　*

카인트 공작이 회의에 참석해 있는 동안 최진기는 오늘 사용한 무기를 확인하기 위해 무기 보관소를 찾았다.

워낙 큰 덩치를 가지고 있는 무기들이었고 이제는 분해를 할 필요도 없었기에 오늘 사용한 투석기들은 보관소 앞에 위치하고 있었다.

투석기를 이루고 있는 부품들 모두 강화를 시켰지만 재질의 한계는 있었다.

부러진 부품들을 새로 끼워 넣고 혹시나 더 강화를 시킬 곳이 있나 둘러보았다.

이전에도 투석기를 강화시키기 위해 수십 번, 아니, 수백 번은 더 둘러보았었다.

오늘이라고 해서 딱히 좋은 방법이 생각나지는 않았다.

밤마실을 다니는 건지 현자가 투석기를 수리하고 있는 최진기에게 다가왔다.

바늘과 실이라도 되는지 최진기가 있는 곳에는 언제나 현자가 옆에 있었다.

"현자님, 제가 곰곰이 생각을 해봤는데요, 지금 언데드가 일어나는 촉매제 역할을 하고 있는 게 안개지 않습니까. 안개를 만드는 바위의 위치를 알고도 있고, 그러면 그 바위를 부수는 방법에 대해 알아내는 것이 가장 좋은 방법이 아닐까요."

"나도 그렇게 생각하고 있다네. 하지만 아드몬드와 다른 국가의 지휘관들이 바위를 부술 방법은 성수뿐이라고 하니. 우리가 따로 탐색할 명분이 없구나."

이미 바위를 부수기 위해 모든 수단을 다 사용해 본 연합국이었다.

괜히 바위를 확인하겠다고 말을 꺼내면 그들의 심기를 거스를 수도 있었다.

"오늘 전투로 카인트 공작의 발언권이 강해졌으니 하루 정도는 바위 탐색을 할 시간을 벌 수 있지 않겠습니까?"

"생각해 둔 방법이라도 있는 게냐?"

생각해 둔 방법?

여러 가지 방법이 떠올랐다.

금형을 만들기 위해 단단한 금속판에 홈을 만드는 작업을 여러 번 해보았다.

바위에 작은 구멍만 뚫을 수 있다면 충분히 바위를 부술 수 있다.

안개를 만들어내는 바위를 탐색할 수 있을지에 대한 허락을 얻기 위해서 카인트 공작이 돌아와야 했지기 때문에 일단 도구를 만들기로 했다.

바위에 구멍을 뚫는 것은 정과 망치만으로 불가능할 것이다.

아무리 강화된 정과 망치를 사용한다고 하더라도 수십 명의 기사가 달라붙어도 부수지 못한 바위를 부술 수는 없을 것이다.

구멍을 뚫기 위해 가장 좋은 공구는 드릴이다.

회전력을 이용한 드릴은 아무리 강한 금속이라도 파고들 수 있다.

하지만 드릴을 만들 수 있는 모터는 물론이고 전력까지 없는 지금 드릴을 만들 수는 없다.

하지만 드릴을 대체할 만한 공구는 충분히 만들 수가 있다.

모터와 전력 대신 사람이 직접 돌려야 하는 단점이 있긴 했지만 충분히 가능성은 있었다.

드릴을 만들 수 있다고 해서 끝이 나는 것은 아니다.

오히려 드릴보다 더 중요한 것이 드릴의 날이었다.

드릴의 날을 만들기 위해 안개를 생성하는 바위보다 더 단단하거나 비슷한 강도를 가지고 있는 금속을 찾아야 했다.

지금 가지고 있는 금속 중에 가장 단단한 금속도 강도가 3을 넘어가지 않았다.

하지만 높은 강도를 가지고 있는 무기가 하나 있긴 했다.

블루 드래곤의 지팡이.

블루 드래곤의 지팡이는 2의 강도를 가지고 있었다.

드래곤의 보관 상자를 제외하면 가장 강한 강도를 가지고 있는 무기였다.

내구성도 120이나 되었기에 충분히 드릴 날로 사용될 수 있다.

*　　　*　　　*

안개를 생성하는 바위에 대한 탐색은 의외로 쉽게 허락을 받았다.

화끈한 불 쇼 덕분에 카인트 공작의 발언권은 강해졌고 바위 탐색에 대한 허락도 쉽게 떨어졌던 것이다.

안개를 피워 올리는 바위는 안개 지역 외곽에 위치하고 있긴 했지만 언데드가 출몰하는 지역이었고 병사들의 호위가 필요했다.

이미 바위를 탐색한 경험이 있는 아드몬드가 안내를 했다.

처음 느껴보는 안개였다.

안개를 밖에서 보기만 했지 직접 느껴보는 것은 처음이었다.

항상 처음은 사람을 두렵게 만든다.

"끼이익!"

언데드가 움직이면서 기분 나쁜 소리를 만들어내었다.

뼈가 제대로 맞물리지 않았는지 칠판 긁는 소리를 계속 내며 우리를 향해 다가왔다.

아직 전쟁에 익숙하지 않은 최진기였다.

인간과의 전쟁을 분신으로나마 경험해 보긴 했지만 그것과 지금은 상황이 많이 달랐다.

특히 집중해서 작업을 해야 되기에 오늘은 분신을 사용하지 않고 직접 안개 지역을 찾았다.

"저기 구덩이가 파져 있는 곳이 안개를 만들어내는 원흉지네. 주변은 우리가 지키고 있을 테니 가보게나."

최진기는 자신에게 배속된 병사 20명과 구덩이로 이동했다.

구덩이는 들었던 것처럼 기분 나쁜 색을 띠고 있었다.

바위 주변을 감싸고 있는 이끼들이 더러운 강물에 자라나는 풀처럼 나풀거렸고 그 사이를 뚫고 끊임없이 안개가 피어오르고 있었다.

이렇게 놀라고 있을 시간은 없다.

최진기와 병사들은 서둘러 준비한 공구들을 구덩이 주변에 펼쳤다.

가장 먼저 해야 할 일은 구멍을 뚫을 장소에 지지대를 만드는 일이었다.

접착 성분이 있는 점액질을 미리 만들어놓은 지지대에 바르고 바위에 부착했다.

부착하는 것만으로는 접착력이 부족했기에 3명의 병사가 지지대가 움직이지 않게 몸으로 고정시켰다.

이제는 지지대 안에 지팡이를 집어넣기만 하면 준비는 끝이었다.

지팡이는 어젯밤 나선형으로 갈아두었고 그 위에 2개의 밧줄을 지그재그로 엮어놓았다.

전동 드릴 같은 회전력을 주기 위한 임시방편이었다.

지지대 안으로 지팡이가 들어갔고 이제는 병사들의 힘이 필요했다.

"하나! 둘! 하나! 둘!"

구령에 맞춰 병사들은 지팡이에 달려 있는 밧줄을 당겼고 지팡이는 팽이가 돌듯이 지지대 안에서 회전했다.

병사들이 몇 차례 밧줄을 당겼지만 지팡이는 바위를 뚫고 들어가지 않았다.

오히려 강하게 튕겨 나오고 있었다.

눌러주는 힘이 부족했기 때문이다.

지금의 상황에서 가장 필요한 사람은 브로안이었다.

"브로안, 방패를 들고 이리 와!"

브로안의 방패는 피해 반사 능력을 가지고 있었고 이미 여러 번 효과를 봤기에 믿음이 갔다.

"지팡이가 헛돌지 않게 위에서 방패로 눌러줘."

일반 사람보다 머리통 하나는 더 큰 덩치를 가지고 있는 브로안은 어렵지 않게 자세를 잡고 방패로 지팡이의 끝을 눌렀다.

"다시 밧줄을 돌려주세요."

병사들이 다시 밧줄을 돌렸다.

"하나! 둘! 하나! 둘!"

우렁찬 기합 소리와 함께 조금씩이지만 지팡이가 바위에 흠집을 내고 있었다.

20분이나 지속된 구멍 내기 작업은 검지가 들어갈 정도의 구멍을 만들었다.

이 정도로는 부족했다.

최소 30㎝ 이상의 구멍이 필요했다.

"조금만 더 힘을 내주세요!"

병사들은 다시 밧줄을 당기기 시작했고 한 시간이 지나서야 원하는 깊이의 구멍을 뚫을 수 있었다.

아직 끝이 아니었다.

최대한 많은 구멍을 뚫어야만 했기에 위치를 조정해 구멍 내기 작업을 계속했고 우리를 엄호하고 있는 기사단과 병사들이 좀 더 힘을 내주기를 기도했다.

아침 일찍 시작된 작업은 오후가 돼서야 끝이 났다.

마음 같아서는 몇 개의 구멍을 더 뚫고 싶었지만 상황이 도와주지 않았다.

약한 인간형 언데드라고는 하지만 끝없이 기어 나오는 그들을 상대하는 기사단과 병사들은 사람이었다.

체력은 한계가 있었고 이제는 후퇴를 해야 될 시점이었다.

아크타르를 강화시켜 만든 폭발물을 바위의 구멍 안에 집어넣었다.

아크타르의 파괴력은 어제의 전투로 충분히 입증했다.

하지만 바위 위에서 아크타르를 터뜨린다고 해서 바위가 부서질 것 같지는 않았기 때문에 구멍을 뚫어 아크타르를 속에서 터뜨려야 했다.

"이제 모두 비켜나 주세요."

아크타르는 정확히 10분 후에 터지게 설계되어 있다.

브루니스 왕국의 모든 병사들은 황급히 안개 지역 밖으로 빠져나왔다.

최대한 안개 지역에서 멀리 벗어나기 위해 달리는 순간 10분이 흘렀다.

"모두 엎드리세요."

최진기의 외침에 따라 병사들은 황급히 몸을 납작이 엎드렸고 곧이어.

펑!

아크타르가 폭발하면서 엄청난 굉음을 만들어내었다.

불길이 타오르고 있는 구덩이였고 안개를 만들어내는 바위가 어떤 상태가 되었는지 확인을 하기 위해서는 다시 안개 지역으로 들어가야 했다.

"공작님, 확인을 위해 다시 안개 지역 안으로 들어가야 할 것 같습니다."

"알겠네. 모든 병사들은 다시 구덩이가 있는 곳으로 이동한다."

빠르게 이동해 바위가 있는 구덩이에 도착했다.

불길이 만들어내는 연기에 안개가 얼마나 생성되고 있는지 확인을 하기 어려웠고 불길을 잠재워야 했다.

소화기나 물 호스가 없었기에 불길을 잠재우기 위해서는 지하수를 끌어 올려야 했다.

블루 드래곤의 지팡이를 불길이 피어오르고 있는 초입에 박아 넣었고 얼마 지나지 않아 땅속에서 지하수가 올라왔다.

그러나 물줄기가 가늘어 불길이 완전히 꺼지기까지 꽤나 오랜 시간이 걸렸다.

그래도 확인을 해야 했다.

후끈한 열기가 점점 식어 갔고 앞을 완전히 가리던 연기도 이제는 사라졌다.

브로안이 먼저 구덩이 안으로 뛰어 들어갔다.

"열기가 심하지는 않습니다!"

최진기는 브로안을 따라 구덩이 안으로 들어갔고 바위의 상태를 확인했다.

성공? 실패?

둘 다 아니었다.

아크타르를 심어놓은 부근의 바위가 산산조각 나 부서지긴 했지만 전체 바위의 1/3도 부수지 못했다.

주먹 크기로 부서진 바위를 집어 들었다.

불길에도 이끼는 여전히 바위 겉면을 지키고 있었다.

'불길에도 타지 않는 이끼라니.'

바위를 들어 올리자 오랜만에 머리에서 빛이 흘러들어 왔다.

강화가 가능한 금속이라는 뜻이었다.

[네로서]
등급 : B
강도 : 2
순도 : 89%
언데드 능력치 상승 : 10%
언데드 재생력 상승 : 15%

네로서는 지옥의 심장부에서 자라나는 이끼의 배설물이 뭉쳐 만들어진 금속이다.

네로서로 만든 무기나 방어구를 착용하고 있으면 언데드의 공격을 받지 않는다.

안개를 생성하는 바위의 이름이 네로서라는 것을 알았다.

네로서로 무기와 방어구를 만든다면 언데드의 공격에 면역이 될 수 있다.

하지만 연합국의 수많은 병사가 다 사용할 수 있을 정도의 무기류를 만들기에는 방법도 시간도 없었다.

결국 네로서가 뭉친 바위를 조각내어 악마의 탑 멀리 이동시켜야만 안전하게 악마의 탑으로 진입을 할 수 있다.

아직 악마의 탑 안에 어떤 악마들이 우리를 기다리고 있는지 알지 못하는 상황이다.

현실로 돌아가기 위한 방법을 알고 있는 악마를 만나러 가는 길이 너무도 멀고 험했다.

그래도 성과가 없었던 것은 아니다.

네로서가 있는 곳 외곽에 있는 지역에는 안개가 많이 옅어졌다.

안개가 옅어진 것을 확인한 귀족들은 다시 회의를 열었고 카인트 공작이 회의를 통해 결정된 사항들을 설명해 주었다.

"여전히 많은 지역이 안개의 영향권 내에 있긴 하지만 옅어진 지점으로 공성 무기를 이동시키면 충분히 악마의 탑이 공성 무기의 사정거리 안에 들어온다네. 우리는 공성 무기를 이용해 악마의 탑을 요격하고 연합국의 병력들은 안개 주위의 언데드들을 상대하기로 했다네. 자네는 계속해서 바위를 부숴주게나."

지금의 상황에서 우리가 할 수 있는 최선의 방법이었다.

악마의 탑을 직접적으로 공격하고 언데드의 수도 줄이면서 안개를 만드는 네로서까지 줄이는 작전.

마다할 이유가 없었다.

"알겠습니다. 준비해 놓은 아크타르 폭탄의 양이 많지 않지만 바위를 최대한 부숴보도록 하겠습니다."

공성 무기는 최진기가 없어도 충분히 사용이 가능했다.

작동이 어려운 것도 아니었고 훈련받은 병사들이 있었기에 사용하는 데는 문제가 없었다.

카인트 공작도 이미 여러 번의 시연을 통해 공성 무기 사용법을 알고 있었기에 최진기는 아무 걱정 하지 않고 바위 파괴에 집중을 할 수 있었다.

최진기와 브로안 그리고 100명 남짓의 병사가 바위를 파괴하러 가는 동안 카인트 공작은 공성 무기를 이동시켰다.

공성 무기로 직접 악마의 탑을 요격할 수 있는 지점은 좁았다.

겨우 공성 무기 두 기 정도만이 들어갈 수 있는 공간이었다.

두 기의 투석기가 이동을 완료하자 이미 준비하고 있던 연합국의 병력들이 안개 지역 안으로 들어가 언데드와 전투를 벌이기 시작했다.

퍽!

바위 하나가 악마의 탑을 향해 날아갔다.

카인트 공작은 뜸을 들이지 않고 바로 악마의 탑을 향해 투석하라는 명령을 내렸었다.

바위는 아름다운 포물선을 그리고는 정확히 악마의 탑 하단부를 두드렸다.

쾅!

악마의 탑을 이루고 있는 뼈가 완충제 역할을 하고 있었기에 바위는 뼈 몇 개를 부수고는 땅으로 떨어졌다.

"생각보다 단단하군. 2번 바위를 준비해라."

카인트 공작은 최진기가 그랬던 것처럼 악마의 탑을 불바다로 만들 생각이었다.

2번 바위는 조각나며 악마의 탑에 뿌려졌고, 곧장 3번 바위가 날아갔다.

아크타르가 포함된 3번 바위는 악마의 탑에 부딪히는 순간 엄청난 폭발음을 내었다.

퍼어엉!

폭발과 동시에 악마의 탑은 불길에 휩싸였다.

폭발 소리는 안개 안에 있던 연합국의 병력들에게도 들렸고 그들은 빠르게 후퇴하며 안개를 빠져나왔다.

악마의 탑의 불길은 쉽사리 잠잠해지지 않았다.

모든 병력이 진영으로 돌아가고 밤이 깊어져도 불길은 여전히 타올랐다.

악마의 탑이 불길에 휩싸이고 있는 동안은 다시 소강상태에 들어갔다.

하지만 최진기와 브루니스 왕국의 병사들의 네로서 제거 작업은 중지되지 않았다.

악마의 탑과 떨어져 있는 곳이기도 했고 안개 지역을 완전히 없앨 수 있는 유일한 작전에 중지 명령을 내릴 이는 아무도 없었다.

여전히 큰 덩치를 자랑하고 있는 네로서에는 병사들이 구멍을 뚫기 위해 안간힘을 쓰고 있었다.

브로안의 얼굴에는 굵은 핏줄이 솟구쳐 올라 있었고 병사들의 옷은 땀으로 범벅이 되어 있었다. 이런 상황에서 최진기는 딱히 할 일이 없었고 주변에 떨어져 있는 네로서를 집어 들고는 생각에 빠졌다.

악마의 금속이라는 네로서를 어떻게 하면 효율적으로 사용할 수 있을까?

이제까지의 금속들은 최진기의 손에 잡히면 녹아내렸고 새로운 입자로 새로이 구성되거나 융합되었다.

하지만 네로서는 최진기의 손길을 거부했다.

분자의 구조가 달라서 그런 건지 쇳물로 변하지 않는 네로서였다.

"쇳물로 변하지 않는다면 다른 구조로 바꿀 수는 없을까?"

분명 네로서가 가지고 있는 금속적인 성질이 있을 것이다.

최진기는 네로서를 가지고 여러 가지 실험을 했다.

녹이는 것은 실패했으니 고체 상태에서 분자 구조를 바꾸려고 했다.

하지만 네로서는 움직이지 않았다.

"통째로 들어서 쓰레기장에 갖다 버리면 좋겠네."

쓰레기장!

엄청난 크기를 가지고 있는 네로서를 버릴 수 있는 쓰레기장이 생각이 났다.

드래곤의 보관 상자.

보관 상자는 무한대에 가까운 물건을 보관할 수 있다고 했었다.

만약 네로서도 물건으로 분류한다면 충분히 보관 상자 안에 집어 넣을 수 있을 것이다.

최진기는 바로 보관 상자를 꺼내 상자의 정령을 불렀다.

"안녕하세요, 주인님. 무엇을 도와드릴까요?"

"혹시 이 녹색 돌을 보관 상자 안에 보관할 수 있을까?"

상자의 정령은 최진기의 손에 들린 녹색 돌을 보고는 방긋 웃었다.

"충분히 가능합니다. 마기가 느껴지는 금속이군요. 마기가 가득한 금속이라고 하더라도 충분히 보관 상자 안에 보관할 수 있습니다."

"그러면 얼마나 많은 양을 보관할 수 있어?"

"전에도 설명해 드렸지만 무한대에 가까운 양을 보관할 수 있습니다."

"그러면 큰 덩치를 가진 금속도 보관할 수 있을까?"

"얼마나 큰 금속입니까?"

최진기는 손을 아래로 내렸다.

거기에는 네로서에 구멍을 내기 위해 열심히 힘을 쓰고 있는 병사들이 보였다.

정령은 구덩이로 쪼르르 내려가 바위의 크기를 확인했다.

"보관이 가능은 하지만 보관 상자 안으로 집어넣기 위해서는 바위 주변이 땅속에 묻혀 있어서는 안 됩니다."

가능하다!

들어 올리기만 하면 된다는 정령의 말에 최진기는 구멍 뚫기 작업을 중지시켰다.

"모두 비켜서라!"

바위가 땅속에 묻혀 있지 않기만 하면 된다면 방법이 있다.

최진기는 네로서에 구멍을 뚫기 위해 사용되던 지팡이를 빼내고는 바위 옆 땅에 꽂았다.

바위 밑에는 지하수가 있다는 것을 전에도 확인했었다.

지하수를 이용해 네로서를 들어 올릴 생각이었다.

하지만 그의 생각처럼 쉬운 일은 아니었다.

지하수가 올라오는 속도는 느렸고 바위 주변의 흙들이 축축해지기만 했지 바위가 움직이지는 않았다.

초조한 심정으로 바위를 바라보았지만 큰 변화는 없었다.

혹시나 하는 마음에 상자의 정령에 말을 거는 최진기였다.

"저 정도면 안 되겠지?"

"안 됩니다. 상자 안에 물건을 집어넣기 위해서는 들어 옮길 수 있을 정도가 되어야 합니다."

최진기는 곰곰이 생각을 했다.

바위를 들기에는 힘들다.

바위를 들지 못하면 보관 상자 안에 집어넣을 수는 없고…….

지금 사용할 수 있는 도구는 뭐가 있지?

지팡이, 아크타르 그리고 많은 수의 병사들.

한 가지 수가 생각이 났다.

결국은 바위에서 피어오르는 안개가 악마의 탑 부근에 도착하지만 않으면 된다.

"모두 땅을 파라!"

병사들은 갑자기 땅을 파라는 최진기의 지시에 당황하면서도 군소리 없이 땅을 팠다.

최진기는 보관 상자 안에 넣어 두었던 삽들을 꺼내 병사들의 손에 쥐여주었다.

네로서 밑의 땅을 한참이나 파고 들어가는 병사들이었고, 작업은 며칠 동안 계속되었다.

그동안에도 악마의 탑에 붙어 있는 불은 꺼지지 않고 있었고 연합국의 사람들은 맨땅에 삽질을 하는 브루니스 왕국의 병사들을 이야기거리로 삼아 떠들어대었다.

그런 말에 신경을 쓸 필요는 없다.

실패를 하면 어떻고, 성공을 하면 어떻단 말인가.

뾰족한 수가 없는 상황에서 뭐라도 해야 되었다.

며칠 동안 땅만을 파 내려갔다.

이제는 도박을 해야 될 시간이었다.

보유하고 있는 강화된 아크타르를 모조리 파놓은 구멍 안에 집어넣었다.

그러고는 대충 흙을 덮어 구멍을 막고 황급히 후퇴했다.

아크타르 한 개의 폭발력만 하더라도 무시무시했는데 가지고 있는 모든 아크타르를 구멍 안에 집어넣은 상황이었다.

콰과광!

멀리 떨어진 연합국의 병사들에게까지 느껴질 정도로 땅이 울렸다.

안개 지역을 벗어나 폭발이 일어난 지점을 바라봤다.

쿵!

거대한 무언가가 잠시 떠올랐다.

연합국을 괴롭히고 있는 네로서였다.

네로서는 잠시 떠오르는가 싶더니 다시 구덩이 안으로 들어갔다.

"실패인가."

원래의 계획은 아크타르의 폭발력을 이용해 네로서를 밖으로 빼낼 생각이었다.

하지만 폭발력은 부족했고 네로서를 잠시 들썩거리는 정도였다.

쏴아아아!

무슨 소리지?

거대한 소방 호스에서 물이 뿜어져 나오는 소리가 들려왔다.

"바위가 움직이고 있습니다!"

실패했다는 생각에 고개를 숙이고 있던 최진기는 황급히 고개를 들었다.

기적이었다.

지하수가 뿜어져 나오면서 네로서를 밖으로 밀어내고 있었다.

아크타르가 폭발하면서 수맥을 건드린 건지 구멍을 통해 엄청난 수압의 지하수가 뿜어져 나왔고 네로서는 빠르게 들리면서 구덩이를 빠져나왔다.

의도치 않은 방법으로 성공하게 되었지만 결과가 중요했다.

최진기는 보관 상자에서 도르래와 몇 가지 부품을 꺼내었고 투석기 다섯 대를 빠르게 개조하기 시작했다.

거중기를 만들고 있는 것이었다.

개조 작업에는 꼬박 하루가 걸렸고 브루니스군은 거중기를 끌고 안개 지역으로 다시 들어갔다.

어렵사리 바위를 밧줄로 묶고는 다섯 대의 거중기를 이용해 들어 올렸다.

"이 정도면 보관이 가능합니다."

방긋 웃어 보이던 상자의 정령이 손을 휘적거렸고 상자 안에서 빛이 뿜어져 나왔다.

빛은 네로서를 감싸 안았고 순식간에 네로서가 상자 안으로 빨려 들어갔다.

네로서가 상자 안으로 들어가자 시야를 가리던 안개가 급속도로 사라졌고 병사들에게 달려들던 언데드는 힘을 잃고 다시 땅속으로 들어가 버렸다.

"안개가 사라졌다! 이제 언데드는 끝이구나!"

병사들은 서로를 부둥켜안았고 환호성을 질렀다.

안개가 사라지자 카인트 공작이 말을 타고 빠르게 달려왔다.

"고생했어, 정말 고생했다. 이번 전쟁의 최고 수훈자는 누가 뭐라 해도 진, 너다!"

며칠 동안의 고생을 보상받는 느낌이 이제야 들었다.

우연이 겹쳐 만들어낸 결과이긴 했지만 안개가 사라진 것은 사실이었다.

짝짝짝!

연합국에서 박수 소리가 퍼져 나왔다.

지금의 박수는 마음속에서 진정으로 우러나온 박수였다.

자신들을 괴롭혔던 안개를 사라지게 해준 브루니스 왕국에게 감사함을 표하는 박수였으며, 언데드와의 전투가 끝난 것을 자축하는 박수였다.

안개가 사라졌으니 이제는 악마의 탑에 접근을 할 수 있게 되었다.

하지만 무작정 전투를 벌이다 이전과 같은 피해를 입을 수도 있었기에 지휘부는 전략을 짜기 위해 회의를 소집했다.

악마의 탑에 붙은 불이 꺼지기를 이대로 기다릴 것인지, 아니면 악마의 탑을 공격할 것인지 결정해야 했다.

회의는 하늘이 어두워질 때까지 계속되었지만 답을 내놓지 못하고 있었다.

그런 그들이 답답해서였을까?

하늘이 그들에게 답을 주었다.

"비가 내립니다! 이 정도 빗줄기면 악마의 탑에 붙은 불이 꺼질 것 같습니다."

답은 나왔다.

마지막 총공세를 펼치기 위해 병사들은 개인 장구를 최종적으로 점검했고 영양가 있는 식사가 제공되었다.

비가 내린 후의 공기는 촉촉하고 상쾌하다.

비에 젖은 몸을 말리기 위해 새들은 나무 위에 올라가 몸을 털며 햇살을 즐기며 지저귄다.

하지만 모든 곳이 그런 것은 아니다.

악마의 탑이 타오르면서 만들어내는 지독한 연기가 상쾌한 공기를 집어 삼켰고 코를 막지 않고는 다가가지 못할 정도로 역한 냄새가 진동을 했다.

"이거 받으세요."

최진기는 네로서를 이용해 무기를 만들었다.

많은 양의 무기를 만들 수는 없었기에 우리 진영에서 가장 중요한 인물인 공작과 아드몬드, 그리고 브로안에게 네로서로 만든 손목 보호대를 건넸다.

"이 손목 보호대를 차고 있으면 언데드의 공격을 받지 않을 겁니다. 더 많은 시간만 있었다면 대량으로 만들어 병사들에게까지 보급했을 텐데."

손목 보호대를 착용했다고 해서 얼마나 효과를 볼지는 모르겠지만 없는 것보다는 낫겠지.

매캐한 연기를 지속적으로 뿜어내고 있는 악마의 탑은 불에 그슬려 회색빛을 내고 있었다.

연합국의 모든 병력이 악마의 탑으로 진입하기 위해 악마의 탑을 포위했다.

모든 건물은 출입구가 있다.

사람이 사는 집은 물론이고 개가 사는 집에도 입구는 있어야 했다.

하지만 악마의 탑은 문이 없었다.

사방을 둘러보아도 문으로 보이는 것은 없었고 결국 출입구를 만들어야 했다.

연합국에서 악마의 탑에 출입구를 만들 수 있는 나라는 브루니스 왕국뿐이었다.

물론 최진기가 만든 공성 무기가 그 역할을 해야 했다.

“준비된 사수는 발포하라!”

투석기와 대형 석궁이 한 지점을 향해 발사되었다.

펑! 퍼어엉!

굉음이 터져 나왔고 악마의 탑에 구멍이 생길 것을 의심치 않았다.

굉음과 함께 피어올랐던 연기가 사라졌고 탑에 검은 구멍이 생겨난 것을 발견할 수 있었다.

하지만 검은 구멍은 우리가 생각하는 출입구가 아니었다.

블랙홀 같은 느낌의 검은 구멍은 점점 작아졌고 그 자리를 흰색 망토를 입은 존재가 대신했다.

“다들 이곳까지 오느라 고생이 많으셨습니다. 저희가 만든 장난감을 재밌게 가지고 노셨는지 모르겠습니다. 생각보다 오래 걸리셨군요.”

처음 보는 악마였다.

생각과는 전혀 다른 모습을 하고 있었다.

흉측한 얼굴과 머리 위에 뿔이 달려 있을 거라고 생각했지만 악마는 너무도 말끔했고 하얀 피부를 가지고 있었다.

흉측하다기보다는 아름답다는 말이 어울렸다.

“오늘은 우리가 처음 만나는 날이기에 축배를 들고 싶지만 술을 미리 준비하지 못해서 아쉽습니다. 우리를 찾아온 용건을 물어봐도 될까요?"

악마의 목소리는 확성기를 단 것처럼 똑똑히 들렸다.

공성 무기를 조종하기 위해 브루니스 왕국은 후방에 위치하고 있었지만 악마의 목소리는 바로 옆에서 말하는 것처럼 느껴졌다.

악마와 대화를 하고 있는 사람은 프란세스 추기경과 클라인 공작이었다.

"너희와 대화를 나누고 싶은 생각은 없다. 죽어라 악마여!"

프란세스 추기경은 당장이라도 악마를 향해 달려가려고 했지만 그를 붙잡는 손들에 의해 달려가지는 못했다.

그런 추기경의 모습에 혀를 찬 클라인 공작이 악마와 대화를 시도했다.

"악마가 강림한 이유가 무엇이냐? 너희들이 원하는 목적은 인류의 멸망인 것인가?"

"대화를 나누기 전에 자기소개를 하는 것이 인간들의 예의가 아니었던가요? 저는 3군단장직을 맡고 있는 화인즈라고 합니다. 풀 네임은 따로 있지만 화인즈라고 소개하는 것이 낫겠군요."

"나는 타니스 왕국의 클라인 공작이다. 악마가 왜 우리가 사는 세상에 내려온 것이냐!"

화인즈는 좀 더 부드러운 대화를 하고 싶어 했지만 클라인 공작의 강압적인 말투에 어깨를 으쓱거리고는 그의 질문에 답했다.

"우리가 여기에 오면 안 되는 이유라도 있나요? 여기는 인간들에게만 허락된 땅이 아니에요. 인간이 이 땅의 주인이라고 생각하는 것은 착각이라고 말하고 싶네요."

"우리가 주인이 아니라면 너희가 이 땅의 주인이라도 된다는 뜻이냐?"

"아직은 완전한 주인이라고는 볼 수 없지만 조만간 그렇게 되겠죠. 이미 준비는 끝났습니다. 우리가 원하는 것은 이미 끝이 난 상황이니까요. 이렇게 서서 대화를 나누려고 하니 다리가 아프군요. 각국의 지휘관님들은 저를 따라 안으로 들어가시죠."

순순히 사람들을 탑으로 안내하는 화인즈의 모습에 의심이 드는 클라인 공작이었다.

어떻게 해야 할까?

함정이 분명하다는 생각이 머릿속을 맴돈다.

차라리 전면전을 펼치자!

"그런 허튼 작전에 넘어갈 성싶으냐! 모든 병력은 들어라! 돌격 준비!"

"이런! 성격이 급하신 분이시군요. 진정할 필요가 있겠어요."

화인즈는 하늘을 날아올랐다.

그는 탑의 중심까지 날아올라 타버린 뼈 무더기 속으로 손을 집어넣었다.

그 순간.

탑 꼭대기에서 새로운 태양이 떠올랐다.

너무도 밝은 빛에 눈을 뜰 수가 없었다.

빛에 노출된 병사들은 하나둘 정신을 잃었고 정신을 온전히 유지하고 있는 사람은 클라인 공작 혼자였다.

"이제 우리의 초대에 응할 생각이 드셨나요? 쉽게 흥분하는 성격을 고치셔야겠네요."

클라인 공작은 지금의 상황이 이해가 되지 않았다.

악마가 강한 존재라는 것은 알고 있었지만 연합국의 모든 병력을 한순간에 잠재울 정도의 힘을 가지고 있을 거라고는 상상도 하지 못했었다.

"자! 따라오세요."

클라인 공작은 마치 꼭두각시처럼 화인즈의 말에 이끌려 탑 안으로 들어갔다.

클라인 공작이 탑 안으로 들어간 지금 악마의 탑 주변은 아무도 움직이지 않는 것으로 보였지만 카인트 공작과 최진기는 깨어 있었다.

빛이 터져 나와 순간 병사들이 쓰러지기 시작하는 순간 카인트 공작은 악마를 향해 달려가려고 했었다.

그런 그를 붙잡은 사람은 최진기였다.

섣불리 움직여서 좋을 게 없었다.

공작은 최진기의 의견대로 정신을 잃은 척 연기를 했고 화인즈와 클라인 공작이 탑 안으로 들어가자 몸을 서서히 들어 올렸다.

"이게 무슨 일인가. 순식간에 병사들을 제압해 버리다니. 우리 생각보다 악마의 힘이 훨씬 강하구나."

최진기와 카인트 공작이 제정신을 유지할 수 있었던 이유는 마법 무기 덕분이었다.

카인트 공작이 가지고 있는 의지의 검은 마법 면역은 물론이고 정신력 강화의 능력을 가지고 있었기에 정신을 잃지 않았다.

그리고 최진기는 지금과 같은 상황을 대비해 마법 면역 아이템을 온몸에 덕지덕지 바르고 있었기 때문에 당연히 정신을 온전히 유지할 수 있었다.

"연합국의 병사들이 무용지물이 되어버렸습니다. 악마를 상대하기 위해서는 많은 수의 병사가 아니라 정예병들이 필요할 것 같습니다."

뻔한 얘기를 늘어놓았다.

하지만 무슨 얘기라도 해야 될 정도로 암울한 상황이었다.

"악마의 탑에서 누군가가 나옵니다."

공작과 최진기는 급히 몸을 숙였다.

화인즈와 클라인 공작이 다시 나오고 있었다.

하지만 클라인 공작의 상태는 정상이 아니었다.

멀리 있었기에 그의 상태를 정확히 확인할 수는 없었지만 기계처럼 움직이고 있는 그가 정상일 리는 없었다.

"정신 지배를 당하고 있는 것 같군."

확실히 그래 보였다.

클라인 공작은 화인즈의 옆에 딱 붙어 있었고 그에게 고개까지 숙이고 있었다.

한참이나 얘기를 나누던 화인즈와 클라인 공작이었고, 대화가 끝나자 화인즈는 다시 탑 위로 날아 올라가 빛을 쏘아내었다.

그 순간 잠들어 있던 병사들이 정신을 차렸고 순식간에 전장은 장터가 되었다.

우왕좌왕.

자신들이 왜 쓰러졌는지 이유를 알지 못하고 있는 병사들의 눈에는 두려움이 가득했다.

그런 연합국의 병사를 향해 화인즈가 소리쳤다.

"기회를 주겠어요. 전 세계에 수천 개의 데빌 도어를 만들어 우리를 만날 기회를 드리죠. 잃어버린 마나를 되찾고 싶나요? 잃어버린 오러와 신성력을 되찾고 싶겠죠? 데빌 도어를 통해 악마의 탑에 도전해 보세요. 모든 층을 뚫고 올라온다면 원하는 것을 돌려 드리죠. 하지만 기회가 위기가 될 수도 있어요. 도전에 실패하면 대가를 치러야 될 겁니다."

화인즈의 말이 끝남과 동시에 악마의 탑은 솟구쳐 올랐다.

솟구쳐 오른 탑은 엄청난 빛에 휩싸였고 순식간에 악마의 탑을 구성하고 있던 물질들이 사방으로 퍼져 나갔다.

그 말을 마지막으로 화인즈는 사라졌다.

*　　　*　　　*

정신을 차린 클라인 공작은 바로 회의를 소집했다.

회의를 통해 나온 말은 데빌 도어에 대한 것이었다.

그는 화인즈에게 지배를 당하는 동안 데빌 도어에 대한 사용법을 알게 되었고 주의 사항과 사용법을 전파했다.

"저는 오늘을 마지막으로 연합국 사령관의 자리에서 내려오겠습니다. 악마에게 지배를 당했던 사람이 연합국의 사령관의 자리에 있을 수는 없습니다. 하지만 마지막으로 당부를 드릴 게 있어 이렇게 회의를 소집했습니다."

악마의 능력에 순식간에 제압당했던 사람들이었기에 클라인 공작을 탓할 사람은 아무도 없었다.

"데빌 도어에 대한 설명을 드리겠습니다. 데빌 도어가 악마를 처치하기 위한 기회인 건 분명합니다. 데빌 도어에 입장하면 총 10층으로 구성되어 있는 악마의 탑에 들어갈 수가 있습니다. 각층을 공략할 때마다 마법 무기를 보상으로 받을 수도 있습니다."

마법 무기.

오러를 잃은 사람들은 마법 무기에 의존하기 시작했고 마법 무기를 구하기 위해 혈안이 되어 있었다. 그런 상황에서 데빌 도어를 통해 마법 무기를 구할 수 있다는 말을 듣자 사람들의 눈이 빛났다.

악마에 대한 두려움보다 탐욕이 들끓는 것이었다.

"데빌 도어는 수천 개, 아니 수만 개가 생겨났습니다. 각 나라에 최소 수십 개의 데빌 도어가 생겨났을 겁니다. 하지만 아무나 데빌 도어에 입장시켜서는 안 됩니다. 데빌 도어를 공략한다면 다행이지만, 그렇지 못하고 죽기라도 한다면 죽은 사람의 힘은 고스란히 악마의 부활을 위해 사용됩니다. 악마가 왜 데빌 도어를 만들었는지 궁금하실 겁니다."

연합국의 전 병력을 순식간에 제압한 악마였다.

그들이 왜 이런 방법을 사용하는지 이해가 되는 사람은 없었다.

"악마는 완전히 부활한 것이 아닙니다. 현재 부활한 악마들은 마왕의 수족들뿐입니다. 그들은 마왕을 부활시키기 위해 데빌 도어를 만들었습니다. 악마의 탑에 도전하는 사람들의 힘을 이용해 마왕을 부활시킬 생각입니다."

카인트 공작은 데빌 도어에 대한 의문점이 하나 들었다.

"그렇다면 데빌 도어에 아무도 도전을 하지 않는다면 마왕은 부활하지 못하는 것이 아닙니까? 그들을 도와줄 이유가 없다고 생각합니다."

마법 무기에 잠시 정신이 팔려 있던 다른 귀족들도 카인트 공작의 말에 고개를 끄덕였다.

"물론 그렇기는 합니다. 데빌 도어에 도전하는 것은 마왕의 부활을 돕는 행위가 분명합니다. 하지만 악마를 소멸시키는 유일한 방법이기도 합니다. 현재 우리로서는 데빌 도어 말고는 악마를 소멸시킬 방법이 없습니다. 데빌 도어는 악마에게도 양날의 검입니다. 자신들의 소멸을 걸고 만든 것이 데빌 도어입니다. 악마의 탑 10층을 모두 공략하게 되면 악마들은 소멸하게 되고, 잃어버린 신성력과 오러 그리고 마나가 되돌아오게 됩니다."

완벽한 미끼였다.

자신들을 미끼로 내건 데다가 마법 무기라는 달콤한 사탕까지.

도전하지 않고는 못 견디게 설계된 작전이었다.

"데빌 도어는 한 곳에 4명의 사람만이 들어가게 설계되어 있습니다. 각층을 공략하면 다음 층으로 올라갈지 아니면 데빌 도어를 빠져나갈지 결정하게 됩니다. 부디 완벽한 준비를 한 후에 공략하기를 바랍니다."

회의는 그렇게 끝이 났고 연합국은 해산되었다.

이제는 모여 있을 이유가 없었다.

침울한 분위기에서 해산식이 이루어졌고 각국의 병력은 아무런 성과도 거두지 못한 채 자신을 기다리고 있는 사람이 있는 곳으로 돌아가야 했다.

해산식이 끝난 뒤 또 하나의 비보가 들려왔다.

악마에게 정신을 지배당했던 클라인 공작이 목을 메달아 죽었다는 소식이었다.

자신의 마지막 페이지를 화려하게 장식하려던 사람의 마지막은 슬픔으로 기록되었다.

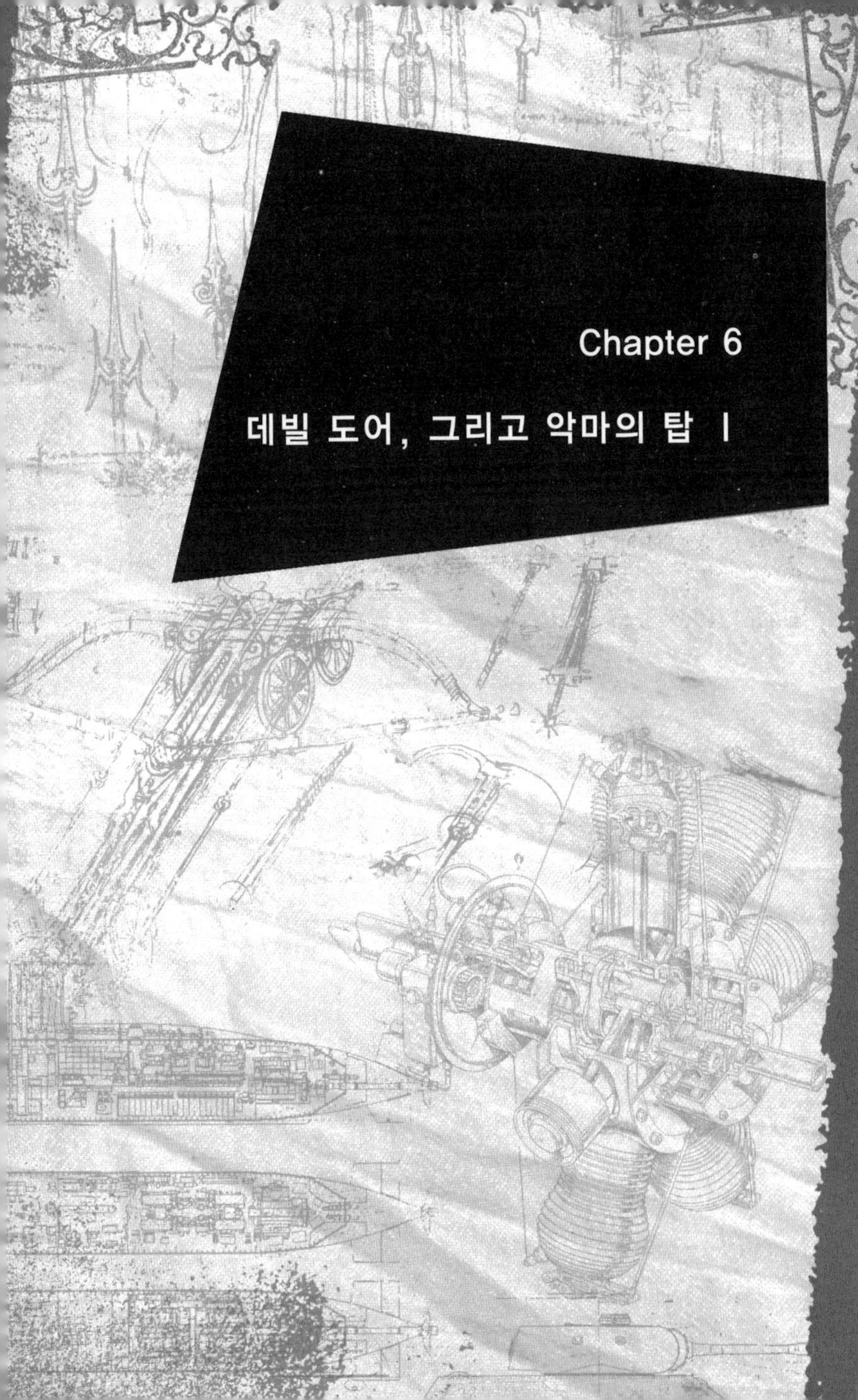

Chapter 6

데빌 도어, 그리고 악마의 탑 I

연합국의 병력들은 데빌 도어에 대한 문제를 안고 각국으로 돌아갔다.

브루니스 왕국의 병력들도 왕국으로 돌아왔고 수도에 생긴 데빌 도어를 보며 현실을 실감했다.

"데빌 도어가 정말 생겼군요. 거짓말은 아닐 거라고 생각했지만 실제로 이렇게 보게 되니 기분이 묘합니다."

데빌 도어는 단순한 모양이었다.

4개의 돌 의자와 그 중심에 있는 뼈 무더기로 만든 문.

급보로 데빌 도어에 대한 정보를 각 영지에 알려주었기에 아직 데빌 도어에 들어간 사람은 없었다.

지금까지 확인한 바로는 브루니스 왕국에 생긴 데빌 도어는 총 4개였다.

사람이 살지 않는 곳이나 오지에 데빌 도어가 생겼을 수도 있었기에 왕궁에서는 데빌 도어에 대한 탐색을 멈추지 않았다.

데빌 도어에 준비되지 않은 사람이 들어가는 것은 악마를 도와주는 꼴이 되어버린다.

북부와 남부에 생긴 데빌 도어는 자체적으로 폐쇄 조치가 내려졌고 오직 왕궁 근처에 있는 데빌 도어만이 악마의 탑으로 가는 통로가 되었다.

일단 부딪쳐 봐야 한다.

기본적인 정보를 들었다고는 하지만 직접 경험해 보는 것과는 큰 차이가 있을 것이다.

데빌 도어에 들어갈 수 있는 인원은 4명.

가장 강한 기사들이 들어가야 한다는 데는 모두 동의했다.

현재 브루니스 왕국에서 가장 강하다고 평가받는 사람은 북부의 벽인 카인트 공작과 그의 아들인 아드몬드 기사단장, 그리고 브로안 정도였다.

남부 영지는 이전부터 기사를 육성하는 것보다 용병과 병사 수를 늘리는 데 집중했기에 강한 기사가 부족했다.

나머지 한 자리를 차지하기 위해 여러 명의 후보가 각축전을 벌였다.

왕실 기사단을 이끌고 있는 기사단장과 블루 웨이브 부기사단장, 그리고 용병왕까지.

많은 사람이 악마의 탑에 도전하고 싶어 했지만 마지막 한 자리를 차지한 사람은 아무도 예상하지 못한 최진기였다.

"저는 무력적인 힘은 약합니다. 차라리 바잔트 영주가 대신 가는 게 어떻겠습니까? 그라면 저보다 더욱 도움이 될 겁니다."

"이미 결정된 사항이다. 무력은 우리만으로 충분하다고 생각한다. 그리고 바잔트 영주에게 레드 식스와 영혼의 고리까지 받았으니 우리에게 필요한 것은 머리를 쓸 수 있는 사람이고 진, 너보다 나은 사람은 없다는 게 내 생각이다."

내 편은 없을까?

최진기는 브로안을 바라보았다.

자신을 형님으로 생각하는 그라면 카인트 공작의 말에 반대 의견을 내줄 것이다.

하지만 그는 최진기의 눈빛을 피하며 딴청을 부렸다.

'세상의 모든 지식을 가지고 있다는 현자라면 내가 데빌 도어로 들어가는 것이 잘못된 선택이라는 것을 알아주겠지.'

현자는 최진기의 눈을 똑바로 받아주었다.

그리고 현자는 알겠다는 듯이 최진기에게 가볍게 고개를 끄덕여 주고는 입을 열었다.

"나도 공작의 의견에 동의하네. 악마의 탑에 어떤 함정이 있을지 모르는 상황에서 진은 분명 큰 도움이 될 것이네. 소규모 파티는 무력이 강한 사람으로 이루어지면 잘못된 선택을 할 수도 있다네."

"그렇다면 현자님이 가시는 게 어떻습니까? 저보다 훨씬 많은 지식을 가지고 계시고 어떤 상황에서도 냉정한 판단을 내릴 수 있지 않습니까."

"내 나이가 몇인지 알고 있는가? 언제 죽어도 이상하지 않은 늙은이를 악마의 소굴에 집어넣고 싶은 겐가? 긴말하지 말고 부디 악마의 탑을 공략하게나."

최진기는 자신의 편일 거라고 굳게 믿었던 현자의 배신에 할 말을 잃었다.

이대로 악마의 아가리에 끌려가게 되었다.

데빌 도어를 공략하기 전의 마지막 회의가 끝났고 각자는 방으로 휴식을 취하러 갔다.

"한국에 돌아가지도 못하고 죽는 거 아냐? 이럴 줄 알았으면 공작이 수련을 시켜줄 때 열심히 할걸. 아무리 생각해도 내가 포함되는 게 큰 도움은 되지 않을 거 같은데 왜 굳이 나를 데리고 가려고 하는 건지 모르겠네."

똑똑!

누구지?

"들어오세요."

문을 열고 들어온 사람은 불과 한 시간도 되기 전에 자신을 배신했던 현자였다.

"아이고! 언제 죽어도 모르시는 분이 침대에서 편안히 쉬시지 않고 이곳까지 무슨 일로 다 행차를 하셨습니까."

"헛소리는 그만하게나. 다 자네를 위해 그런 것이네. 원래의 세상으로 돌아가고 싶어 하지 않았는가. 그 열쇠를 가지기 위해서는 악마의 탑으로 자네가 들어가는 방법뿐일세."

현자의 말이 맞긴 했다.

한국으로 돌아가기 위해서는 악마와 마주 봐야 했다.

키를 잡고 있는 것은 악마였고 아쉬운 쪽은 나였다.

나는 이죽거리는 것을 멈추었다.

"위험하지는 않겠습니까? 그리고 데빌 도어를 만든 악마의 의도를 머리로는 이해를 할 수 있지만 이상한 점이 한두 개가 아닙니다. 연합국의 병사를 순식간에 제압할 수 있는 그들이 꼭 데빌 도어를 만들어야 했을까요? 다른 방법으로 마왕을 부활시키는 방법이 없었을까요?"

"나도 자네와 같은 생각일세. 굳이 데빌 도어를 만든 그들의 의도를 모르겠네. 하지만 함정이라고 하더라도 들어가야 한다네. 마법 아이템이라는 유혹적인 미끼가 있는 이상 우리가 아니라도 다른 나라의 강자들이 데빌 도어에 도전할 것이네. 그들이 성공을 한다면 다행이지만 그러지 못할 걸세."

악마들이 만든 데빌 도어.

마왕을 부활시키기 위한 도구지만 도전자에게는 마법 아이템을 가질 수 있는 기회.

악마들의 목적을 알기 위해서는 데빌 도어에 들어가야 했다.

다음 날이 되어서야 네 사람은 데빌 도어에 첫발을 디뎠다.

네 개의 돌 의자에 한 명씩 자리를 차지하고 앉았다.

마지막으로 최진기가 자리에 앉자 데빌 도어 중심에 있는 뼈무더기로 만든 문에서 붉은빛이 쏟아져 나왔다.

*　　　*　　　*

"여기가 악마의 탑 1층인가 보네요. 생각보다 밝은 분위기인데요?"

악마의 탑이라고 하기에 우중충한 색에 빛 한 점 들어오지 않는 환경을 생각했었지만 악마의 탑 1층은 수풀이 가득한 수목원의 분위기를 풍기고 있었다.

"어떤 악마와 몬스터가 있는지 모르는 상황이네. 절대 방심해서는 안 될 걸세."

풀어진 마음을 조이고 악마의 탑 1층을 둘러보았다.

"저기 슬라임이 있습니다!"

슬라임은 푸딩같이 생긴 몸을 가지고 있었고 위험도로 치면 가장 아래를 차지하고 있는 몬스터였다.

공격력은 없다고 볼 수 있었으나 재생력과 번식력이 까다로울 뿐이다.

"형님, 1층은 쉬어 가는 코스인 것 같습니다. 슬라임 정도면 저 혼자서도 충분히 처리가 가능합니다."

브로안은 방패를 들고는 슬라임에게 걸어갔다.

10마리가 넘지 않는 슬라임은 뿅뿅거리며 뛰어다닐 뿐 브로안을 공격하거나 도망 다니지는 않았다.

"이렇게 귀엽게 생긴 너희들을 죽이는 것이 미안하지만 어쩔 수가 없어. 잘 가라."

브로안은 거대한 방패로 슬라임을 짓눌렀다.

슬라임에게는 방패 공격이 제격이었다.

검으로 슬라임을 베는 것은 두 마리의 슬라임으로 번식시켜 주는 일이었다. 슬라임을 제거하려면 불로 태우거나 압사시켜야 했다.

뿌직!

슬라임이 방패에 짓눌려 죽어버렸고 방패에서는 녹색의 점액질이 흘러나왔다.

"이거 참, 미안해서 못 죽이겠습니다."

"브로안! 방심을 해서는 안 된다. 슬라임이라고는 하지만 최선을 다해라."

공작의 따끔한 일침에 브로안은 다시 방패를 들고는 두더쥐 게임을 하는 것처럼 슬라임을 점액질로 만들어 버렸다.

"여기는 정리가 다 된 것 같습니다. 길을 따라가다 보면 2층으로 가는 통로가 나올 것 같습니다."

악마의 탑은 생각보다 넓긴 했지만 여러 갈래 길이 있는 것은 아니었다.

길을 따라가다 슬라임이 보이면 죽이고 그러고는 다시 길을 걷고.

너무 쉬웠다. 어젯밤 잠을 자지 못한 것이 억울할 지경이었다.

한 시간 정도 길을 따라 걷다 보니 데빌 도어가 모습을 드러냈다.

"데빌 도어를 통해 2층으로 갈지, 악마의 탑을 빠져나갈지 결정을 할 수 있는 것 같습니다. 어떻게 하는 게 좋겠습니까?"

제대로 된 전투를 벌이지 않았기에 피로는 전혀 느껴지지 않았고 다들 2층으로 가기를 원했다.

"그런데 형님, 각층마다 마법 아이템이 있다고 하더니 여기는 없나 봅니다. 1층이라서 그런가."

"슬라임 죽이고 나온 마법 아이템이 좋을 리가 없잖아. 방패도 있으면서 아이템 욕심은."

"헤헤."

2층으로 가기 위해 데빌 도어를 향해 걸어갔다.

그 순간.

데빌 도어의 앞을 가리는 거대한 무언가가 나타났다.

"거대 슬라임 같은데요. 역시 이렇게 쉬울 리가 없죠."

슬라임은 코끼리보다 더 큰 덩치를 가지고 있었는데 이전처럼 브로안의 방패로 압사시킬 수 있을 것 같지 않아 보였다.

"저것도 자르면 번식하겠죠? 어떻게 합니까?"

모두 최진기를 바라봤다.

이런 상황을 위해 최진기를 데리고 온 것이었다.

"슬라임이 불에 약하다고 알고 있습니다. 아크타르를 가지고 왔습니다."

악마의 탑을 태웠던 아크타르와 불을 키워주는 촉매제가 보관 상자 안에 들어 있었고 최진기는 그것들을 브로안에게 건네주었다.

"시원하게 던져 봐. 이 정도 거리에서 못 맞히지는 않겠지?"

"제가 어렸을 적에 돌팔매질로 이름 좀 날렸습니다. 걱정하지 마세요."

브로안은 먼저 녹색의 금속 가루가 든 병을 슬라임의 머리를 향해 던졌다.

병은 슬라임의 머리에 부딪혔고 녹색의 가루는 슬라임의 몸에 뿌려졌다.

"이제 뜨거운 맛 좀 보여줘야지."

"걱정 붙들어 매세요. 자, 간다!"

펑!

아크타르가 폭발했고 슬라임은 불길에 휩쓸려 발버둥을 쳤다.

그리고 얼마 지나지 않아 슬라임은 주먹 크기의 슬라임으로 변해 버렸다.

"마무리해야지."

뿌직!

브로안의 방패에 짓눌린 슬라임은 맛깔나는 타격음과 함께 점액질로 변해 버렸다.

"슬라임 안에 반지가 하나 들어 있습니다. 이게 마법 아이템 같은데요."

반지를 집어 들었다.

[거대화 반지]

등급 : C

내구성 : 30/30

강도 : 4

순도 : 85%

착용자의 몸집을 10배 늘려준다.

“이거 단순히 몸을 10배 늘려주는 능력을 가지고 있는 반지인데요. 쓸데가 있겠습니까?”

“제가 한번 착용해 볼게요.”

브로안은 마법 아이템에 대한 욕심을 버리지 못하고 바로 거대화 반지를 착용했다.

“오! 점점 몸이 커지고 있어요. 신기한데요. 어어어!”

사람이 아닌 건물이 되어버린 브로안이었다.

몸집은 불어났지만 제대로 사용할 수 있을 리가 없었다.

능력치는 그대로였고 단순히 몸집만 늘어났기에 팔을 움직이는 것도 힘들어 보였다.

“쓰레기군.”

“브로안, 반지를 빨리 빼버려.”

브로안은 반지를 빼기 위해 낑낑거렸다.

몸을 제대로 움직이지 못했기에 반지를 빼는 것만으로도 가지고 있는 체력 대부분을 소모해야 했던 브로안이었다.

“헥헥! 이거 완전 쓰레기 아이템입니다. 이거 쓸데가 있을까요?”

“없지.”

“보면 모르나, 그냥 버려 버려.”

처음 구한 마법 아이템이 쓰레기 아이템이라는 것에 실망한 브로안이었지만 반지를 버리지는 않았다.

"형님이 가지고 계세요. 혹시 압니까, 반지를 강화시킬 수 있을지?"

반지에는 강화 표시가 뜨지 않았다.

능력치가 늘어나지 않는다면 거대화 반지는 약장수들이 약을 팔기 위해 하는 묘기에나 필요할 것이다.

최진기는 보관 상자 안에 반지를 던져 넣었고 다른 사람들은 이미 데빌 도어에 앉아 있었다.

"빨리 오세요. 빨리 2층을 공략해야죠."

브로안은 2층에 있는 마법 아이템을 가질 생각에 벌써 들떠 있었고 최진기를 재촉했다.

"그래 간다, 가."

데빌 도어를 통해 2층에 도착했다.

1층과는 달리 2층은 약간은 어두운 느낌을 풍기고 있었다.

"여긴 동굴 같아 보이는데요."

브로안의 말처럼 동굴이었다.

동굴 곳곳에 달려 있는 야광 금속들이 동굴을 밝히고 있었긴 하지만 확실히 1층보다는 위험한 장소로 보였다.

"이제는 함부로 날뛰지 말거라. 진, 너는 브로안의 뒤에 있고."

카인트 공작이 말하기도 전에 최진기는 브로안의 커다란 덩치 뒤에 몸을 숨기고 있었다.

"말하지 않아도 잘하는구나."

한국으로 돌아가기 전까지는 절대 죽을 생각이 없는 최진기였다.

2층의 몬스터는 박쥐였다.

박쥐형 몬스터.

어두운 동굴과 어울리는 몬스터였다.

상대하기는 어렵지 않다.

"한 마리! 두 마리!"

브로안은 방패를 집어 던지며 박쥐를 학살했고 아드몬드는 접근하는 박쥐의 급소를 단칼에 찌르며 박쥐의 수를 줄여 나갔다.

동굴을 가득 채울 정도의 박쥐는 순식간에 모습을 감추었고 아직 열기가 가시지 않은 브로안은 사방을 둘러보며 남아 있는 박쥐가 있는지 찾아 다녔다.

"이제 박쥐는 없는 것 같군. 데빌 도어로 가도록 하지."

데빌 도어에 도착하자 어김없이 보스형 몬스터가 모습을 드러냈다.

1층의 보스 몬스터가 거대 슬라임이었기에 이번에도 박쥐형 몬스터가 나올 거라고 생각했었다.

하지만 전혀 뜻밖의 몬스터가 우리를 기다리고 있었다.

"저거 강아지 아닙니까?"

2층의 보스 몬스터는 날카로운 이빨과 거친 털을 가지고 있는 들개가 아니라 품에 쏙 안길 정도의 크기를 가지고 있는 강아지였다.

"이거 어떻게 합니까? 아무리 제가 자비심이 없는 놈이라고는 하지만 저거는 못 죽이겠는데요?"

우리는 멍하니 강아지를 바라봤다.

강아지는 우리의 시선이 부담스러운지 들숨을 쉬며 울어대었다.

"끼잉! 끼잉!"

구슬프게 우는 강아지였다.

저런 강아지에게 무기를 들이밀 수는 없었다.

"이거 참, 난감하네요."

브로안은 방패를 땅에 박아 넣고는 몸을 방패에 기대며 이번에는 빠지겠다는 의사를 표현했다.

"제가 나서겠습니다."

아드몬드였다.

아드몬드는 검을 꺼내 강아지를 향해 걸어갔다.

"강아지의 모습을 하고 있지만 너도 몬스터겠지. 나에게 자비를 바라지는 말거라."

"끼이잉."

아드몬드가 다가올수록 강아지는 더욱 구슬프게 울었고 우리는 차마 지켜볼 수가 없어 고개를 돌렸다.

퍽!

끝난 건가?

살이 터져 나가는 소리가 들려왔고 당연히 아드몬드가 강아지의 몸을 갈랐다고 생각했다.

"큭!"
아드몬드가 짧은 신음 소리를 내었다.
무슨 일이지?
여전히 강아지는 불쌍한 표정으로 우리를 바라보고 있었다.
달라진 점은 아드몬드가 배를 부여잡고 있다는 점뿐이었다.
"영악한 놈이군. 아드몬드에게 틈이 생기자 바로 달려들었어. 공격이 꽤나 매서워. 속도도 빠르고 상대하기 쉽지 않은 놈이야."
2층까지는 연습 게임이라고 생각했었지만 그렇지 않았다.
"아드몬드 혼자 상대하기에는 벅차 보이는구나. 브로안, 준비를 하거라."
갑자기 달라진 상황에 브로안은 급히 방패를 땅에서 뽑아내고는 아드몬드의 곁으로 가려고 했다.
"괜찮습니다. 저 혼자 상대할 수 있습니다."
자존심.
아드몬드는 작은 강아지를 상대하는 데 다른 사람의 도움을 받고 싶어 하지 않았다.
그의 마음이 이해가 가지 않는 것은 아니었지만 혼자 상대하다 부상이라도 입으면 더는 전진을 하지 못한다.
선택은 카인트 공작의 몫이었다.
그의 결정은…….
"그래, 한번 상대해 보거라. 좋은 경험이 될 것이다."
역시 핏줄의 힘은 강했다.

아드몬드에게 경험을 쌓게 해주고 싶었던 공작이었고 브로안은 다시 뒤로 돌아와 관전을 해야 했다.

아드몬드는 두 번 당하지 않겠다는 의지를 검으로 보여주었다.

몸의 중심을 가리는 검과 강아지의 작은 움직임도 놓치지 않겠다는 듯이 빠르게 움직이는 두 눈.

강아지는 이제 불쌍한 척하는 연기를 그만두었다.

강아지의 눈은 붉게 물들었고 하얗고 고운 털은 가시처럼 빳빳해졌다.

"크앙!"

울음소리마저 달라졌다.

이제야 몬스터로 보였다.

"와라. 단칼에 끝내주마."

강아지는 단숨에 거리를 좁히며 아드몬드의 옆구리를 노렸다.

몸의 중심을 검이 가리고 있었기에 상대적으로 틈이 보이는 옆구리를 노린 것이었다.

깡!

검과 강아지의 발톱이 부딪혔다.

강아지의 발톱은 강했다. 아드몬드의 검에 잘리기는커녕 검에 흠집을 내었다.

흠집 난 검을 확인할 시간도 주지 않고 강아지의 공격은 재차 이어졌다.

눈에 잘 보이지도 않는 강아지의 움직임을 아드몬드는 본능적으로 움직이며 피해내었고 강아지의 다음 공격을 예측하며 검을 찔러 넣었다.

푹!

강한 발톱과 이빨을 가지고 있었지만 다른 부위는 그렇지 않았다.

아드몬드의 검이 강아지의 다리를 뚫었다.

여전히 빠른 움직임을 보이고 있는 강아지였지만 부상당한 다리가 불편해 이전과 같은 속도를 내지는 못했다.

"수고했다."

푹!

아드몬드는 강아지의 공격을 몸으로 맞아주었고 강아지가 멈춘 틈을 노려 몸통에 검을 찔러 넣었다.

"괜찮느냐? 이런, 피가 나는구나."

아드몬드의 가슴에는 강아지의 발톱 모양의 상처가 생겨 있었다.

많은 양의 피가 흐르지는 않고 있었지만 몬스터의 발톱에는 독이 묻어 있었고 약을 바르지 않는다면 체력 저하는 물론이고 중독으로 인한 상태 이상에 빠질 수도 있었다.

"오늘은 이만 돌아가는 것이 어떻겠습니까? 처음부터 무리할 필요는 없지 않겠습니까? 2층까지는 위험하지 않다는 것을 안 것만으로도 오늘의 성과는 충분한 것 같습니다."

"그렇게 하자꾸나."

아드몬드의 부상이 심하지는 않았지만 이만 돌아가 정비를 하는 것이 좋았다.

브로안은 홀로 강아지의 사체를 뒤적이며 마법 아이템을 찾았다.

"이번에는 팔찌 같습니다. 강아지의 사체를 아무리 뒤져 봐도 팔찌 말고는 없습니다."

낡은 천으로 만들어진 것 같은 팔찌를 집어 들었다.

[속도의 반지]
등급 : C
내구성 : 35/35
강도 : 8
순도 : 48%
착용자의 민첩성을 50% 상승시켜 준다.
피해를 20% 더 입는다.

속도를 늘려주지만 피해를 20%나 늘려주는 아이템이었다.

거대화 반지보다는 낫지만 그래도 좋은 아이템은 아니었다.

C등급의 아이템은 이미 보관함에 많이 쌓여 있었다.

굳이 악마의 탑에 와서 구할 필요는 없었다.

"속도 증가, 대신에 피해를 더 입는 아이템이네. 브로안, 너 필요하면 가지든가."

"정말요? 감사합니다."

브로안은 워낙 체력이 좋았기에 피해를 좀 더 입는다고 해서 달라질 것은 없었다.

방패의 능력까지 합치면 거의 부작용은 없었다.

"뽀옹!"

품속에 안고 있던 네르가 오랜만에 기지개를 켰다.

"일어났어? 조금만 더 품 속에 있어. 여기를 빠져나가면 놀게 해줄게."

웬만해서는 움직이지 않는 네르가 품속을 뛰쳐나가려고 했다.

"왜 그래, 불편해?"

일단 네르를 내려주었다.

네르는 짧은 두 다리로 뒤뚱거리며 강아지의 사체를 향해 걸어갔다.

그러고는…….

"형님, 저 애완견이 몬스터의 피를 마시는데요."

네르는 2층 몬스터인 강아지의 피를 혀로 핥고 있었다.

아무리 맛있는 음식을 가져다주어도 눈길 한번 주지 않았던 네르가 드디어 무언가를 먹기 시작한 것이다.

그것이 몬스터의 피라는 것이 꺼림칙하긴 했지만 최진기는 두고 보았다.

네르는 한참이나 몬스터의 피를 할짝거리다가 충분히 배가 찼는지 다시 돌아와 품에 안겼다.

"신수는 몬스터의 피가 주식인 거니?"

"뽀오!"

네르는 짧은 팔을 가로저었다.

"그러면 왜 저 몬스터의 피를 마신 거니? 저 피에 뭔가 특별한 것이 있는 거야?"

"뾰오! 뾰오!"

네르의 격한 반응으로 봐서 저 몬스터의 피에 특별한 것이 담겨 있는 것 같다고 생각되었다.

1층에 있던 슬라임에게는 전혀 반응을 보이지 않았었는데, 강한 몬스터의 피에만 반응을 보이는 것일까?

정확한 답을 찾지는 못했지만 그래도 네르가 처음으로 무어가를 먹었다는 것이 기뻤다.

"애완견의 식사가 끝났으면 이만 가지."

이미 데빌 도어에 자리 잡고 있는 동료들을 따라 최진기는 의자에 앉았다.

4명이 모두 자리에 앉자 데빌 도어의 중심에 있는 문에서는 밝은 빛이 흘러나왔다.

문에는 두 가지의 길이 있었다.

3층으로 가는 붉은 길과 돌아가는 파란 길.

파란 길로 들어선 우리는 이윽고 데빌 도어를 빠져나올 수 있었다.

* * *

악마의 탑을 빠져나오니 많은 귀족들이 우리를 기다리고 있었다.

특히 아다드 왕의 관심이 뜨거웠다.

"악마의 탑은 위험하지 않았는가? 어떤 종류의 몬스터가 있었는가? 그리고 몇 층까지 공략하고 왔는가?"

속사포처럼 묻는 질문에 차근차근 대답을 해주었다.

"저희는 2층까지 공략을 했습니다. 1층과 2층의 몬스터는 강하지 않은 몬스터였습니다. 수석 기사들 정도면 충분히 공략이 가능할 정도였습니다."

"그렇단 말인가. 마법 아이템은 어떤 종류가 나왔는가?"

마법 아이템에도 관심을 보이는 아다드 왕의 말에 브로안은 팔찌를 차고 있는 오른쪽 팔을 잽싸게 숨겼다.

"1층과 2층에서 나온 마법 아이템은 성능이 좋지 않은 아이템들이었습니다. 오히려 해가 되는 아이템들로, 쉬운 몬스터가 있는 만큼 좋은 성능을 가지고 있는 아이템은 없었습니다."

간단한 보고가 끝이 나자 모두 각자의 방으로 돌아가 휴식을 취했다.

들려온 정보에 의하면 다른 나라도 데빌 도어에 들어갔다고 했다.

여전히 세계에 악마가 남아 있었기에 연합국을 구성했던 나라끼리는 정보 공유를 원활히 하고 있었다.

"형님, 3층까지 공략한 나라도 있다고 합니다. 보통은 우리와 같이 2층까지 공략했다고 합니다."

브로안의 말에는 경쟁심이 묻어 있었다.

"경쟁을 할 필요는 없어. 누가 먼저 공략해 준다면 고마운 일이지. 너무 성급하게 생각하지 마. 급하게 공략하다가 골로 가는 수가 있어."

"그게 마음대로 안 되네요. 남자라면 최고가 되고 싶은 마음이 있지 않습니까."

"그래, 최고 많이 해라. 나는 관심 없다."

악마의 탑을 공략하는 것이 쉬울 리는 없었다.

괜히 초반에 힘을 뺄 필요는 없었다.

"그런데 악마의 탑은 매번 나타나는 몬스터가 달라진다고 합니다. 우리는 1층에 슬라임, 2층에 박쥐가 있었지 않습니까. 그런데 다른 나라는 쥐형 몬스터가 나오기도 하고 모래 알갱이 같은 몬스터가 나오기도 했다는데요."

아직 데빌 도어에 대해서 많은 것이 밝혀지지는 않았다.

그러나 이렇게 하나씩 알아가면 되었다.

*　　　*　　　*

다음 공략은 4일 후가 되었다.

아드몬드의 상처는 깊지 않았는지 벌써 아물었고 우리는 다시 데빌 도어에 들어갔다.

이전에 2층까지 돌파했다고는 하지만 3층으로 바로 갈 수는 없었다.

다시 1층부터 공략을 해야 했다.

"이번 1층은 초원이네요. 매번 올 때마다 장소가 바뀌니 신기

하네요."

신기해하는 것은 브로안만이 아니었다.

모두 여행을 하는 기분마저 들었다.

"이번 상대는 돌멩이들이네요."

초원을 지키고 있는 몬스터는 작은 돌멩이의 형태를 가지고 있는 몬스터였다.

브로안은 돌멩이들을 빠르게 방패로 쳐 내었고 우리는 빠르게 1층의 데빌 도어에 도착했다.

1층의 보스 몬스터는 거대 바위였는데 브로안의 방패 한 방에 땅으로 돌아갔다.

이번에 나온 아이템도 쓰레기라 최진기는 보관 상자에 던져 넣었다.

2층의 몬스터도 역시 강하지 않아 우리는 큰 무리 없이 3층에 도달했다.

3층의 몬스터는 확실히 달랐다.

고양잇과로 보이는 몬스터들이 날렵하게 움직이며 공격해 들어왔다.

하지만 방어의 브로안과 공격의 카인트 부자가 있었기에 피해를 전혀 입지 않고 사냥할 수 있었다.

"데빌 도어 주변에 도착했으니 이제 조심해라."

"파아아!"

고양이의 울음소리치고는 거셌다.

3층 보스 몬스터는 호랑이처럼 등에 짙은 줄무늬가 있는 고양이였다.

"발톱이 무슨 칼처럼 생겼대요? 스치기만 해도 치명상이겠는데요?"

이곳에 오기 전에 현자에게 한 권의 책을 받았다.

몬스터 백과사전.

악마 강림 시절 나온 몬스터들의 종류를 기록한 책이었다.

경험을 통해 몬스터의 능력을 알 수는 있었지만 미리 정보를 알고 싸우는 것과는 큰 차이가 있다.

이번 몬스터는 몬스터 백과사전에 기록되어 있는 몬스터였다.

"저 몬스터는 쟈벨린입니다. 바위도 한 방에 부술 정도로 강한 다리 힘을 가지고 있는 몬스터입니다. 약점은 가죽이 약한 배라고 합니다. 속도는 그렇게 빠르지 않으니 허점을 노려 배를 찌르면 쉽게 상대할 수 있다고 합니다."

"형님, 말이 쉽지, 저놈을 보세요. 허점을 쉽게 찾을 수 있는지."

역시 글로 배운 것과 직접 상대하는 것은 큰 차이가 있었다.

쟈벨린은 우리를 장난감으로 생각하고 있는 듯했다.

공격해 들어오지는 않고 주위를 돌며 으르렁거렸다.

오랜만에 생긴 장난감을 빨리 부러뜨리고 싶지는 않겠지.

"브로안, 팔찌를 빼는 게 좋을 것 같은데. 아무리 너라도 쟈벨린의 발톱에 한 방 맞으면 아작이 날 거야."

브로안은 씻을 때도 빼지 않던 속도의 팔찌를 황급히 주머니에 집어넣었다.

절대 만만하게 생각할 수 있는 몬스터가 아니었다.

"고양이 새끼야, 어디서 간을 보고 있어? 빨리 오라고. 안 오면 내가 간다!"

브로안은 언제나처럼 몬스터에게 달려들었다.

그를 말리는 사람은 없었다.

브로안의 방어력을 믿고 있었기에 그가 쟈벨린을 상대하는 동안 허점을 찾을 생각이었다.

쾅!

쟈벨린은 자신에게 달려오는 브로안의 방패를 앞발로 강하게 때렸다.

2의 강도를 가지고 있는 방패였기에 망정이지 일반 방패였다면 방패는 쟈벨린의 공격에 산산조각이 나고 말았을 것이다.

"크르릉!"

작용 반작용.

쟈벨린은 의도치 않게 물리 실험을 하게 되었다.

하지만 방배는 피해 반사 능력까지 가지고 있었다.

자신의 힘과 더불어 피해 반사까지 받게 되자 쟈벨린은 뒤로 물러섰다.

앞발이 저린 듯 앞발을 연신 혀로 핥는 쟈벨린이었다.

쟈벨린의 공격이 강하면 강할수록 받는 충격도 강해지게 된다.

물론 브로안이 쟈벨린의 공격을 감당할 수 있어야 된다는 전제 조건이 필요하긴 했다.

하지만 브로안은 일반 사람이 아니다.

용가리 통뼈.

드래고니안의 뼈로 이루어진 브로안의 방어력은 몬스터보다 뛰어났고 방패의 능력까지 더해져 철옹성이 되어버렸다.

"아드몬드, 이제 우리도 움직여야 한다. 너는 좌측을 공격해라. 나는 반대편으로 돌아가겠다."

"알겠습니다, 아버님."

카인트 공작과 아드몬드는 천천히 쟈벨린을 향해 이동했다.

그리고 소리쳤다.

"브로안, 너는 쟈벨린의 전방을 공격해라!"

세 방향에서 날아드는 공격.

쟈벨린은 우선순위를 정해야 했다.

자벨린은 자신보다 작은 덩치를 가지고 있는 인간의 공격은 무시하기로 결정했는지, 아니면 자신의 앞발에 고통을 준 브로안에게 원한이라도 생겼는지 무서운 속도로 브로안에게 달려들었다.

브로안은 방패를 손으로 꽉 잡고 몸을 방패에 밀착시켜 자신이 할 수 있는 최고의 방어술을 펼쳤다.

쾅! 쾅!

자벨린의 양발이 브로안의 방패를 때렸고 그 충격으로 인해 브로안은 바닥을 굴렀다.

하지만 쟈벨린도 피해 반사 능력에 몸이 밀려나야만 했다.

그 순간. 틈을 노리고 있던 카인트 공작과 아드몬드가 쟈벨린의 약점을 노리며 검을 찔렀다.

희색 털을 가지고 있는 부분이 쟈벨린의 약점이다.

옆구리부터 시작된 흰색 털은 배 부위를 가리고 있었고 두 개의 칼이 양쪽 옆구리를 노리고 들어갔다.

찌익!

아드몬드의 검이 쟈벨린의 옆구리 가죽을 찢었다.

검에 실린 힘이 약하기도 했고 검의 등급도 높지 않았기에 검이 살을 파고들지는 못했다.

하지만 카인트 공작은 달랐다.

힘과 기술 그리고 검까지 모든 것이 아드몬드보다 강한 카인트 공작이다.

그의 검은 손잡이만 남긴 채 쟈벨린의 몸속으로 파고들어 갔다.

"크아앙!"

쟈벨린은 마지막 몸부림을 쳤다.

아무렇게나 휘두르는 앞발이었지만 거기에 실린 힘은 사람을 죽이기에 충분했다.

카인트 공작은 쟈벨린의 몸속에 박힌 검을 놓아버리고는 몸을 뺐다.

검을 버린다는 것을 목숨을 버린다고 생각하는 편협한 사고를 가지고 있는 기사들도 있었지만 카인트 공작은 그들과 사고방식이 완전히 달랐다.

지킬 때와 버릴 때를 정확히 알고 있었다.

발버둥 치는 쟈벨린을 두고 세 사람은 최진기의 옆으로 돌아왔다.

"저거 언제까지 발악을 할까요? 제가 가서 마무리를 하고 올까요? 방패 모서리로 대가리를 콱 찍어버리면 끝날 거 같은데."

"괜히 무리하다 다치지 말고 가만히 있어. 알아서 죽어가고 있잖아. 괜히 가서 저승길 친구가 되지 말고."

쟈벨린은 끈질긴 생명력을 가지고 있었다.

팔뚝 크기만 한 검이 옆구리에 박혀 있었지만 20분 동안이나 살아 움직였다.

"이제 죽은 것 같죠?"

이제는 미약한 숨소리마저 들려오지 않았다.

아무리 영악한 놈이라고 하더라도 저런 연기는 하지 못할 것이다.

만약 저게 연기라면 남우주연상 급이었다.

"제가 다녀오겠습니다."

"조심해라. 최대한 몸을 방패로 가리고 다가가거라. 잠시의 방심이 후회를 남기는 법이다."

카인트 공작은 당부의 말을 잊지 않고 해주었고 브로안은 스승의 말을 잘 듣는 제자였다.

숨소리도 내지 않는 쟈벨린의 머리를 방패로 찍을 때까지 브로안은 최대한 방패로 몸을 가리고 다가갔다.

쿵!

브로안은 체중을 실어 방패 모서리를 쟈벨린의 머리에 내리찍었다.

생명력이 강한 몬스터라고 하더라도 저런 공격을 받고 살아남을 수는 없다.

게다가 한 번의 공격으로 끝내지 않았다.

쿵! 쿵! 쿵!

브로안은 쟈벨린의 머리가 완전히 아작 날 때까지 방패로 내리찍었다.

이제는 쟈벨린의 몸속에 있는 마법 아이템을 찾을 시간이었다.

어떤 아이템이 있을까 기대가 되었다.

1, 2층의 보스 몬스터와 달리 강한 힘을 가지고 있는 몬스터였다.

폴짝!

피 냄새를 맡은 네르가 이번에도 품속에서 내려와 옆구리에서 흐르고 있는 쟈벨린의 피를 핥아먹었다.

그러는 동안 우리는 쟈벨린의 사체를 완전히 분해했다.

그리고 하나의 아이템을 발견했다.

[생명의 이빨]

등급 : C

내구성 : 70/70

강도 : 4

순도 : 78%
머리가 잘리지 않는 이상 생명력이 다하지 않는다.

대박 아이템이다.

생명의 이빨은 공격력이나 방어력을 늘려주는 아이템은 아니었지만 어떤 아이템보다 가치가 있었다.

이 아이템만 가지고 있으면 죽을 일은 없는 것이다.

물론 회복이 되는 것은 아니겠지만 머리만 잘리지 않으면 죽지는 않는 것이다.

"이 아이템은 자네가 가지고 있는 것이 좋겠군. 여기서 가장 약한 사람이 진, 자네이지 않은가."

그런 이유로 생명의 이빨은 최진기의 소유가 되었다.

"생명의 이빨, 이거 정말 대박 아이템이네요. 그런데 이 아이템을 보면 우리가 쟈벨린의 몸을 해체할 동안 쟈벨린이 살아 있었다는 얘기가 되잖아요. 으! 우리 너무 잔인한 짓 한 거 같은데요. 아무리 몬스터라지만 살아 있는 상태에서 몸을 해체되는 것을 느꼈다니……."

브로안의 말에 나머지 3명은 잠시 몸을 떨었다.

"아마 쟈벨린은 죽은 척을 하면서 한 명을 데리고 갈 생각이었나 본데. 영악한 놈이야."

"그러게 말입니다. 살아 있는 상태에서 몸을 가른 것은 미안하긴 한데, 저를 죽이려고 숨을 숨기고 있었다고 생각하니 소름이 다 돋습니다. 역시 몬스터는 몬스터네요."

갈기갈기 찢어진 쟈벨린의 사체에서 챙길 것은 챙겨야 했다.

쟈벨린의 등가죽은 웬만한 쇠사슬 갑옷보다 높은 방어력을 가지고 있었고 대충 뜯어내 보관 상자 안에 집어넣었다.

언제 어떻게 사용될지 모르기 때문이었다.

"어떻게 하실 생각이십니까? 이대로 돌아갑니까, 아니면 4층으로 올라갑니까?"

이번에도 결정을 내리는 것은 카인트 공작이었다.

부상을 입은 사람은 없다.

모두 아직 체력도 남아 있다.

이대로 돌아가기는 아쉬웠기에 카인트 공작은 4층으로 가자는 결정을 내렸다.

*　　　*　　　*

생각보다 쉬웠다.

제국을 단숨에 집어삼키고 연합국을 가지고 놀았던 악마들이 만든 악마의 탑치고는 나오는 몬스터들이 약했다.

하지만 그런 생각은 4층에 도착하는 순간 접어야 했다.

"저기 보이는 몬스터 무리는 파마크입니다. 기록이 정확하다면 파마크 한 마리를 잡기 위해서는 병사 20명이 필요하다고 합니다. 6개의 팔은 채찍처럼 자유자재로 늘어나고 바위도 단숨에 부술 정도로 강한 악력을 가지고 있다고 합니다. 그런데 저 몬스터가 저렇게 무리를 짓고 있다니."

백과사전에 적힌 내용이 잘못되었기를 바랐다.

3층 보스 급 몬스터와 비등한 몬스터가 무리를 지어 있다니.

"일단 부딪쳐 보는 게 어떻습니까? 상대해 보면 감이 올 것 같은데요."

브로안의 무식한 소리에 골이 아팠다.

파마크 무리를 4명이서 어떻게 상대한다는 말인가.

"자살하려면 그렇게 하든지. 절대 선불리 공격해서는 안 됩니다. 저들을 이기려면 한 가지 방법밖에 없습니다. 한 마리씩 유인해서 상대를 해야 합니다."

정확한 숫자를 확인할 수는 없었지만 지금 눈에 보이는 파마크의 숫자는 10마리 정도였다.

한 마리씩 숫자를 줄여 나가는 것 말고는 다른 방법이 없었다.

"근데 어떻게 유인을 하죠? 제가 나가면 모두 모여들 것 같은데."

보통 전투는 브로안으로부터 시작되었다.

브로안의 큰 덩치와 방패는 몬스터의 시선을 뺏기에 충분했고 그 틈에 카인트 공작과 아드몬드가 몬스터의 숨통을 끊는 식이었다.

하지만 지금 브로안이 파마크 무리에 다가간다면 무리 전체가 움직일 가능성이 높았다.

한 마리씩 유인하는 건 낚시가 제격이다.

"낚시 좀 해보신 분 있으세요?"

"낚시 말인가요? 물고기 잡는 낚시를 말하시는 게 맞죠?"
브로안은 최진기의 이마에 손을 얹었다.
"이상하네. 열은 없는데 왜 갑자기 헛소리를 하시는 건지."
"손 치워라."
솥뚜껑만 한 브로안의 손이 최진기의 얼굴을 거의 가리자 최진기는 머리를 흔들며 브로안의 손을 얼굴에서 떼어냈다.
"낚시라면 내가 좀 해본 적이 있다네. 자주 하지는 않았지만 그래도 제법 재능이 있다는 말을 들었다네."
최진기는 보관 상자에서 비상시를 대비해 가지고 온 고기 한 덩어리에 향신료를 뿌리고는 끈에 매달아 카인트 공작에게 쥐여주었다.
"이걸로 한 마리씩 유인을 하란 말인가? 허허, 몬스터 낚시라니. 오래 살다 보니 별짓을 다 하게 되는군. 그래, 몬스터 낚시 한번 제대로 해보겠네."
휙!
고기가 무리에서 조금 떨어져 있는 파마크에게 날아갔다.
다리 대신 6개의 손을 이용해 이동하는 파마크 한 마리가 갑자기 하늘에서 떨어진 고기에 군침을 흘리며 다가왔다.
놈은 혹여나 다른 파마크가 다가올까 빠르게 고기를 향해 움직였다.
고기가 이제 눈앞이었다.
파마크는 고기를 잡기 위해 촉수와 같은 손을 뻗었다.
하지만 고기는 잡히지 않았다.

고기가 갑자기 앞으로 이동했기 때문이다.

고기가 움직이자 파마크는 다시 손을 움직여 고기에게 다가갔다.

그러기를 여러 번, 이상한 것을 느낄 만도 했지만 파마크의 지능이 그렇게 높지는 않은지 순조롭게 무리를 벗어났다.

한 마리를 유인했다고 해서 끝난 게 아니다.

이제 시작이었다.

한 마리의 파마크였지만 쉬운 상대는 아니다.

그러나 빠르게 처리해야 했다.

전투가 길어지면 다른 파마크들이 몰려올 것이기 때문이었다.

고기에 정신이 팔린 파마크는 뒤에 사람이 있다는 것도 발견하지 못하고 고기를 향해 이동하고 있었는데 순간 파마크의 두툼한 살집에 아드몬드와 카인트 공작이 검을 박아 넣었다.

"꾸으으으?"

검이 깊숙이 박혀 있었지만 파마크는 비명은커녕 간지럽다는 듯이 등을 긁었다.

"살이 아니라 가죽이 저렇게 두꺼운 거였어. 젠장, 가죽이 얼마나 두꺼운 거야!"

등위 검이 박힌 채로 파마크는 고기를 집어 들어 목구멍 안으로 집어넣었다.

고기를 씹지도 않고 삼키는지 순식간에 고기는 파마크 배 속으로 사라졌다.

고기가 사라지자 그제야 자신의 등에 검을 꽂은 사람들을 발견하는 파마크였다.

"꾸으으으!"

웃는 건가?

저 표정은 웃는 게 분명했다.

파마크는 새로 나타난 먹잇감에 기분이 좋은 듯 웃었다.

푸슝!

파마크의 팔 하나가 카인트 공작을 향해 날아갔다.

카인트 공작은 빠르게 다가오는 파마크의 팔을 검으로 쳐 내려고 했지만 파마크의 팔은 고무처럼 검을 튕겨내고는 카인트 공작의 몸을 감싸 안았다.

"아버님!"

아드몬드는 카인트 공작을 구하기 위해 검을 높게 치켜들고는 파마크의 팔을 후려쳤다.

하지만 아드몬드의 검 또한 흠집 하나 남기지 못하고 튕겨 나갔다.

너무 쉽게 생각했다.

한 마리라면 충분히 상대할 수 있다고 생각했었다.

하지만 파마크는 그들의 생각보다도 훨씬 강한 몬스터였다.

그러나 이대로 당하고 있을 수는 없었다.

고작 4층에서 죽기는 싫었다.

아니, 이곳에서 죽을 생각은 없었다. 최진기는 무슨 일이 있더라도 한국으로 돌아가고 싶었다.

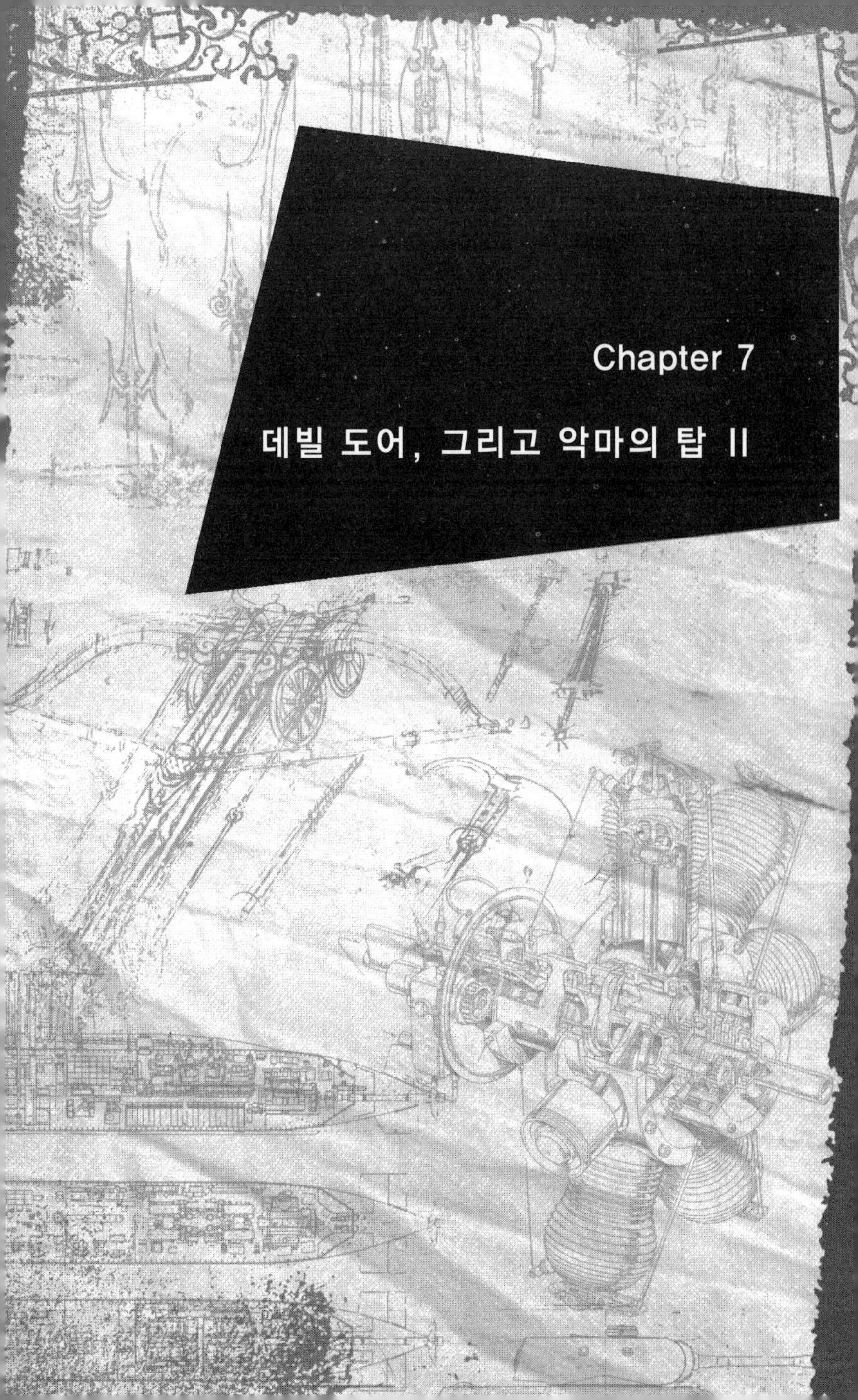

Chapter 7

데빌 도어, 그리고 악마의 탑 II

파마크 한 마리에 카인트 공작과 아드몬드의 손발이 묶여 버렸다.

브루니스 왕국에서 제일가는 2명의 기사가 한 마리의 파마크에 이리저리 끌려 다니고 있다.

"제가 갑니다!"

우리는 무모하게 파마크에게 달려가는 브로안을 붙잡지 못했다.

브로안은 방패를 앞세워 파마크의 촉수를 막아내고 있었지만 끈적한 파마크의 촉수가 머지않아 브로안의 몸도 묶어버릴 것이다.

전투가 길어지면 다른 파마크가 다가올지도 모른다.

한 마리의 파마크에게 휘둘리고 있는 상황에서 다른 파마크까지 다가온다면 끝이다.

머리를 쓰자.

장식용으로 달고 있는 머리가 아니잖아.

보관 상자에 들어 있는 무기가 어떤 힘을 쓸 수 있을까?

무적에 가까운 파마크의 살집을 뚫을 수 있는 무기는 생각나지 않았다.

외형이 무적이라면 속을 노리는 수밖에!

음식을 씹지도 않고 삼키는 파마크의 습성을 노려야 했다.

나는 보관 상자에서 한 덩어리의 고기를 꺼냈고 그 안에 아크타르 폭탄을 집어넣었다.

"이거나 먹고 떨어져!"

내가 고깃덩어리를 온 힘을 다해 던지자 파마크는 촉수로 고기를 가볍게 받아 들고는 그대로 입으로 쑤셔 넣었다.

"레드 식스와 영혼의 고리를 가동시키겠습니다. 빠르게 빠져나오세요. 폭발합니다!"

레드 식스와 영혼의 고리를 이용해 능력치를 대폭 증가시킨 덕분에 카인트 공작과 아드몬드는 힘겹게 파마크의 촉수에서 빠져나올 수 있었다.

파마크의 입에 고기가 들어가 있는 상태였기에 집중력이 떨어진 덕분이기도 했다.

"빨리 이리로 오세요. 몸을 가려야 합니다!"

우리는 바위 뒤에 몸을 숨긴 것으로 부족해 브로안의 방패를 이용해 몸을 가렸다.

펑!

아크타르가 폭발하는 소리치고는 작았다.

고막이 떨어져 나갈 정도의 폭발음을 내는 아크타르의 폭발음은 거대한 살집을 가지고 있는 파마크의 배 속에서 터져 작은 소음을 만들어내었다.

상상했던 장면과 달랐다.

파마크의 살점이 터져 나가 주변을 더럽히는 장면을 상상했었다.

하지만 파마크는 그대로 꿋꿋이 서 있었다.

"저거 완전 괴물인데요. 아크타르를 집어삼키고도 버티다니."

우리는 바위 뒤에서 고개만 빼꼼 내밀고 파마크를 지켜봤다.

파마크는 그래도 충격이 있었는지 몸을 움직이지 않고 있었다.

"죽은 거 같구나. 파마크의 눈을 봐라. 폭발의 영향으로 내부가 진탕되어 눈이 빠져나와 있다."

그럼 그렇지.

파마크는 아크타르의 폭발력에 견디지 못했다.

겉은 멀쩡해 보였지만 속에서 일어난 폭발에 죽어버렸다.

쿵!

파마크의 몸이 서서히 기울더니 결국에는 땅에 얼굴을 묻었다.

"휴! 드디어 한 마리 사냥했네요. 한 마리 잡기가 이렇게 힘들어서 어떻게 합니까. 며칠이 걸려도 사냥하지 못할 거 같은데요."

지금과 같은 방식으로 사냥을 한다면 브로안의 말처럼 며칠이 걸려도 사냥하기가 힘들 것이다. 하지만 다른 방식으로 사냥을 할 수 있다는 것을 이미 확인했다.

"공작님, 이번에는 진짜 낚시를 해야 될 것 같습니다."

"방금 네가 한 것처럼 고기에 아크타르를 집어넣는 방식으로 말이냐?"

"그렇습니다. 힘 대결로 가다가는 우리가 먼저 지칠 것 같습니다. 레드 식스를 발동시켰기에 우리에게 남은 시간은 더더욱 적습니다."

참고로 레드식스는 내일의 힘을 오늘 끌어 쓰는 것과 다르지 않다.

미래를 팔아 오늘을 견디게 해주는 아이템이다.

5층으로 진입하는 것은 당연히 불가능했고 최대한 빠르게 4층을 벗어나 왕국으로 돌아가야 했다.

"아크타르의 양은 충분한가? 10마리는 넘어 보이는 파마크가 남아 있구나."

아크타르의 양은 차고 넘쳤다. 문제는 미끼로 사용할 고기였다.

비상용으로 가지고 온 고기였기에 그 양이 많지 않았다.

악마의 탑에서 식사를 할 거라고 예상은 하지 못했다.

1층부터 3층까지는 너무도 쉬운 사냥이었기에 제대로 준비를 하지 못한 것이다.

"지금 눈에 보이는 파마크를 낚을 정도의 고기는 있습니다. 하지만 무리에서 떨어져 있는 파마크가 있다면 직접 전투를 해야 됩니다."

파마크는 물론이고 4층의 보스 몬스터를 사냥하지 않고는 돌아갈 수 없다.

우리에게 선택 권한은 없다.

파마크들이 살아남든지 우리가 살아남든지 둘 중 하나였다.

"고기를 준비해라. 내가 북부인의 낚시 솜씨를 보여주겠네."

카인트 공작은 이전과 같이 고기를 무리에서 가장 외곽에 있는 파마크를 향해 집어 던졌다.

그리고 천천히 끈을 당겨 무리에서 멀어지게 했다.

충분히 떨어졌다고 생각한 순간 끈을 놓았고 파마크는 촉수를 뻗어 고기를 집어 삼켰다.

펑!

성공이다.

파마크는 아크타르에 의해 속에 진탕이 되어버렸고 천천히 바닥에 쓰러졌다.

이제 두 마리.

아직 갈 길은 멀었다.

다시 고기 안에 아크타르를 집어넣고 공작에게 건넸고 공작은 낚시를 재개했다.

펑!

세 마리.

펑!

네 마리.

"이거 생각보다 순조롭게 흘러가네요. 형님은 역시 대단합니다. 이런 방법을 생각하시다니. 왕국으로 돌아가면 소 한 마리를 통째로 가지고 오는 게 좋을 것 같습니다. 아니면 푸줏간을 통째로 들고 오는 게 좋을 것 같습니다."

최진기를 고기를 담는 상자쯤으로 생각하고 있는 브로안이었다.

"일단 살아 나가고 생각하자. 살아만 나가면 소 한 마리든, 열 마리든 담아둘 테니까."

낚시가 순조롭게 진행된 것은 네 마리가 끝이었다.

외곽에 있는 파마크는 모두 사냥했고 이제 중심에 뭉쳐 있는 파마크만 남아 있었다.

낚시의 묘미는 한 마리씩 유인하는 것이다.

하지만 이제는 그것이 불가능했다.

무리에 고기를 집어 던지면 남아 있는 파마크들이 동시에 움직일 것이다.

그래도 다른 방법은 없기에 일단 고기를 던지는 카인트 공작이었다.

역시 파마크들은 고기를 향해 달려왔다.

여섯 마리의 파마크가 손으로 땅을 밀며 움직이는 모습은 위압감이 들기보다는 징그러웠다.

생각을 해보라.

6개의 팔을 번갈아가며 움직이는 촉수 괴물 여섯 마리가 동시에 움직이는 장면을 말이다.

고기 쟁탈전이 벌어졌다.

수십 개의 촉수가 엉키며 고기의 소유권을 가지기 위한 전투가 벌어졌다.

"차라리 고기를 더 던지는 게 좋지 않겠습니까? 어차피 고기를 먹은 파마크는 죽어버릴 테니까. 한 마리가 두 개의 고깃덩어리를 먹을 일은 없지 않습니까."

"똑똑한데!"

공작이 처음으로 브로안의 머리를 칭찬했다.

"공작님, 남아 있는 고기를 모두 던져 주세요."

카인트 공작은 준비된 남은 고기를 모두 파마크 무리에게 집어 던졌고 촉수 괴물들의 엉켜 있던 손은 빠르게 풀리며 새로운 먹잇감을 향해 팔을 뻗었다.

펑! 펑! 펑!

아름다운 멜로디.

순차적으로 터지는 아크타르 소리가 이렇게 감미로운 줄 몰랐다.

"끝났네요. 힘들었습니다. 일반 몬스터가 이렇게 강한데 데빌도어를 지키고 있는 보스 몬스터는 얼마나 강할까요."

그래도 부딪쳐야 했다.

여기서 시간을 보낸다고 해서 달라지는 것은 없다.

"그전에 남아 있는 파마크가 있는지 확인해야 할 것 같군. 보스 몬스터를 상대하는 도중에 우리가 놓친 파마크가 뒤를 공격할 수도 있다네."

공작의 말에 따라 주변을 둘러보았다.

그렇게 넓은 구역은 아니었기에 오랜 시간이 걸리지 않아 탐색을 마칠 수 있었다.

"남아 있는 파마크는 없어 보이는군. 다행이네."

"그럼 이제 마지막 보스를 사냥하러 가시죠. 빨리 빠져나가서 저도 고기를 먹고 싶습니다. 파마크가 먹는 고기가 어찌나 아깝던지. 몬스터 따위가 고기를 먹다니."

브로안은 파마크의 배 속에 들어가 있는 고기를 아까워했다.

하긴 저 덩치를 유지하려면 많이 먹어야 하겠지.

"나가면 고기로 배 속을 가득 채워줄 테니까. 지금은 몬스터에 집중하자."

길을 가로막고 있는 벽이 나오면 거기에 데빌 도어가 항상 위치하고 있다.

그리고 데빌 도어에 다가가면 어김없이 보스급 몬스터가 모습을 드러낸다.

이번에 나온 보스급 몬스터는 다행히 촉수 괴물은 아니었다.

촉수 괴물이라면 지긋지긋했기에 다른 몬스터가 나왔다는 것에 안도의 한숨을 쉬었다.

"형님, 저건 무슨 몬스터인가요?"

세 개의 뿔을 달고 있는 염소 괴물. 몬스터 도감에서 본 적이 없는 몬스터였다.

"나도 모르겠어. 처음 보는 형태를 하고 있는 몬스터인데."

"이번엔 제가 먼저 나가도 되는 거죠?"

브로안은 자신감이 충만했다. 그뿐 아니라 카인트 공작과 아드몬드도 평소보다 더 자신감이 가득 차 있었다.

레드 식스와 영혼의 고리를 가동시킨 상태였기에 육체적 능력이 몇 배로 불어나 있었기 때문이었다.

지금의 그들이라면 세 명이서 기사단 전부와 붙어도 이길 것만 같았다.

최진기가 아니라 다른 기사가 영혼의 고리를 부착하고 있었다면 더욱 큰 능력치 상승을 얻을 수 있었겠지만 지금으로도 충분히 만족했다.

"브로안! 방심은 절대 금물이다. 공격보다 수비 위주로 하거라."

브로안은 우리 조합의 탱커이자 어그로 담당이었다.

몬스터의 관심을 집중시키고 공격을 받아주는 역할.

브로안이 없었다면 악마의 탑을 이렇게 빠르게 공략하지 못했을 것이다.

그만큼 그는 조합에서 가장 중요한 역할을 하고 있었다.

"걱정하지 마십시오. 한두 번도 아니고, 이제는 저도 제 역할이 뭔지 잘 알고 있습니다."

브로안은 방패로 몸을 가리고는 몬스터에게 다가갔다.

그는 몬스터를 도발하기 위해서인지 헛소리를 내뱉었다.

"뿔이 세 개나 달렸구나. 딱 보니 네 어미가 바람을 피워서 너를 낳았나 보네. 넌 네 아비가 누군지는 알고 있냐?"

저게 무슨 말인가.

몬스터에게 하는 말이긴 했지만 얼굴이 화끈거리고 부끄러웠다.

저걸 내 호위 무사라고 데리고 있었다니.

"음메메메!"

어라.

염소가 도발당했다.

저런 어처구니없는 도발에 당하다니. 염소의 지능이 브로안의 수준이 분명했다.

"오호라! 아비가 누군지 모르나 보구나. 그래, 내가 알려주마. 네 아비가 누군지!"

엄청난 속도로 달려오는 몬스터를 보면서도 도발을 멈추지 않는 브로안이었다.

브로안은 방패를 믿고 두 발은 땅속에 박아 넣었다.

염소의 공격에 그대로 맞부딪칠 생각 같았다.

쾅!

몬스터는 속도를 줄이지 않고 달려가 브로안의 방패에 자신의 뿔을 들이받았다.

염소의 뿔은 얼마나 강한 강도를 가지고 있는 건지 작은 흠집 하나 생기지 않았다.

그리고 피해 반사 능력에도 큰 충격을 받지 않았는지 뒤로 밀리지 않고 그 자리에 멈추어 섰다. 뒤로 한참이나 밀린 브로안과 상반되는 장면이었다.

"어쭈! 제법인데. 근데 그 정도 공격으로 내가 네 아비가 누구인지 알려줄 거라고 생각하면 오산이다. 내가 제법 입이 무거운 편이거든. 좀 더 힘을 써봐."

무슨 생각인 건지.

계속해서 몬스터를 도발하는 브로안이었다.

또다시 콰!

제대로 방어 자세를 취하지 못했던 브로안을 향해 몬스터가 다시 달려들었다.

브로안은 꼴사납게 바닥을 뒹굴었다. 하지만 그는 절대 방패를 손에서 놓지 않고 있었다.

방패를 놓지 않았다고 해서 그의 상태가 정상인 것은 아니었다.

손아귀에는 붉은 피가 잔뜩 묻어 나와 그의 손목까지 적시고 있었다.

하지만 그의 입은 여전히 살아 있었다.

"어쭈, 이번 공격은 제법인데. 하지만 조금 부족한데. 좀 더 힘을 내보는 게 어때."

뿔이 달린 염소는 계속된 공격을 버텨내는 브로안에게 화가 나기 시작했다.

"메에에에!"

이전 공격과 다른 매서움이 몬스터에게서 느껴졌다.

드래고니안의 뼈를 가지고 있는 브로안이라고 하더라도 이번 공격을 버텨내는 것은 무리로 보였다.

"뒤로 물러서라!"

카인트 공작과 아드몬드과 드디어 움직였다.

브로안에게 치명타를 가하기 위해 달려드는 몬스터의 옆을 노리고 공격해 들어가는 그들이었다.

몬스터는 양옆에서 그들이 달려오고 있다는 것을 알아차렸지만 발을 멈추기에는 늦어버렸다.

오히려 발을 앞으로 강하게 구르는 몬스터는 방어를 포기하고 브로안을 부숴 버리기로 결정한 듯 보였다.

이런 상황에서 최진기가 도울 수 있는 방법은 없었다.

손에 들고 있는 아크타르 폭탄을 던지고 싶었지만 폭발 반경 안에 브로안이 있었기에 던질 수도 없었다.

"내가 브로안이다! 어디서 아비도 모르는 염소 따위가 덤벼들어!"

브로안도 몬스터를 향해 달려들었다.

몬스터의 공격을 피할 수 없다고 판단해서일까?

그는 몬스터에게 몸을 던졌다.

쾅!

브로안과 염소가 정면충돌을 했다.

상태가 안 좋아 보이는 쪽은 브로안이었다.

브로안의 팔은 이상한 방향으로 꺾여 있었고 입에서도 붉은 피가 흘러나왔다.

"이제 좀 봐줄 만하네. 진작 그렇게 하지 그랬어."

그는 입에서 피를 흘리면서도 이죽거리는 것을 멈추지 않았다.

"아드몬드, 지금이다!"

이번 공격에 몬스터도 타격을 입은 상황이었다.

빠르게 달려온 만큼 피해 반사의 반발력도 강했기에 염소는 머리가 어지러운 듯 비틀거리고 있었다.

카인트 공작과 아드몬드가 지금 순간을 놓친다면 북부의 기사라는 명함을 반납해야 된다는 마음가짐으로 공격해 들어갔다.

푹! 푹!

두 개의 검이 몬스터의 갈비뼈 사이를 가리고 들어갔다.

몸에 박힌 장신구가 마음에 들지 않았는지 몬스터는 발광을 하고 있었다.

"그런다고 반품은 해주지 않는다고. 반품하려면 그에 걸맞은 대가를 더 지불해야지. 네 목숨 말이야."

브로안은 어디서 그런 힘이 생겨났는지 발광을 하는 몬스터의 목을 방패의 모서리로 올려쳤다.

"이제 너도 나랑 같아졌네."

염소의 입에서도 피가 흘러나오는 게 그렇게 만족스러웠는지 염소의 피를 보며 함박웃음을 지어 보이는 브로안이다.

"아무리 생각해도 내 호위 무사로 두기에는 너무 위험한 자식 같은데. 몬스터보다 더 미친 것 같단 말이야."

치명상을 입은 몬스터의 마지막은 카인트 공작이 장식했다.

몬스터의 목을 잘라낸 카인트 공작은 브로안에게 황급히 달려갔다.

"괜찮느냐? 이런, 빨리 돌아가서 치료를 받아야겠구나."

염소의 목이 떨어지는 순간 브로안의 몸도 쓰러졌다.

브로안은 입가를 더럽히고 있는 피를 힘들게 닦아내고는 입을 열었다.

"아이… 아이……."

"무슨 말이냐? 아이가 어쨌다는 거냐?"

"아이템을 가지고… 돌아가야 됩니다."

아이템에 대한 브로안의 탐욕은 우리의 상상 이상이었다.

악마의 탑 4층을 우리의 능력으로 공략한 건 솔직히 기적이나 다름없었다.

지금 상태로 다시 4층을 간다면 전멸을 면치 못할 것이다.

카인트 공작과 아드몬드는 악마의 탑을 나온 후 왕국 기사단과 대련을 통해 육체를 극한으로 밀어붙이며 수련에 집중했다.

물론 육체를 수련하는 것은 개인의 능력을 키우는 좋은 방법이었다.

하지만 그런 수련을 한다고 해서 당장 악마의 탑 4층을 쉽게 공략할 수 있는 것은 아니다.

결국 답은 아이템이었다.

"뽀오~"

악마의 탑 4층의 보스 몬스터의 피까지 마신 네르는 이전보다 많이 성장했다.

거대한 머리에 비해 작은 몸과 팔, 다리를 가지고 있던 대두에서 이제는 균형 잡힌 몸매가 되어가고 있었다.

여전히 네르가 가지고 있는 능력에 대해서는 알지 못했지만 네르가 성장하고 있다는 사실만으로도 만족스러웠다.

"결국 드래곤의 무기를 사용해야 되겠네."

드래곤의 보관 상자에 들어 있는 무기는 10개가 넘게 남아 있었다.

과사둠이 없었기에 봉인 해제를 못 하고 있었지만 바잔트 영주를 통해 엘프 마을에서 과사둠을 구해 왔다.

과사둠을 구하기 위해 바잔트 영주는 엘프에게 목숨을 잃을 뻔했다고 했지만 어쨌든 과사둠이 손이 들어왔고 이제는 새로운 무기의 봉인을 해제할 수 있게 되었다.

"보자, 어떤 무기가 좋을까."

보관 상자 안에 있는 무기의 종류는 진즉에 파악을 끝내놓았다.

과사둠의 양이 많지 않기에 4종류의 무기만을 봉인 해제할 수 있다.

레드 식스와 영혼의 고리 덕분에 능력치를 극한으로 상승시킬 수 있으니 다른 능력을 가진 무기가 좋겠지.

[암살자의 망토]

등급 : A

내구성 : 80/80

강도 : 5
순도 : 88%
은신 시간 : 2시간
착용자를 은신 상태로 만든다.
피가 묻으면 은신이 풀린다.

몬스터의 이목을 숨기고 한 방에 급소를 공격하기에 적합한 은신 망토는 1순위였다.

카인트 공작이나 아드몬드가 착용한다면 효율이 높은 아이템이었다.

마법 무기를 가지고 있는 브로안과 카인트 공작에 비해 아드몬드의 무기는 아무런 능력을 가지고 있지 않았고 그를 위해 드래곤의 보관 상자에 있는 무기 하나의 봉인을 풀어 주었다.

아드몬드가 가지게 된 무기는 불의 검이었다.

상처를 입은 대상의 살이 죽기 전까지 타오르게 하는 능력을 가진 검이었는데 아드몬드는 검이 꽤나 마음이 드는지 한동안 검에서 눈을 떼지 못할 정도였다.

그가 이전에 사용하던 검보다 강도도 높았고 특수 능력까지 있는 무기이니 당연하겠지.

그리고 나머지 두 개는 방어구로 결정했다.

브로안의 탱킹 능력은 모두가 인정했지만 4층의 보스 몬스터에게 처참히 당했기에 그의 방어력을 더 높여줄 필요가 있었다.

"이 정도면 4층을 쉽게 공략할 수 있겠지?"

브로안의 방어력이 한층 더 업그레이드되었고 아드몬드와 카인트 공작의 공격력도 늘어났다.

무언가가 빠진 것 같긴 한데.

"내가 너무 도움이 안 되는구나……."

전투가 벌어지게 되면 브로안이 방어를 하고 카인트 공작과 아드몬드가 몬스터의 숨을 끊었다. 그러는 동안 내가 하는 일이 없었다.

나는 일반 사람과 동일한 육체 능력을 가지고 있었기에 몬스터 한 마리도 상대하지 못했다.

서포트를 한다고는 하지만 전투에 미치는 영향이 너무 적었다.

"내가 발전을 하지 않으면 다음 층을 공략하지 못하겠지."

좋은 방법이 하나 있긴 한데. 가능할지 모르겠네.

아무리 좋은 무기를 가지고 있다고 하더라도 사용자의 능력이 받쳐 주지 않으면 돼지 목에 진주 목걸이나 다름이 없다.

결국은 육체 능력을 상승시켜야 한다.

하지만 카인트 공작이나 아드몬드처럼 수련을 통해 육체를 단련시키는 것은 불가능에 가까웠다.

나는 4층 보스 몬스터의 잔해에서 그에 대한 해답을 엿봤다.

[파쿠만의 이빨]

등급 : C

내구성 : 200/200

강도 : 3
순도 : 88%
높은 절삭력을 가지고 있다.
마법진의 재료로 사용된다.

높은 강도를 가지고 있는 이빨이긴 하지만 별다른 능력이 있는 것은 아니었다.

하지만 마지막 줄이 예사롭지 않게 느껴졌다.

나는 원거리 무기의 개발에 도움을 주었던 왕실 마법사들을 다시 불러 모았다.

마법진에 대해서 그들보다 잘 알고 있는 사람은 없었다.

회의실에 모인 마법사들과 간단한 인사를 나누고 우리는 바로 마법진에 대한 대화를 나누었다.

"마법진은 부족한 마나를 보충해 주거나 마법 구현 시간을 줄여주기 위해 사용된다네. 하지만 마법진은 생각보다 효율이 높지는 않다네."

"마법진을 미리 그려놓고 사용할 수도 있지 않습니까? 그렇게만 한다면 충분히 사용이 가능했을 것 같은데요."

"물론 그런 생각을 해보지 않았던 것은 아니었다네. 하지만 마법진은 약간의 오차도 용납하지 않는다네. 미리 그려놓은 마법진이 조금이라도 손상된다면 그저 복잡한 문양이 그려진 그림으로 바뀌어 버린다네."

"마법진의 용도가 마법적인 능력을 올려주는 것밖에 없습니까? 다른 능력을 올려주는 마법진도 있을 것 같은데요."

"예전에 그런 마법진들이 있었다고는 들었다네. 하지만 마나를 이용한 마법 말고는 이단으로 보는 마탑의 영향으로 인해 그런 마법진들은 사장되거나 음지로 숨어들어 갔다네."

마법사들은 폐쇄적인 집단이다.

그들은 자신들의 기득권을 지키기 위해 마나를 이용하지 않는 능력 혹은 기술을 가진 사람들을 매장시켰다.

지금이야 마나가 완전히 사라졌기에 그런 움직임을 보이지는 않았지만 여전히 사회적인 분위기는 그런 능력을 가진 사람을 이단으로 보고 있었다.

마법사들의 얘기를 듣고 있던 현자는 무언가를 알고 있는 듯이 보였다.

"마나를 이용하지 않고 육체적인 능력을 강화시키는 사람을 본 적이 있다네. 그는 온몸을 문신으로 뒤덮고 있었고 브로안보다 약하지만 강한 힘을 가지고 있었다네."

"어디서 보셨습니까?"

"그를 마지막으로 본 것은 북부의 깊은 산맥에서였다네. 브루니스 왕국의 지도를 제작하다가 우연히 그를 보았지. 나는 나이를 생각하지 않고 무리하게 산행을 하다가 길을 잃었고 그가 나를 구해주었었지. 몸을 뒤덮는 문신이 흉측하긴 했지만 의외로 순박한 사람이었다네."

브로안과 비슷한 힘을 가지고 있는 사람은 본 적이 없었다.

오러를 사용하지 않는 사람 중에 브로안보다 강한 힘을 가지고 있는 사람은 없었고 카인트 공작마저도 브로안의 힘에는 한 수 접어주었다.

그런 사람이 있다면 무조건 섭외를 해야 했다.

그를 찾아야 했다.

그의 힘이 필요하기도 했지만 어떤 방법으로 힘을 강화시켰는지를 더 알고 싶었다.

"언제 마지막으로 보셨습니까?"

"내가 산행을 할 정도의 체력이 남아 있었을 때니까 아마 지금으로부터 20년은 더 되었구나."

"20년이나 되었습니까?"

20년은 젊은 사람의 허리가 굽어지기에 충분한 시간이었다.

나는 그가 살아 있기를 기도하며 아다드 왕과 카인트 공작에게 온 몸에 문신을 두르고 있는 사람을 찾아달라고 했다.

*　　　*　　　*

사람을 찾는 일은 쉽지 않다.

우리는 찾는 사람의 이름도 몰랐고 정확한 거주지도 몰랐다.

그리고 지금까지 살아 있는지도 정확히 파악되지 않는 상황에서 온몸에 문신을 하고 있다는 단서만으로는 부족했다.

하지만 북부의 병사들과 왕실 병사들까지 북부의 산맥을 돌며 그를 찾아다녔고 북부의 모든 도시와 작은 마을까지 벽보가 붙었다.

사람에게 정보를 얻기 위한 가장 좋은 방법은 돈이다.

정보를 가지고 오는 사람에게는 몇 달을 넉넉히 살 수 있을 정도의 돈을 약속했고 전국 각지에서 정보가 올라왔다.

"올라온 정보로 보면 대부분이 음지에서 활동하는 뒷골목 사람들이네요."

"그럴 수밖에 없지 않은가. 보통 문신을 하는 것은 사람들에게 위압감을 주기 위한 것이고, 그런 사람들은 음지에서 활동을 하니."

그래도 모든 정보가 쓰레기는 아니었다.

북부의 작은 마을에서 올라온 정보에 의하면 그런 문신을 하고 있는 노인 한 명이 몇 달에 한 번 마을에 들러 생필품을 동물의 가죽과 교환해 간다고 했다.

사슴부터 곰까지 다양한 가죽을 가지고 오는 그를 뛰어난 사냥꾼으로 생각하고 있는 마을 사람들이었다.

하지만 아무리 뛰어난 사냥꾼이라고 할지라도 혼자 곰을 사냥할 수는 없다.

지금 시대의 원거리 무기로는 곰의 가죽을 뚫기도 힘들었다.

결국 근접전으로 곰을 사냥했다는 뜻인데 그런 능력을 가진 사람은 기사 중에도 없었다.

그를 찾기 위해 블루 웨이브 기사단 전체가 움직였다.

카인트 공작과 아드몬드는 여전히 수련에 집중하고 있었기에 그들을 대신해 부기사단장이 기사단을 이끌고 가 산골 마을에 진을 치고 그를 기다렸다.

절대 그를 자극하지 말라고 몇 번이나 당부했었다.

그가 원하는 모든 것을 들어주고 정중히 모셔 오라고 말했지만 불안했다.

그리고 그 불안감의 이유를 금방 알 수 있었다.

북부로 떠난 부기사단장이 열흘이 되지도 않아 왕궁으로 돌아왔다.

기사단 사이에는 한 명의 외부인이 모습을 보였다.

현자가 말한 대로 그의 몸은 문신으로 도배가 되어 있었고, 큰 덩치를 가지고 있는 노인이었다. 지금은 나이가 들어 허리가 굽었지만 젊은 시절에는 브로안과 비슷한 덩치를 가지고 있었을 거라고 예상이 되었다.

하지만 문제가 있었다.

그의 손목과 발목에는 수갑과 족쇄가 채워져 있었고 그의 주위에는 기사들이 그를 무기로 위협하고 있었다.

분명 정중히 모셔 오라고 했건만 블루 웨이브 기사단은 정중함이라는 말뜻을 제대로 알고 있지 못한 것이 분명했다.

"어서 족쇄를 풀어주세요. 제가 분명히 정중히 데려오라고 하지 않았습니까!"

부기사단장은 억울하다는 표정으로 말했다.

"하지만 매우 위험한 사람입니다. 저자에게 부상을 입은 기사의 수가 열이 넘습니다. 여기서 족쇄를 푸는 것은 위험합니다."

옆에서 지켜보고 있던 카인트 공작이 부기사단장에게 족쇄를 풀라는 명령을 내리고서야 그의 손목과 발목을 괴롭히던 족쇄가 풀려나갔다.

"너희는 누구냐! 나를 왜 여기로 데려온 것이냐? 나는 조용히 살고 싶다. 나를 가만히 내버려 두거라!"

성량만큼은 나이를 먹지 않은 듯 쩌렁쩌렁한 목소리를 내는 노인이었다.

그의 목소리를 듣고 위압감을 느꼈다.

하지만 강자는 강자를 알아본다고 했던가.

카인트 공작과 브로안은 매서운 눈빛으로 노인을 바라봤다.

특히 브로안은 당장이라도 힘 싸움을 하고 싶어 하는 눈치였다.

"한번 싸워보겠느냐?"

브로안은 차마 하지 못한 말을 카인트 공작이 대신 해주자 신이 나서 대답했다.

"감사합니다. 역시 제 마음을 아는 분은 공작님뿐입니다."

문신을 한 노인은 이미 주변 기사들과 대치를 하고 있었고 기사들은 그의 힘을 이미 맛본 터라 쉽게 다가가지 못하고 있었다.

그런 상황에서 기사들은 자신들에게 다가오는 브로안을 반기며 자리를 비켜주었다.

그들도 능력을 확인하고 싶었기에 브로안을 말리지 않았고, 두 마리 곰의 전투가 벌어졌다.

무기를 가지고 있지 않은 노인을 배려해 브로안은 방패를 한편에 고이 모셔두고는 그에게 다가갔다.

"영감님, 저랑 한바탕해 보시죠. 그렇게 강하다면서요."

"어디서 어린놈이 빈정대냐! 내가 결혼을 했다면 너 같은 손자가 있을 나이다!"

"나이가 계급은 아니잖습니까. 꼬우면 덤비세요."

악마의 탑에서 몬스터를 상대하면서 브로안의 입은 한층 더 걸어졌고 그의 도발 능력은 방어력만큼 수준급이었다.

문신을 한 노인은 나이에 걸맞지 않게 날렵하게 브로안에게 달려들었고 그들은 손을 마주 잡고 힘겨루기를 했다.

브로안의 악력의 위력은 모르는 기사가 없었다.

힘에 자신이 있는 기사들도 브로안과 팔씨름을 해서 5초를 견딘 사람이 없었다.

하지만 노인은 브로안에게 밀리지 않았다.

"어린놈이 무엇을 먹고 이렇게 힘만 키웠느냐! 내가 5년만 젊었어도 한 손가락으로 제압했을 거다."

"옛날 얘기를 해서 뭐합니까. 저도 집에 금으로 만든 그릇이 쌓여 있습니다."

역시 도발 능력 하나만은 왕국 제일인 브로안이었다.

"뭐야, 이놈이! 봐줘서는 안 되겠구나."

노인의 팔에 있는 문신이 반짝거렸다.

그 장면을 카인트 공작도 보았다.

"마나나 오러는 아니다. 처음 보는 능력이구나. 저런 기술이 있다니."

한순간에 강해진 노인의 힘에 브로안이 밀렸다.

브로안이 젖 먹던 힘까지 끌어 올려 대항해 봤지만 그의 손은 서서히 꺾이기 시작했다.

“이제 그만하게나. 자네를 강제로 데리고 온 것은 미안하게 생각한다네. 내가 자네 존재를 저들에게 알려주었다네.”

언제 움직였는지 현자가 브로안과 노인의 옆에 다가가 있었다.

“어르신입니까? 정말 그분이 맞으신 겁니까? 오랜만에 뵙습니다. 정말 뵙고 싶었습니다.”

문신을 한 노인은 브로안의 손을 놓아버리고 대신 현자의 손을 꽉 잡으며 눈물을 흘렸다.

『스킬스』 3권에 계속…